4일간의 가족

YOKKAKAN KAZOKU

© Nanao Kawase 2023

First published in Japan in 2023 by KADOKAWA CORPORATION, Tokyo.
Korean translation rights arranged with KADOKAWA CORPORATION, Tokyo
through JM Contents Agency Co.

이 책은 JMCA를 통해 일본의 KADOKAWA CORPORATION와 독점 계약하여 한국어판 출판권이 블루홀식스에 있습니다.

저작권법에 의해 한국 내에서 보호를 받는 저작물이므로 무단 전재와 복제를 금합니다.

4일
간의
가족

가와세 나나오
장편 소설

문지원 옮김

블루홀6

차례

제1장 죄악으로 가는 문 _7
제2장 못 본 척할 것인가, 구할 것인가 _85
제3장 순수와 악 _149
제4장 유사 가족 _247
제5장 우리의 나름 _309

옮긴이의 말 _372

일러두기

본문의 각주는 전부 독자의 이해를 돕기 위한 옮긴이 주입니다.

제1장

죄악으로 가는 문

1

 실내등이 켜진 자동차 안에 음울하고 스산하며 오래된 기계유 같은 자극적인 냄새가 떠돌았다. 발밑에는 둥글게 만 목장갑과 빈 담뱃갑이 너저분하게 널려 있었다. 몸을 조금이라도 움직일 때마다 서벅서벅 모래 밟는 듯한 소리가 나서 귀에 거슬렸다. 무엇보다 창문과 문틈을 붉은 비닐 테이프로 막아 놓은 꼴이 이상했다. 비위생적인 환경까지 더해 섬뜩할 정도로 공포심을 자극했다.
 이곳이 내 인생 마지막 순간을 보낼 공간이라니……. 냄새나고 더러운 이 공간이.
 나는 비관하면서 뒤로 돌아 밴 뒤에 있는 짐칸으로 눈을 돌렸다. 좌우로 건너질러 매어 놓은 끈에는 시커멓게 더러워진 수건이 여러 장이나 걸려 있었고 부품과 공구가 든 상자가 아무렇게나 쌓여 있었다. 심지어 정체를 알 수 없는 갈색 액체가 새어 나와 흘러내리는 모습이 시야에 들어와 등골이 서늘했다.

토트백에서 손수건을 꺼내 입가를 세게 눌러 막으며 섬유유연제 냄새를 가슴 가득 들이마셨다. 오늘 전부 깨끗이 세탁한 옷을 입고 정성껏 샤워까지 하고 나왔다. 혹시 구토를 할까 봐 어제부터 아무것도 먹지 않았다. 이러니저러니 해도 죽은 뒤 꼴사나운 모습을 보이고 싶지 않았기 때문이다. 그렇게까지 했건만 나는 하필 이런 공간에 있다.

몹시 비참한 심정에 어금니를 악물었을 때 운전석에 아무렇게나 기대앉아 있던 남자가 거칠게 쉰 목소리로 말했다.

"이 근처 산은 국유림이라서 어지간해서는 사람이 안 와. 사유지에서 죽으면 땅 주인이 유족에게 배상을 청구하는 경우가 있는데 여기는 국가에서 관리하는 땅이니 그런 점에서 안심이지."

"그런데 사람이 안 오면 우리를 못 찾잖아."

조수석에서 나이 든 여자의 잠긴 목소리가 들렸다.

"걱정하지 마. 내가 집 떠날 때 여동생 앞으로 편지를 보내 놨으니까."

"그래……, 그러면 걱정하지 않아도 되겠네. 아무리 그래도 아무도 모르게 썩어 없어지는 건 가슴 아프니까."

나이 든 여자가 안심한 듯 가슴에 손을 얹자 남자는 긴장감이 감도는 차 안으로 시선을 돌렸다. 때가 찌든 쥐색 작업복에는 '유한회사 하세베철공소'라는 자수가 놓여 있었고 남자는 아까부터 쉴 새 없이 다리를 떨었다. 남자는 운전석에서 뒤를 돌아 지나치게 탐색하는 눈빛을 보냈다.

"나는 이 모임을 만든 사람이야. 당신들 목숨줄을 쥐고 있다고 해도 과언이 아니지. 아무튼 이렇게 다같이 죽을 자리를 만들었잖아."

남자는 기름진 큰 얼굴을 두 손으로 두드리며 새삼 모두와 눈을 맞췄다. 그러나 내 옆에 앉아 있는 소년은 꼼짝하지 않았다.

"여기까지 오는 내내 나는 내 책임을 다해야 한다고 생각했어."

"책임? 무슨 책임?"

조수석에 앉은 노파가 운전석으로 고개를 돌리며 묻자 남자의 목젖이 꿀렁 움직였다.

"여기 있는 세 사람이 죽는 모습을 끝까지 지켜본 다음에 나도 뒤를 따르겠다는 말이야. 한 사람이라도 살아남으면 나는 이 모임의 주최자로서 죽어서도 눈을 못 감을 거야. 하지만 안심해. 나는 한 명도 두고 가지 않을 테니까."

남자는 몇 번이나 침을 꿀꺽 삼키며 이마에 흐르는 땀을 손등으로 훔쳤다. 약간 돌출된 탁한 눈은 사방팔방으로 쉬지 않고 움직였고 기분 탓인지 손끝이 떨리는 것처럼 보이기도 했다.

나는 남자를 여러 번 훔쳐보다가 새삼 후회했다. 약속 장소에서 만나 차에 탄 순간부터 남자는 무엇에 홀린 듯 떠들어댔다. 자신의 인생관을 이야기하다가 갑자기 생뚱맞은 설교를 시작했고 급기야 의미 없는 자랑을 끝없이 늘어놓았다. 공포심을 떨쳐내려고 그런 거라 생각하려고 했지만 사실은 그렇지 않다. 이 남자는 죽을 각오가 부족한 것이다. 정작 자살을 실행하는 순간 겁에 질린 나머지 소란을 피우지는 않을는지.

나는 한숨을 쉬고 스마트폰의 통화권 이탈 표시를 확인한 뒤 오랜만에 목소리를 냈다.

"갑작스럽겠지만 미안해요. 택시를 잡을 수 있는 곳까지 차로 데려다주시겠어요?"

그 순간 남자와 노파가 뒤돌아봤고 옆에서 고개를 숙이고 있던 소년도 나를 힐끗 쳐다봤다.

"마음을 다 정리하지 못해 좀 더 고민해 보고 싶어졌어요. 막판에 번거롭게 해서 정말 죄송합니다."

나는 그럴듯한 이유를 꺼내며 미안하다고 재차 고개를 숙였다. 마음의 정리는 진작 끝났지만 혼자서 죽을 수 있느냐 하면 지금의 자신은 할 수 없을 것 같았다. 타인의 힘을 빌리지 않으면 도저히 무리였다. 하지만 이곳에 있어 봤자 분명 결심만 흔들릴 것 같았다.

내가 눈을 치뜨며 남자를 쳐다보자 그가 경련이 일 것 같은 얼굴로 엷은 미소를 띠며 쏘아붙였다.

"그런 의리는 없는데."

"네?"

예상치 못한 대답에 고개를 들며 되물었다.

"이래서 여자는 귀찮다니까. 끝까지 사람을 가지고 논다고. 내가 무슨 인솔 교사도 아니고 참. 마음 바뀌었으면 지금 여기서 내려."

"아니, 여기는 휴대폰이 안 터지거든요."

"그게 우리랑 무슨 상관이야. 휴대폰이 터지는 곳까지 하산하면 되잖아."

인정사정없는 말에 남자를 원망스럽게 쳐다봤다. 불빛 하나 없는 칠흑 같은 산길을 걸어 내려가라니. 차로 태워다 줄 이유가 없다는 소리는 맞는 말이지만.

남자는 히죽거리며 말을 이었다.

"오밤중에 산길을 걷기 싫으면 아침까지 여기 있든가. 우리 셋이 뒈진 다음에 느긋하게 하산하는 방법도 있어."

"그러면 자살 방조 혐의를 받잖아요. 자칫하면 훨씬 골치 아픈 죄를 뒤집어쓸 수 있다고요."

싸늘한 반격에 남자는 다소 의외라는 표정을 지었다.

"으흠, 곧 죽는 마당에 너무 냉정한 거 아니야? 어쨌든 당신 때문에 계획을 바꿀 수는 없어. 젊은 여자라고 다 마음대로 할 수 있다고 생각하지 마."

그러자 조수석의 노파가 아이라인을 짙게 그린 눈으로 남자를 쳐다봤다. 갈색보다는 오렌지색에 가까운 머리, 염색이 지나친 탓인지 끝이 갈라진 머리카락이 눈에 띄었다. 하지만 머리는 미용실에서 올린 듯한 업스타일이었고 목덜미 위에 꽂은 보라색 장미 장식은 매우 요염해 보였다.

"잠깐. 무슨 말이 하고 싶은지는 알겠는데 그래도 너무 빡빡하게 구는 거 아니야? 택시를 부를 수 있는 곳까지 태워주는 게 뭐 어때서. 죽기 전에 베푸는 것도 중요하다고."

"물리적으로 안 되니까 하는 말이야. 이 차는 배터리 수명이 다했거든. 시동을 끄면 그걸로 끝, 다시 못 걸어. 여기까지 온 것도 거의 기적이라고."

남자는 운전대를 툭 쳤다.

"그러니까 쫄았다는 말이지?"

"쫄면 안 돼요?"

나는 페트병 물을 입에 머금었다. 곧 목숨을 끊는 마당에 당연히 평정심을 유지할 수 없지 않나. 물을 아무리 마셔도 목이 칼칼하고 위를 꽉 움켜쥐는 것처럼 둔한 통증이 이어졌다.

남자는 개의치 않고 내 얼굴을 이리저리 빤히 살피더니 관자놀이에서 흐르는 땀을 어깨로 닦았다.

"일단 자기소개라도 할까? 생면부지 인간들이 이렇게 모인 것도 인연이니까. 남의 이야기라도 들으면서 마음 정리 같은 걸 하면 좋을 것 같은데."

그런 문제가 아니다. 나는 시간을 끌면 끌수록 각오가 약해진다는 점 때문에 초조했다. 동반 자살하는 사람들에게 자기소개만큼 의미 없는 행위가 있을까.

이 남자는 만난 순간부터 담배를 피워대면서 타인에게 민폐라는 자각도 없이 담뱃재와 연기를 차 안에 퍼뜨렸다. 거무스름한 큰 얼굴에 깊게 파인 주름과 데굴데굴 굴리는 핏발 선 눈은 건강 관리를 하지 않는다는 사실을 대변했다.

"참고로 나는 하세베 야스오야. 지난달 막 환갑을 맞았지."

남자는 엄지손가락을 세워 자신을 가리켰다.

"저기."

그때 옆에서 들린 매가리 없는 목소리에 나는 옆으로 시선을 돌렸다. 파란 깅엄 체크 셔츠 차림의 안색이 나쁜 소년이 고개를 숙이고 웅얼거렸다.

"저는 자기소개 같은 건 됐어요."

그러고는 입을 다물었다. 작업복 차림의 하세베는 당장이라도 하나로 이어질 것 같은 덥수룩한 눈썹을 찡그리며 담배 연기와 함께 요란하게 숨을 내쉬었다.

"마지막 순간에는 솔직해지는 게 어때? 이름을 밝히는 것도 오늘이 마지막이니 감사의 마음을 담아 속내를 전부 털어놔 봐."

"감사? 누구한테?"

"누구긴, 이름을 준 부모지. 아이 한 명을 키운다는 건 쉬운 일이 아니야. 그런데 애들은 부모의 고생 따위 몰라. 제법 의젓한 말을 지껄여 보라는 뜻이야."

하세베는 마치 공포를 떨쳐내듯 빠르게 말했고 꽁초가 산처럼 쌓인 재떨이에 또 하나를 짓눌러 껐다. 그 말에 조수석에 조용히 앉아 있던 노파가 연신 고개를 끄덕였다.

"나도 그 말에 동의해. 여기 모인 네 사람은 곧 함께 먼 길을 떠날 중요한 사이잖아. 간단한 자기소개와 여기 온 사정쯤 툭 터놓고 이야기하면 어때?"

"좋아!"

남자가 갑자기 야단스럽게 손뼉을 치고는 말을 이었다.

"다들 자기 인생을 돌아봐야 해. 그리고 이 세상에 미련을 끊자."

싸구려 원석 팔찌를 겹겹이 찬 여자는 과할 정도로 크게 고개를 끄덕였다. 내 옆자리에 앉은 소년은 보란 듯이 귀에 이어폰을 끼고 창문 쪽으로 시선을 돌렸다.

"그럼 어르신부터 시작해. 그런데 마스크는 왜 쓰고 있는 거야?"

노파가 옆자리 남자를 흘겨봤다.

"왜냐니, 뉴스도 안 보고 사나. 전 세계에서 바이러스에 걸려 죽은 사람이 몇 명인 줄이나 알아?"

"내 말은 이제 곧 죽을 양반이 바이러스 같은 걸 왜 무서워하냐는 뜻이야. 도대체가 말이야. 이놈이고 저놈이고 왜 그렇게 호들갑이냔 말이야. 조금이라도 감기에 걸린 것 같으면 난리를 치니까 이 꼴이잖아."

"무슨 소리를 하는 거야. 바이러스가 얼마나 무서운데. 감염되면 가족도 못 만나고 뼛가루가 되어서 집에 돌아가게 되잖아. 당신 설마 백신도 안 맞았어?"

노파는 가늘게 그린 눈썹을 찌푸리며 사각턱 진 하세베의 커다란 얼굴을 응시했다.

"백신은 제약회사와 정치가, 그리고 이익에 눈 먼 나쁜 놈들이 한밑천 잡으려고 꾸미는 협잡질이라고. 정체도 모르는 약을 전 세계 인간들이 맞는다니. 봐봐. 10년 후에는 세계 인구가 반토막 날 테니까. 백신을 맞지 않은 똑똑한 사람들만 살아남을걸."

하세베는 차창 밖을 바라보는 소년을 주시하더니 달려들 듯 나무랐다.

"남이 말하는데 음악을 듣다니 어디서 배운 매너야."

그러고는 짜부라진 담뱃갑에서 담배 한 개비를 또 꺼내 물고 가스가 떨어지기 직전인 라이터에 얼굴을 대고 불을 붙였다.

제발 부탁이니 누가 이 남자의 입을 막았으면 좋겠다. 나는 욱신거리기 시작한 관자놀이를 손가락으로 눌렀다. 이상할 정도로 말이 많았고 자리를 장악하고 싶어 하는 데다 내뱉는 말에 하나같이 알맹이가 없었다. 또한 두려운 마음을 외면하려고 필사적으로 입을 놀렸다. 죽음을 두려워하는 모습을 보이는 것이 수치스럽다고 생각하리라. 그래서 그런지 지금이야말로 리더십을 발휘해야 한다는 그릇된 오기를 부리고 있었다.

"그럼 이제 밤도 깊었으니 나부터 시작할게."

노파가 헛기침하고 말했을 때 내가 얼른 끼어들었다.

"저는 패스할게요."

"이거 봐, 젊은 언니. 분위기 파악 좀 하라고. 여자는 이래서 안 된다니까."

"안 되든 말든 내 알 바 아니고요. 죽기 직전까지 다른 사람 말에 따를 이유는 없으니까."

나는 딱 잘라 거절한 뒤 가무잡잡하고 커다란 하세베의 얼굴을 보고 재빨리 시선을 돌렸다. 이 남자 때문에 몇 달 만에 겨우 굳힌 죽을 각오에 균열이 생기고 있다. 이런 심리 상태로 타인의 인생에 간섭하면 그 반동으로 자신의 내면에도 풍파가 일 것이 자명했다.

죽을 동기를 어떻게든 되새기려고 안간힘을 쓰는데 노파가 마스크를 벗고 장밋빛으로 칠한 입술을 움직였다.

"나는 데라우치 지요코, 2월에 일흔세 살이 됐어. 도쿄 에도가와구의 이치노에에서 작은 스낵바를 운영했지. 20년 동안 홀로 가게를 지켰어."

그러자 하세베가 또다시 손을 들어 말을 잘랐다. 그는 입에 문 담배를 흔들며 지요코의 얼굴을 들여다봤다.

"이치노에의 작은 스낵바라고? 잠깐만……, 이치노에의 스낵바라……."

하세베는 한참을 골똘히 생각하며 한 지점을 지그시 바라보았다. 그러다가 마침내 떠올랐다는 듯 고개를 들었다.

"생각났다. 설마 거기야? 집단 감염자가 발생한 스낵바의 지요코?"

그 순간 주름이 두드러진 지요코의 얼굴이 딱딱하게 굳었고 아이라인으로 둘러싸인 눈동자가 번득였다.

"정답이야? 어허 참, 어마어마한 인물이 섞여 들어왔다니! 그거 맞지? 노인네를 여섯 명이나 죽인 장본인."

"주, 죽였다니. 말이 심하잖아……."

"심하고 나발이고, 방역 수칙도 지키지 않고 손님을 뒷문으로 들여보냈다며? 온 세상 술집들이 픽픽 망해가는데 당신네 가게는 노인네 손님들과 짜고 몰래 영업했잖아. 결국 감염된 노인이 여섯 명이나 죽었고."

하세베가 신이 난 듯 몰아붙였고 지요코의 입꼬리는 경련이 인 듯 실룩였다. 나도 그 사건을 들은 적 있다. 당시 SNS에 가게 이름이 알려지면서 지요코의 이름과 얼굴 사진도 유포됐다.

남자는 한술 더 떠 떠들었다.

"무슨 주간지에서 읽었는데 노인들을 매일 오게 하려고 개근상 같은 것도 만들었다며. 심지어 낮에도 오고 밤에도 오면 더블 개근상이라고 했던가? 하긴, 연금 타서 생활하는 할아버지들한테 큰돈을 벗겨 먹을 수 없을 테니 죽이지도 살리지도 않고서 소액을 뜯어내기에 꽤 짭짤한 방법이지."

하세베는 어깨를 들썩이며 웃었다.

그렇구나. 노인들의 경쟁심리와 연대감을 이용하는, 어떻게 보면 전략적인 경영을 하던 사람이 이 사람이었구나.

나는 하얗게 뜰 정도로 파운데이션을 바른 노파를 쳐다봤다.

"그, 그렇게 될 줄 몰랐어. 우리 가게 손님들은 다 단골들이고 어쨌든 매일 가게에 오는 게 그 사람들의 낙이었거든. 가, 가게 문을 닫으면 그 사람들이 있을 곳이 없어지니까. 노인들의 유일한 낙을 도저히 빼앗을 수 없었어."

"핑계 없는 무덤은 없다더니."

하세베는 코웃음 치며 말을 이었다.

"낙은커녕 노인네들을 한꺼번에 지옥으로 보냈으면서. 그런 주제에 본인은 감염되기 싫어서 마스크로 무장했네."

지요코는 가차 없는 말에 눈물을 글썽이더니 끝내 참지 못하고 흐느껴 울기 시작했다. 곧 아이라인이 번져 시커먼 눈물이 볼에 두 줄을 그었다.

"그 사람들한텐 진심으로 미안해. 사과하고 싶어. 저, 전염병을 너무 가볍게 생각해서 돌이킬 수 없는 짓을 하고 말았어……."

"뭐가 미안해요?"

여전히 창밖을 바라보는 소년이 갑자기 작은 소리로 말했다.

"오히려 마지막으로 즐길 수 있어서 잘된 거 아니에요? 살날이 길지 않은 노인들이기도 했고."

그러자 지요코가 눈물에 젖은 눈을 반짝반짝 빛내며 고개를 빼고 뒷좌석을 돌아봤다.

"그, 그렇게 생각해? 그 사람들이 만족하며 저승으로 떠났을까?"

지요코는 심드렁한 의견에 필사적으로 매달렸다. 소년이 여전히 무표정한 얼굴로 입을 다물고 있자 하세베가 또 귀에 거슬리는 목소리로 말했다.

"어이, 꼬마. 노인네들은 어차피 얼마 못 사니까 조금 더 일찍 죽으나 다를 것 없다는 말이야?"

"그 뜻 말고 다른 뜻도 있어요?"

소년은 담담하게 대답했다.

"야. 네 놈처럼 빌어먹게 건방진 애새끼들이 우리나라를 박살 내고 있다고. 조금은 솔직해져 봐. 너, 사실 외롭지? 사실은 죽기 싫으면서 괜히 부모나 선생에게 걱정을 끼쳐 관심받고 싶어서 여기 온 거지? 누가 혼내줬으면 좋겠지?"

하세베는 혼자 신이 나서 어디선가 들은 듯한 이야기를 늘어놓았다.

"우리 네 사람은 인터넷에서 만난 동반자살지원자야. 아무런 인연도 관계도 없는 사이니까 속마음을 털어놔도 괜찮아. 그러다가 마음이 바뀌면 언제든 차에서 내리면 돼. 미래를 짊어지고 우리 몫까지 잘 살아."

소년은 마침내 돌아보며 귀에서 이어폰을 뺐다. 속쌍꺼풀 진 눈에 희미한 조바심이 드러났지만 말대꾸할 기력은 없는 듯했다. 왼쪽 눈을 비비며 하세베를 잠시 바라보더니 아무 일도 없었다는 듯 눈을 내리깔았다.

"어르신, 계속해."

하세베가 옆에서 턱을 괴자 지요코가 고개를 살짝 끄덕였다.

"우리 가게에서 집단 감염이 발생했다고 뉴스에 여러 번 보도되는 바람에 아침부터 밤까지 전화통에 불이 났어. 소원해진 딸한테서도 전화가 왔을 정도니. 이번에야말로 인연을 끊겠다고 말이야."

지요코는 어깨를 부르르 떨었다.

"지금이니까 하는 말인데 나는 1억 엔 넘게 모았어."

"1억 엔? 영감님들한테 잘도 쥐어 짜냈네."

"20년이 넘도록 하루도 쉬지 않고 일했어. 밤낮으로 가게 문을 열고 외로운 노인들이 모일 장소를 제공했지. 도리에 어긋난 돈을 뜯어낸 적은 없어. 다 꾸준히 모은 돈이야. 그, 그런데……."

지요코가 코를 훌쩍였다.

"사망한 손님의 유족이 소송을 걸었어. 여지껏 신경도 안 쓰던 가족들이 건수 잡았다는 듯 똘똘 뭉쳐 배상금을 요구했지. 한 사람당 4천 4백만 엔."

"하긴, 돈 나올 구멍이라는 걸 뻔히 아는데 마다할 이유는 없으니까."

"나, 나는 이제 기력이 없어서 아무것도 못 하겠어. 정말로 외톨이가 되어 버렸어……."

지요코는 다시 눈물을 흘리며 혈관이 두드러진 손을 꽉 잡았다. 화장이 녹아 흘러내려 엉망이 된 얼굴을 나는 멍하니 바라봤다.

시시해.

왜소한 노파가 흐느끼는 모습에도 내 마음은 조금도 움직이지 않았다.

하세베는 소리 내어 우는 지요코를 내려다봤다. 그는 담배를 입에 문 채로 뼈가 앙상한 지요코의 어깨를 힘껏 두드렸다. 어딘가 귀찮은 듯 성의 없는 모습이었다.

"그래, 그래. 잘했어. 저승에서 기다리는 할아버지들도 별로 화내지 않았을 거야."

"그, 그럴까?"

지요코는 어깨를 들썩이며 통곡했고 한눈에 봐도 가짜인 샤넬백에서 휴지를 꺼냈다. 코를 풀고 눈물을 닦은 뒤 가늘고 긴 숨을 토해냈다. 그리고 얼굴을 번쩍 들었다. 그 얼굴은 참으로 맑았고 조금 전까지와는 다르게 몰라볼 정도로 후련해 보였다.

 "이야기를 들어줘서 고맙네. 오랜만에 가슴 속 응어리가 풀렸어. 손님에게 인터넷을 배운 덕분에 여기 오게 돼서 정말로 다행이야."

 천진할 정도로 상쾌한 얼굴이었다. 하세베는 급하게 담배를 빨고는 비벼끄자마자 새 담배에 다시 불을 붙였다.

 "그럼 다음 차례는 꼬맹이 너."

 하세베는 자꾸 눈을 비비는 소년에게 턱을 치켜올리며 말했다. 거부하리라는 예상과 달리 소년은 단조로운 목소리로 입을 열었다.

 "단바 리쿠토, 열여섯 살."

 "열여섯? 고등학생인가? 얘, 열여섯 살이면 아직 앞길이 구만리 같은데, 인생이 지금부터 시작이라고. 아마 지금쯤 부모님이 걱정하며 찾으실 거야."

 전부 고백해서 홀가분해진 지요코는 자못 걱정된다는 표정을 지었다.

 "살다 보면 즐거운 일도 많아. 성급하게 결정하면 안 돼. 아이는 미래 그 자체니까."

"미래?"

리쿠토는 말뜻을 생각하듯 반복하다가 다시 자기소개를 이어갔다.

"지바현 나라시노 출신. 여기 온 이유는 인터넷에서 봤으니까."

"그런 아무렇게나 갖다 붙인 이유 말고."

이번에는 하세베가 끼어들었지만 리쿠토는 아무 대답도 하지 않은 채 왜인지 내게 고개를 돌렸다. 표정이 거의 없고 의욕도 없어 보이는데 어쩐지 경계심을 일게 하는 섬뜩함이 느껴졌다. 과거에 마주친 치한이 이런 얼굴이었던 기억이 떠올라 혐오감이 솟구쳤다.

나는 인상을 쓰며 물었다.

"뭐야?"

"어차피 죽을 텐데 한 번 대줘."

"뭐라고?"

나는 고개를 홱 옆으로 돌렸다. 작고 창백한 얼굴은 앳됐고 검은색 동그란 눈동자는 유난히 맑으며 악의가 없었다. 그러나 그 속에 뒤섞인 절망과 색욕이 엿보여 마음속 깊이 섬뜩한 기분이 들었다. 어른도 아이도 아닌 기묘한 얼굴이었다.

말없이 조금 떨어지자 리쿠토가 다시 맥없는 목소리로 말했다.

"아이의 마지막 소원인데 들어줘."

"미쳤나 봐. 소름 끼쳐 죽겠어."

나는 발밑에 둔 가방을 들어 리쿠토와 나 사이에 힘껏 내려놓았다. 그러자 하세베가 담배를 물고 천박한 웃음을 흘리며 나와 리쿠토의 얼굴을 번갈아 쳐다봤다.

"이번 생 소원이라는데 누나가 한 번쯤은 상대해 줘."

"무슨 개소리야 진짜."

"그런 말 말고. 이런 꼬맹이들은 고작 몇 분이면 끝나니까. 당신은 성에 안 찰지 몰라도."

나는 히죽히죽 웃는 하세베를 노려봤다.

그럼 그렇지.

남자의 거무스름한 얼굴에서 시선을 떼지 않았다. 낯선 사람들끼리 동반 자살하자고 모인 자리니 이런 상황이 닥칠까 봐 무엇보다 경계했다. 이른바 죽음을 면죄부로 모든 악행을 정당화하는 비정상적인 상황. 강간도 폭력도, 아니, 온갖 고통을 가하다 사람을 죽인다고 해도 자살하면 죗값을 치르지 않는다.

나는 원피스 주머니에 손을 넣고 생활용품 판매점에서 구매한 작은 잭나이프를 움켜잡았다. 만일의 사태가 생기면 주저하지 않고 사용하기로 마음먹었다. 어차피 죽는다. 무법지대라는 조건은 모두에게 동등했다.

땀 때문에 미끄러운 오른손으로 칼날을 밀어 꺼내려는 순간 지요코가 어울리지 않는 느긋한 목소리로 말했다.

"상대하기 싫어?"

"당연한 걸 물어요?"

"그렇구나. 저기, 리쿠토라고 했니? 밖으로 나가렴. 내가 상대해 줄 테니."

지요코가 문틈을 막은 테이프를 떼려고 하자 모두 입을 떡 벌렸다. 나를 도우려고 나선 것일까 생각도 했지만 지요코의 분칠한 얼굴은 조금 상기됐고 장밋빛 입술에는 미소가 어려 있었다. 역시 이런 일에 아무런 거부감도 없는 모양이다. 변두리 작은 스낵바로 1억 엔 이상 모은 것도 수긍이 갔다. 상대가 열여섯 살 아이일지라도 전혀 망설이지 않는 점은 놀랍지만 그렇다고 해도 불쾌하지는 않았다. 지요코에게는 일상적인 일이었다.

"여기는 산속이라 아무도 안 오니까 걱정 말렴. 내가 남자로 만들어 줄게."

지요코는 리쿠토에게 당당히 손짓했다. 리쿠토에게서 방금까지 풍기던 섬뜩한 분위기는 사그라지고 내향적인 아이의 얼굴이 돌아왔다.

"아니, 됐어요······."

"뭐야, 됐다니. 그게 가장 아쉬운 일 아니었어? 솔직한 소원이잖아."

"농담이었어요."

리쿠토는 반쯤 겁에 질린 듯 몸을 웅크린 채 창밖으로 고개를 돌렸다. 거북한 분위기가 흐르자 운전석에 기대앉아 있던 하세베가 느닷없이 분위기를 깨듯 요란하게 웃었다. 나머지 세 사람이 화들짝 놀라 동시에 어깨를 흠칫 들썩였다.

"어르신, 참 익숙해 보이네."

남자는 웃으며 짧아진 담배를 재떨이에 비벼 껐다. 이제는 죽기 위해 모였다는 사실 따위 잊은 사람처럼 조금 전까지 감추지 못하던 두려움은 어느새 보이지 않았다.

"그런데 어느 시대나 여자는 편해서 좋겠어. 어리든 늙든 남자랑 뒹굴면 쉽게 돈을 벌잖아."

"편할 리가 있나. 무슨 말을 그렇게 해."

지요코가 강하게 반발하며 내게 동의를 구하는 듯한 눈빛을 던졌다. '같은 여자로서 방금 발언은 절대로 용서할 수 없지?'라고 말하는 듯이. 확실히 하세베의 말은 차별과 모욕이 가득했지만 그뿐이었다. 마치 아이가 내뱉은 욕설을 들었을 때처럼 화를 낼 마음조차 들지 않았다.

침묵하는 내게 속이 끓는 듯 지요코가 처진 턱을 들며 분노했다.

"당신도 뭐라고 좀 해 봐. 여자를 이렇게까지 무시하는데 억울하지도 않아?"

"딱히. 그건 그렇고 다음은 내 차례죠? 사카자키 나쓰미, 스물여덟 살. 미나미코이와에서 태어났고 직업은 일종의 자원봉사자 같은 거예요."

그렇게 말한 순간 나무숲 사이로 조금씩 움직이는 불빛이 보였다. 하세베가 곧바로 자동차 실내등을 껐다.

2

"이런 오밤중에도 차가 다니네……. 지금 시간이 몇 시인데."

네 사람은 모두 숨을 죽이고 불빛을 응시했다. 자동차 전조등과 함께 구불거리는 산길을 달려오는 자동차의 엔진 소리가 희미하게 들렸다.

"이 산을 넘어 한노시로 빠져나가는 차일 거야. 여기 옆에 국도가 있으니까."

"한노? 지금 여기가 산속이긴 하지만 지역은 도쿄지?"

지요코가 작은 소리로 묻자 하세베가 고개를 끄덕였다.

"응, 도쿄도 오메시 이와쿠니야마산. 여기가 마침 사이타마현과 경계라서 고속도로를 안 타는 사람들이 다니는 길이기도 해. 가만히 있으면 곧 지나가겠지."

나는 고개를 낮춰 상향등으로 산길을 올라오는 차를 좇았다. 가로등 하나 없는 어두운 길인데도 위험할 정도로 속도를 냈다. 운전은 보기만 해도 난폭했고 커브길이 나올 때마다 급브레이크를 밟는 요란한 소리가 온 산에 울려 퍼졌다. 마침내 새빨간 차체가 보이는 곳까지 올라왔을 때 예측하지 못한 일이 일어나서 눈을 부릅떴다. 빨간 미니밴이 갑자기 방향을 꺾어 우리가 있는 공터로 거칠게 돌진하는 것 아닌가.

"아, 아니……, 왜 여기로 오는 거야……."

나는 당황해 고개를 더욱 깊게 숙였다. 빨간 미니밴이 덜컹하고 흔들릴 정도로 브레이크를 세게 밟으며 20미터 정도 앞에서 멈췄다. 전조등도 끄지 않았고 공회전 때문에 배기구에서는 하얀 연기가 계속 피어올랐다.

하세베는 몸을 움츠리고 밖을 살폈다.

"우리 차는 길에서 보이지 않게 큰 벚나무 뒤에 주차했어. 저 미니밴 전조등은 산 쪽을 비추고 있으니 우리가 안 보일 거야."

만약 우리가 있다는 사실을 알아차린다면?

그 생각에 몸이 굳었다. 이 늦은 밤 깊은 산속에 오는 목적은 자신들과 마찬가지로 평범하지는 않으리라.

"설마 추격자……."

저도 모르게 소리를 냈다가 황급히 손으로 입을 막았다. 재빨리 세 사람을 살폈지만 다들 듣지 못한 모양이다. 운전석에서 몸을 숙이고 있는 하세베는 전방을 주시하며 쉰 목소리로 말했다.

"이 지역 지리를 잘 모르면 이런 곳까지 들어오지 않을 텐데. 어렸을 때 아버지가 버섯을 따다 주신 적이 있어. 우리 아버지가 이 주변에서 벌목 청부업을 하셨는데, 여기가 송이버섯이니 노루궁뎅이버섯이니 알 만한 사람은 다 아는 고급 버섯 서식지거든. 그런데 아직 버섯을 딸 시기는 아닌데."

"그래? 그러면 그냥 쉬러 온 거 아닌가?"

지요코가 속 편한 소리를 꺼냈을 때 빨간 미니밴 문이 휙 열려 네 사람은 숨을 삼켰다. 차에서 내린 사람은 아마도 여자 같았다. 어두워서 또렷하게 보이지는 않지만 바람에 흩날리는 긴 머리가 보였다. 어둠 속에 통통하고 두툼한 체격의 실루엣이 어렴풋이 떠올랐다.

혼자일까……?

고개를 최대한 숙인 채 상황을 살피는데 별안간 큰 소리가 고요를 깨는 바람에 네 사람은 다시 흠칫 놀랐다.

"캄캄한데 어떻게 들어가라는 거야! 미친 거 아니야?! 여보세요! 듣고 있어?! 왜 꼭 오늘이어야만 한다는 거야!"

귀에 거슬릴 정도로 사나운 목소리였다. 여자는 스마트폰을 귀에 대고 머리를 휘날리며 분노에 차 소리 질렀다.

"안 들린다고? 여기 잘 안 터져! 젠장!"

여자는 연신 혀를 차며 스마트폰으로 전화를 걸려는 듯했다. 화면 불빛으로 추악하게 일그러진 얼굴이 어렴풋이 보였다. 머리를 쥐어뜯으며 더러운 말을 쉬지 않고 내뱉었다.

"무슨 일일까. 젊은 여자가 망측하게……."

지요코가 얼굴을 찌푸렸다.

여자는 발밑의 자갈을 걷어차면서 차에 올라타 실내등을 켰다. 어떻게든 연락을 시도하는 것 같았지만 결국 통신 상황이 좋지 않아 휴대폰을 조수석에 내던졌다. 화풀이로 운전대를 마구 때리고서 담배에 불을 붙인 뒤 라이터를 앞 유리를 향해 아무렇게나 던져 버렸다. 다혈질에 한번 화가 나면 손 쓸 수 없는 부류였다. 그리고 차 안이 물건으로 가득한 점과 차체에 먼지가 뽀얗게 쌓여 지저분한 점만 봐도 여자가 사는 집의 상태가 상상이 갔다. 마흔 살 정도로 보이지만 실제로는 조금 더 젊을지도 모른다.

그때 빨간 미니밴이 산을 향해 나아가기 시작했다. 사박사박 자갈을 밟으며 천천히 전진해 나무가 무성한 산기슭 끝에서 멈췄다. 그리고 전조등을 켠 채로 다시 문이 열렸고 꽁초를 내던지는 여자가 모습을 드러냈다. 여자는 기분이 몹시 나쁜 듯 입꼬리가 불퉁하게 처진 채로 연신 투덜댔다. 큼직한 검은색 배낭을 어깨에 메고 스마트폰을 손전등 삼아 나무숲으로 천천히 들어갔다. 상향등 불빛 덕분에 숲속이 조금 보였다. 여자는 더욱 깊숙이 걸어 들어갔다.

그 모습을 가만히 지켜보던 하세베가 마른세수를 하며 숨을 토했다.

"아무래도 저 여자도 죽을 작정인가 보네. 기왕 이렇게 된 거 여기 끼워줄까?"

멍청한 소리도 정도껏 해야지. 나는 여자가 걸어 들어간 곳을 바라보며 한숨을 쉬었다. 저 여자는 자살 지원자도 평범하게 쉬러 온 사람도 아니다. 보나 마나 확실하다. 한 치 앞도 보이지 않을 정도로 어두운 산속으로 홀로 걸어 들어가고 있으니. 보통 성질일 리 없다.

나는 귀찮은 일이 일어나리라는 예감에 마음이 급해져 입을 열었다.

"저기, 다들 여기 죽으러 왔잖아? 그럼 어서 연탄불을 붙이자고요. 우리랑 아무 상관도 없는 여자고, 이제 모든 걸 다 끝내고 싶어요."

"맞는 말이야."

리쿠토도 작은 소리로 동의한 뒤 발밑에 있던 연탄이 담긴 화로 두 개를 끌어냈다. 그러고는 하세베에게 시선을 보냈다.

"앞에도 하나 있죠? 주절주절 떠들지 말고 꺼내요."

"너희들 아까부터 태도가 왜 그따위야. 어른한테 버르장머리가 없어도 유분수지. 그렇게 남을 무시하니 제 명에 못 사는 거야. 봐봐, 그 결과가 바로 지금 너희의 모습이라고."

"피차일반 아닌가."

리쿠토가 감정 없는 목소리로 받아쳤다. 그런 리쿠토를

위협하듯 노려보던 하세베가 운전석 문을 막아 놓은 테이프를 서서히 떼기 시작했다.

"일단 이야기 정도는 들어 봐야지."

"하지 말라고! 안 엮이는 게 좋아! 나는 오랫동안 서비스업을 해서 엮여서 좋을 것 없는 사람을 한눈에 알아본다고!"

지요코가 말렸지만 하세베는 이상하게 혼자 들떠 "마지막으로 남이나 돕지, 뭐"라는 말이나 내뱉으며 남의 말을 귓등으로도 듣지 않았다. 그런데 그 순간 상향등이 비추던 숲속에서 여자가 불쑥 나타나 나는 숨을 훅 들이마셨다.

"도, 돌아왔어! 다들 고개 숙여요."

네 사람은 황급히 몸을 웅크린 채 숨을 죽였다. 인상을 잔뜩 쓴 여자가 담배를 입에 물고 배를 북북 긁으며 성큼성큼 걸어 나왔다. 그러고는 크고 날카로운 소리를 내며 미니밴에 올라타 엔진을 몇 번이나 고속 회전하며 급하게 방향을 틀었다. 네 사람은 좌우로 흔들릴 정도로 속도를 내며 떠나는 미니밴을 어안이 벙벙하게 지켜봤다.

"도대체 뭐지······?"

하세베가 국도 쪽을 쳐다보며 중얼거렸다. 지요코는 화장이 엉망이 된 얼굴을 들고 한숨을 후 내쉬었다.

"어휴 참, 사라져서 다행이네. 엮였다면 끝장이었어."

"호들갑은."

하세베는 찌그러진 담뱃갑에서 담배 한 개비를 꺼낸 뒤

다시 실내등을 켰다.

"그래서, 아가씨는 사카자키 나쓰미라고 했나? 계속해 봐. 자기소개하던 중이었잖아."

"더 할 말이 없어요."

"그럴 리가. 죽기로 결심한 사람 중에 사연 없는 놈이 어디 있다고. 견딜 수 없는 고통에서 벗어나려고 이 길을 택했잖아. 왜 여기 왔지?"

"이 사람처럼 인터넷에서 봤거든요."

나는 리쿠토에게 시선을 돌리며 말을 이었다.

"이제 이것저것 다 귀찮아져서 그냥 죽으려고요."

어떤 의미에서 진실이었다. 그러나 죽기 전에 최대한 시간을 벌고 싶은 하세베는 코로 세게 담배 연기를 뿜어냈다.

"곧 죽을 인간인 주제에 의뭉스럽게 숨기지 마. 기분 나쁘니까."

"뭐라든 상관없어요. 지금 여기서 왜 고백을 강요하는지 모르겠네. 무엇보다 당신에게만은 아무 말도 안 하고 싶어요."

"친절하게 굴면 꼭 이렇게 기어오른다니까. 같잖은 핑계만 늘어놓는, 귀여운 구석이라고는 눈곱만큼도 없는 여자로군. 얼굴은 평범하지만 성격이 꼬여서 남자가 도망갔을 거야. 설마 남자한테 버림받아서 죽으려는 건가?"

하세베는 비웃으며 담배를 피웠다. 나는 어이가 없어서

반박하지 않았다. 지금 당장 차에서 내리고 싶은 마음이 굴뚝같았지만 캄캄한 한밤중에 산속에서 홀로 자살할 정도의 배짱은 없었다.

휴대폰이 터지는 곳까지 걸어서 얼마나 걸릴까 진지하게 고민할 때 옆에서 죽은 듯이 있던 리쿠토가 불쑥 입을 열었다.

"뭔가 이상해요."

리쿠토는 캄캄한 국도 쪽을 응시하고 있었다. 무슨 생각을 하는지 미간에 얕게 주름이 잡혔다. 하세베는 짧아진 담배를 재떨이에 비벼 껐다.

"뭐가 이상하다고? 이 아가씨가 남자한테 버림받았을 거라는 내 추측을 이해할 수 없다는 뜻이야? 설마 첫눈에 반한 건 아니지?"

리쿠토는 맥 빠진 소리로 대꾸했다.

"걸레 주제에 안 대주는 아줌마한테 관심 없거든요."

"너 진짜 작작 해라."

몸을 옆으로 휙 돌리며 말했지만 리쿠토는 개의치 않고 여전히 국도 쪽으로 시선을 고정했다.

"아까 그 여자. 숲에 들어갈 때는 배낭을 메고 있었는데 돌아올 때는 없었어요."

리쿠토의 말에 나는 방금 본 장면을 되짚었다. 질 나쁜 여자가 검은 배낭을 어깨에 메고 있던 장면이 떠올랐다. 그런데 돌아올 때는 빈손이었던가? 곰곰이 생각해 보니 배낭이 없었던 것도 같다.

 갑자기 섬뜩한 기분이 들어 얼굴을 찌푸리며 리쿠토를 바라봤다.

 "범죄 냄새가 나는데……."

 "배낭에 토막 시체가 들어 있는 거 아니에요?"

 리쿠토가 한 지점을 응시하며 추리하자 지요코는 짙게 칠한 입술을 일그러뜨리며 몸을 부르르 떨었다.

 "그럴 리가! 어떻게 여자 혼자 시체를 묻을 수 있겠어!"

 "시체쯤은 누구나 묻을 수 있죠. 작게 토막 내서 여기저기 버리는 내용의 소설을 읽은 적 있어요."

 지요코는 혐오감을 드러냈지만 리쿠토는 억양 없이 말을 이었다.

 "애초에 국유림은 시체를 유기하기 딱이에요. 기본적으로 입산 금지에 나무를 잘 베지 않아서 발견되기 어렵거든요."

 "너무 잘 아는 거 아냐? 지껄이는 폼이 예사롭지 않은데."

 하세베가 갑자기 말이 많아진 리쿠토를 쳐다봤다.

 "설마 경험자는 아니지? 사람을 죽여 놓고 도망칠 방법이 죽는 것 뿐이라고 생각한 거 아니야? 흉악 범죄 소년인 거지."

 리쿠토는 하세베를 말없이 쳐다보았다. 리쿠토는 처음부터 지나치게 조용했다. 외모는 어리지만 종잡을 수 없는 느낌에 성격이나 태도도 전혀 짐작할 수 없었다.

   시선을 피하지 않는 리쿠토를 보고 하세베는 혀를 차며 괄괄한 목소리를 한층 더 낮췄다.

   "네가 뭘 하든 여기서는 멋대로 못 해. 비실비실한 꼬맹이 따위 한주먹감도 안 되거든."

   나는 여전히 하세베를 바라보는 리쿠토에게서 조금 떨어져 앉았다. 그리고 주머니에 손을 넣어 다시 작은 칼을 움켜쥐었다. 이 소년에게 느껴지는 가장 큰 위화감은 죽음에 대한 공포가 전혀 보이지 않는다는 점이었다. 그만큼 각오가 단단하다고도 할 수 있지만 아무래도 풍기는 분위기가 열여섯 살답지 않았다.

   의심이 걷잡을 수 없이 부풀며 심장이 **빠르게** 뛰었다. 그때 하세베가 내뱉듯 말했다.

   "아무튼 아까 그 불량한 여자가 사람을 묻었든 죽였든 알 바냐고."

   하세베는 조수석 발밑에서 새 화로를 꺼냈다.

   "나는 여기 모인 사람들의 인생을 알고 싶어. 안 그래도 함께 떠나는데 서로의 인생을 조금이라도 알아야지. 이건 억지가 아니야."

   "맞는 말이야. 서로 마음을 열어야 해. 이럴 때일수록 서로를 믿어야 한 걸음 나아갈 수 있을 테니."

   지요코는 아무 말도 하지 않는 나와 리쿠토에게 비난 어린 시선을 던졌다.

"일단 애들은 나중으로 미루고 당신부터 말하는 게 낫겠어. 이래서는 끝이 없으니까."

"그것도 그래."

하세베는 다시 담배에 불을 붙이고 천장을 향해 연기를 뿜었다.

"나는 가마타에서 철공소를 운영했어."

그렇게 말을 꺼내며 작업복 가슴팍을 움켜잡고 회사명을 수놓은 자수를 자랑하듯 내보였다.

"동네에 있는 작은 공장이었지만 30년 넘게 운영했지. 펀치 프레스라는 걸 했는데. 알루미늄이나 철, 스테인리스 같은 금속에 구멍을 뚫어 제조하는 것이 주요 작업이었어."

하세베는 눈을 가늘게 뜨며 면도하고 남은 흰 수염이 섞인 턱수염을 엄지손가락으로 만졌다.

"10대 때는 막 나갔지. 나쁜 길에 들어서다시피 하면서 아주 막 살았어. 그러다 우연히 선대 사장님을 만났는데 그분이 나를 다시 일으켜 주셨지. 그래서 내가 공장을 맡게 됐고. 사장님의 기대를 저버리지 않으려고 닥치는 대로 일했지만 이번 전염병 사태는 이길 수 없더라고. 빚더미에 앉아 꼼짝할 수 없어."

"당신도 고생 많았네. 무슨 심정인지 잘 이해해."

지요코는 안타까운 표정으로 몇 번이나 고개를 끄덕였다.

"우리 공장은 파트타임까지 직원이 총 네 명이었거든. 어쨌든 직원들을 지키는 게 가장 중요하잖아. 나는 이혼해서 가족이 없지만 다른 직원들은 사정이 다르니까. 그래서 결국 공장 문을 닫고 할 수 있는 일은 닥치는 대로 했어. 국가 보조금 따위는 아무 도움도 안 됐어."

"그래서 어떻게든 이겨냈다면 죽을 필요 없잖누. 아직 살 날 많은 사람인데. 분명 다시 일어설 수 있을 거야."

지요코의 격려에 하세베는 담배를 피우며 어딘가 아련한 표정을 지었다.

"여동생이 빚 연대보증을 섰어. 나 혼자면 몰라도 이대로라면 여동생까지 파산한다고. 동생이 은둔형 외톨이인 외아들을 홀로 키우거든. 내내 고생이 말도 못 했어. 하지만 내가 죽으면 내 앞으로 나오는 보험금으로 동생은 어떻게든 살 수 있어. 그래서 결심한 거야. 이걸로 됐어."

"다, 당신……."

콧등이 붉어진 지요코가 하세베의 팔을 잡았다.

"내가 당신을 오해했네. 목숨 걸고 동생을 지키는 건 아무나 할 수 없는 일이야. 대단한 결심을 했네, 당신 같은 남자는 본 적 없어."

하세베는 눈물을 참으며 턱을 치켜들고 담배 연기로 감추듯 눈가를 비볐다.

동생을 지키려고 죽음을 결심했나 보다. 하지만 왜일까,

이 완성된 미담에 도무지 마음이 움직이지 않았다. 오히려 뻔한 거짓말 같아서 심각한 표정을 꾸며내는 데만도 고역일 정도였다. 지요코의 맞장구도 영업용 멘트 같기만 했다. 하세베가 좋아할 만한 말만 쉴 새 없이 떠드는 모습에서 스낵바에서 노인 손님들을 살살 구슬려 붙잡아 두었던 기술이 엿보였다.

하세베는 과거 이야기를 하는 데 맛들렸는지 그 뒤로도 의협심과 인정미 넘치는 같잖은 일화를 아낌없이 풀어놓았다.

작작 좀 하지, 지겨워.

가방 속 스마트폰을 켜서 시간을 확인하니 벌써 밤 11시가 넘어가고 있었다. 초조해서 자꾸만 몸을 움직이던 그때, 가느다란 목소리가 들려 창밖으로 고개를 돌렸다.

3

나무들이 바람에 흔들려 술렁이는 소리에 섞여 새된 소리가 간헐적으로 귀에 꽂혔다. 기분 탓이 아니라 어딘가 절박하게 느껴지는 소리였다.

동물 울음소리인가?

나는 창문에 얼굴을 대고 불안정한 소리에 집중했다. 끊임없이 이어지는 억눌린 듯한 소리는 섬뜩한 느낌을 담고 있었다. 정신을 더욱 집중하려고 했지만 하세베의 걸걸한 목소리가 방해해 작게 혀를 찼다.

"은둔형 외톨이인 조카는 나한테만큼은 마음을 열었어. 아버지의 애정에 굶주린 셈이지. 녀석도 내가 사라지면 확 알아차릴 수……."

"조용히 해요."

나는 과장이 섞였을 하세베의 말을 잘랐다.

"밖에서 무슨 소리가 들려요."

내가 가만히 귀를 기울이자 하세베와 지요코는 의아한 얼굴로 말을 멈추고 움직이지 않았다. 초목이 바람에 흔들리는 소리가 유난히 크게 들렸다. 어디선가 잎사귀가 날아와 자동차 정면 유리창에 부딪혔다. 대부분 생명력이 느껴지지 않는 소리였지만 그 사이로 불안정한 목소리가 희미하게 섞여 들렸다.

"맞지? 방금 들었죠?"

"응? 바람 소리밖에 안 들리는데."

하세베와 지요코가 동시에 고개를 저었다.

"아니, 들린다니까요. 좀 기분 나쁘게 울부짖는 것 같은 소리요."

그렇게 말했을 때 옆에서 리쿠토가 중얼거렸다.

"들리네."

"정말 들은 거 맞아? 이제 와 죽기 무서워서 환청이라도 들은 거 아니고?"

"환청 아니에요. 노인의 귀에는 안 들리는 주파수일지도 몰라."

리쿠토의 진지한 대꾸에 하세베는 입술을 실룩거리며 분노를 표현했다. 나는 리쿠토에게 시선을 돌렸다.

"그리 멀지 않은 곳에서 나는 소리 같은데."

"응, 생각보다 가까운 곳이야. 고양이 울음소리처럼 들리는데. 아까 운전 거지같이 하던 여자가 버리고 간 거 아냐?"

펫숍이나 악질 분양 업체에서 팔리지 않은 동물을 유기한다는 역겨운 동물 학대 기사를 읽은 적이 있다. 하지만 동물의 울음소리는 아니었다.

"잘 들어 봐. 난 아기 울음소리로 들려."

말하면서 등을 움찔했다. 그러면 아까 그 여자는 아기를 버리러 왔다는 말 아닌가. 검은 배낭에 아기를 담아 산속에 버리고 갔다고?

모두 귀를 쫑긋 세우고 입을 다물었다. 그리고 한참이 지나서 리쿠토가 입을 열었다.

"그 말을 듣고 다시 들어보니 아기 맞는 것 같아."

"자, 잠깐, 그게 사실이야? 거짓말하면 못써. 아기 소리가 분명해?"

지요코가 몸을 돌려 물었고 나와 리쿠토는 말없이 고개를 끄덕였다.

"……큰일이네."

하세베가 희끗희끗한 상고머리를 쓰다듬어 올리며 말했고 당황한 지요코의 목소리가 커졌다.

"큰일이잖아! 지금은 5월이라 날씨는 좋아도 밤에는 아직 춥다고! 지금 당장 구하지 않으면 목숨을 건지기 어려워!"

"글쎄, 진짜 아기를 버린 거라면 그렇겠지."

"잠깐."

문틈을 막은 테이프를 떼는 두 사람에게 리쿠토가 억양 없는 목소리로 말했다.

"이제 죽을 거니까 구해봤자 의미 없어."

"무슨 소리를 하는 거야! 이런 오밤중에 산속에서 아기가 필사적으로 울고 있는데!"

지요코가 하세베에게 눈짓하자 남자도 곧바로 가세했다.

"너는 정말 피도 눈물도 없는 놈이구나. 우리는 죽고 싶어서 죽지만 저 아기는 살고 싶어서 우는 거야. 이걸 못 본 척하는 놈은 사람도 아니라고."

"참말로! 내 말이 그 말이야, 당신도 그렇게 생각하지?"

지요코가 서둘러 맞장구쳤다. 두 사람의 말이 지극히 맞았지만 무작정 찬성할 수 없었다. 나는 귀밑머리를 귀 뒤로 넘겨 꽂으며 고개를 들었다.

"솔직히 귀찮은 마음이 더 커요."

"제정신이야? 당신도 여자면서 아기를 그냥 죽게 내버려

두겠다고?"

"도와줘야 한다고는 생각해요. 하지만 아기를 보호하게 되면 경찰에 가야 하고 조사니 현장 검증이니 여러 가지로 귀찮아지잖아요. 그리고 넷이서 왜 여기 모였느냐고 묻겠죠. 그냥 귀찮아요. 게다가 미성년자도 있잖아요."

시선을 옆자리로 힐끗 돌리자 리쿠토는 긴 앞머리를 만지며 입을 열었다.

"나는 내 의지로 이 차에 탔지만 보호자의 허락을 받지는 않았어요. 이런 경우 사회에서는 보통 미성년자약취로 보는 것 같던데요."

마치 남의 말 하는 듯한 리쿠토의 태도에 하세베와 지요코는 입을 다물었다. 그러나 곧 아기를 못 본 척할 수 없다는 결론에 도달했다. 당연하다면 당연했다. 나도 어린 생명을 못 본 척하자며 나서고 싶지는 않았다. 그저 내 일만으로도 머리가 터질 것 같았을 뿐이다.

네 사람은 창문에 붙인 테이프를 떼고 차에서 내렸다. 서쪽에서 건조한 바람이 세차게 불어와 오랜만에 신선한 공기를 들이마시고 현실로 되돌아왔다. 구름 한 점 없는 밤하늘에 뜬 조금 모자란 보름달을 올려다 보았다. 그러자 갑자기 안타까움이 마음을 옥죄어 견딜 수 없었다. 잡다한 감정이 쏟아져 나오기 전에 세상을 떠날 계획이었다. 그런데 하필 '아기'라는 가장 성가신 존재와 얽히다니 이 사실을 믿을 수 없었다.

　기분을 전환하려고 흙과 나무 냄새를 가슴 가득 들이마시고 스마트폰의 손전등 기능을 켜서 나무숲을 비췄다. 리쿠토도 스마트폰으로 숲속을 비췄고 바람을 타고 전해지는 가냘픈 목소리에 귀를 기울였다. 하세베는 대시보드에서 꺼낸 잔뜩 녹이 슨 손전등을 켜고 나무 사이를 비췄다.

　"아까 그 여자가 들어간 곳이 여기지? 나는 공장에서 펀치 프레스 소음을 몇십 년이나 들었더니 귀가 좀 먹었어."

　하세베는 손을 귀에 대고 목소리가 들리는 방향을 찾았다. 이곳에서는 아기의 모습이 보이지 않지만 그리 멀지 않은 곳에 있으리라. 키가 나보다 머리 두 개 정도 작은 지요코가 내 옆에 서서 자꾸 발밑을 신경 썼다. 지요코는 검은색 스팽글이 수놓아진 굽이 5센티미터는 됨 직한 힐을 신고 있던 것이다.

　"그 구두로 숲속에 들어가기 힘들 텐데요."

　당연한 사실을 지적하자마자 지요코가 고개를 절레절레 흔들었다.

　"이런 곳에 홀로 남겨진다니 너무 소름 끼쳐. 불빛 하나 없는데."

　나는 지요코를 머리끝부터 발끝까지 훑었다. 구두도 그렇지만 자칫 드레스로 착각할 만한 긴 원피스가 거센 바람에 펄럭이고 있었다. 어떻게 이런 차림으로 숲속에 들어갈 생각을 하는지. 설득하는 것도 바보처럼 느껴질 때 뒤에서 감정 없는 리쿠토의 목소리가 들렸다.

"완전 짐이네요."

내 마음을 정확히 대변하는 말이었다. 그러자 하세베가 도요타 하이에스 밴의 문을 열고 허리를 굽히며 더러운 장화를 꺼냈다. 그리고 지요코를 향해 아무렇게나 던졌다.

"이걸로 갈아 신어. 그리고 그 치렁치렁한 옷. 나무에 걸려 찢어져도 몰라."

그러고는 리쿠토를 향해 돌아섰다.

"분명히 말하는데 리더는 나야. 모든 결정권은 나한테 있으니 똑똑히 기억하라고."

"……리더?"

"이 모임을 만든 사람도 나고 차를 제공한 사람도, 장소를 정한 사람도 나야. 애초에 가장 나이 많은 남자가 주도권을 갖는 게 상식이지. 너희는 그냥 입 다물고 따라오면 돼."

하세베는 턱을 치켜들었다. 이 상황에서 짐밖에 되지 않는 할머니를 굳이 데려가겠다고 선언하는 리더. 게다가 지요코도 본인이 짐이 된다는 사실을 전혀 고려하지 않았다. 믿을 수 없게도 하세베는 이것을 결단력과 배려라고 착각했다. 공장이 경영난에 빠진 이유도 꼭 전염병 탓만은 아닌 듯했다.

차례차례 터져 나오는 많은 문제에 나는 한숨을 쉬었다.

이곳에 모인 네 사람의 궁합은 보기 드물 정도로 최악이었다. 모두를 결속하는 공동의 목적인 동반자살도 이 체면치레 때문에 달성할 수 있을지 의문이었다.

하세베는 우쭐대며 존재감을 각인시키고는 몸을 휙 돌려 숲으로 걸음을 옮겼다. 리쿠토는 하세베의 뒷모습을 잠시 바라보다가 여전히 표정 없는 얼굴로 나무숲 사이로 들어갔다. 바로 그 뒤를 지요코가 따라갔고 나는 맨 뒤에서 느릿느릿 걸었다.

차를 세워 둔 공터도 아무것도 안 보일 정도로 어두웠지만 잡목이 우거진 숲은 그와 비교도 할 수 없었다. 스마트폰의 손전등은 기껏해야 50센티미터 앞까지밖에 비추지 못해서 사방에 암막 커튼을 친 듯한 압박감이 느껴졌다. 게다가 흙 위에 쌓인 마른 잎 때문에 걸음을 내디딜 때마다 발이 푹푹 빠져 균형을 잡기 힘들었다. 지요코는 장화로 갈아 신었지만 종종 발이 걸려 나무에 부딪힐 뻔했다.

"장화가 너무 커서 벗겨질 것 같아. 게다가 숨까지 차고. 협심증 때문에 혈관에 스탠트를 삽입했거든. 그리 멀지 않은 것 같으니 나를 좀 업어 주겠어?"

지요코는 조금 과장되게 어깨를 들썩이며 숨을 쉬었고 눈썹을 축 늘어뜨리며 연약한 표정으로 나를 바라봤다. 그러니까 거기서 기다리라고 했잖아요. 이 말이 목구멍까지 차올랐지만 간신히 삼켰다. 그렇다고 괜찮냐는 배려의 말도 하지 않았다. 지요코는 도움을 받아 마땅하다는 태도를 은연히 내보였다. 마음씨 좋고 배려심이 깊은 척하지만 실제로는 상당히 오만하면서 고집이 센 사람이었다. 나를 은근히 얕잡아 보는 것 같다는 생각은 착각이 아닐 터다.

나는 안색 하나 바꾸지 않은 채 입을 열었다.

"가기로 마음먹었으면 혼자 힘으로 걸어가세요."

지요코는 얼굴에서 연약한 미소를 지우고 곧바로 발끈했다.

"힘들어하는 노인이 눈앞에 있는데 무슨 말을 그렇게 해. 정말 무서운 여자네. 당신, 사람들이 다 싫어했지? 배려라고는 눈곱만치도 없어."

지요코는 욕지거리를 내뱉었다. 차에 있을 때와는 표정도 완전히 달랐고 늘어진 눈꺼풀 아래 숨은 눈에 격렬한 적대감이 실렸다.

"그 젊은 나이에 죽을 수밖에 없는 상황까지 내몰리다니 여간 독한 년이 아닐 거야. 여자라면 아무리 못생겨도 도와줄 남자가 하나쯤 있는 법인데 그런 사람도 없다니. 여자로서 아무런 가치도 없어."

"그게 본색이군요?"

나는 싸늘하게 지요코를 내려다봤다.

"일흔셋이나 먹고도 젊은 여자를 질투하나 봐요. 내 눈에는 그래 보이는데, 아니에요? 손녀뻘인 여자랑 경쟁하려는 기색이 너무 노골적이라 솔직히 소름 돋네요."

"닥쳐! 넌 처음부터 눈에 거슬렸어! 어리다는 이유만으로 기고만장한 그 얼굴! 음전한 척하지만 사실은 별 볼 일 없는 창녀잖아!"

이렇게까지 면전에서 욕을 먹기는 처음이었다. 유독 성미가 과격한 지요코를 바라보며 생각하다가 곧바로 정답을 찾았다.

"당신은 아마 그들만의 공주님으로 살았겠지? 남자들이 떠받들어 주는 데 익숙한 사람이에요. 스낵바를 오랫동안 운영한 것도 바로 그 덕분이었을 테고."

주름이 자글자글하고 칙칙한 지요코의 얼굴에 물음표가 떠올랐다.

"설명하기 복잡하니 그냥 넘어가겠지만 당신 마음은 알겠어요. 하지만 죽을 것 같은 사람 억지로 끌고 갈 생각 없어요. 그럼 그런 걸로."

"잠깐, 기다려 이 나쁜 년아! 날 버리고 갈 셈이냐!"

"솔직히 처음부터 당신은 안중에도 없었어."

나는 발길을 돌려 나무를 붙잡으며 완만한 언덕을 오르기 시작했다. 뒤에서 고래고래 악을 쓰는 지요코의 목소리가 들렸지만 지요코는 올라가는 것보다 돌아가는 편이 훨씬 편할 것이다. 한 치 앞도 보이지 않는 나무숲으로 성큼성큼 걸어 들어갔지만 조금 전부터 아기 울음소리는 들리지 않았다. 걸음을 재촉하니 앞서가던 불빛이 보였다. 두 남자는 오르막길에 멈춰 서서 조명으로 주위를 비췄다.

"아기는?"

겨우 따라잡아 하세베에게 물었다. 그러자 하세베가 돌아보더니 의아한 듯 되물었다.

"할머니는?"

"버리고 왔어요."

그 순간 지금까지 계속 무표정이었던 리쿠토가 웃음을 터뜨렸다.

"무서운 사람이네."

"누가 생각해도 돌아가는 편이 더 안전하잖아요."

나는 뿌루퉁한 하세베를 응시하며 지적했다.

"그건 됐고, 아기는요?"

가쁜 숨을 몰아쉬며 묻자 하세베가 작게 혀를 찬 뒤 고개를 저었다.

"기척이 없어. 이 주변에서 소리가 들렸는데. 아까부터 아무 소리도 안 나."

나도 스마트폰 손전등으로 주변을 비추며 아기를 찾았다.

"더 안쪽에 있을지도 몰라요."

"그건 아니야."

드물게 리쿠토가 즉시 대답했다.

"그 여자가 산에 들어갔다가 나오는 데 약 10분이 걸렸어. 편도 5분에 걸을 수 있는 거리는 3백 미터 미만이야. 이보다 더 멀리는 안 갔어."

나는 어둠 속에서 소년의 얼굴을 바라보았다. 리쿠토는 때때로 모든 것을 내다본 듯 말한다. 허세가 아니라 자신감이 들여다보이는 말이다 보니 더욱 경계심이 일었다.

잠시 리쿠토를 살폈지만 그 순간 소년은 주변으로 눈을 돌렸다. 나도 다시 찾기 시작했다. 그러나 불빛이 닿지 않는 수풀이 너무 어두워서 이미 수색한 장소조차 어디인지 알 수 없었다. 경사가 완만해서 돌아가는 길은 간신히 알아볼 수 있었지만 시야가 좁아서 방향감각이 점점 사라졌다. 그런데 리쿠토는 조금 전부터 혼자 같은 곳에 쭈그리고 앉아 움직이지 않았다.

"야, 이 자식아. 혼자 농땡이 피우지 마. 빨리 위쪽을 살피고 와."

리쿠토는 당장이라도 땅에 얼굴이 닿을 듯 엎드려 불빛으로 낙엽 틈을 비추며 잠긴 목소리로 말했다.

"땅에 난 새 발자국이 여기서 위로 향하지 않았어요. 아마 여기서 왼쪽에 아기가 있을 거예요."

"너 말이야 아까부터 왜 자꾸 헛소리를 지껄여. 낙엽이 이렇게 쌓여 있는데 사람 발자국이 어디 났다는 거야."

그러자 리쿠토가 일어서며 마른 어깨를 으쓱해 보였다.

"발자국이 땅바닥에만 나는 줄 알아요? 젖은 낙엽을 밟으면 잎맥이 짓눌리고 표면이 아주 조금 매끄러워져요. 빛을 비추면 살짝 빛나는 것처럼 보이거든요. 이 주변 잡초와 넝쿨을 헤친 흔적도 남아 있고."

하세베는 코웃음 치며 귓등으로 들었지만 나는 리쿠토의 말이 되는대로 떠드는 소리가 아니라고 생각했다. 리쿠토는 한밤중에 숲을 대책 없이 찾아 헤매는 자신이나 하세베와 달리 스스로 도출한 예측을 기반으로 수색 범위를 좁히고 있다. 웬만큼 자신감이 없으면 할 수 없는 일이었다.

나는 몸을 휙 돌려 리쿠토에게 다가가 그가 찾는 방향으로 스마트폰 손전등을 비췄다. 소년은 경사면의 왼쪽을 중심으로 찾으며 사방에 널린 넝쿨을 잡아 뜯고 있었다. 경사면을 샅샅이 뒤지며 이동하던 리쿠토는 푸르른 잎이 빽빽한 거대한 물참나무 옆에서 어깨를 움찔 떨었다.

"여기……."

리쿠토는 뱀처럼 튀어나온 뿌리 근처를 살폈다. 가까이 다가가자 엄청난 넝쿨 잎에 파묻히듯 버려진 검은색 배낭의 끈이 보였다. 리쿠토가 천천히 일어나 약간 겁먹은 얼굴로 고개를 돌렸다.

"……배낭 지퍼가 닫혀 있어. 소리도 안 들리고 움직이지도 않아. 이미 죽었을지도 몰라."

죽었다고?

그 말을 듣고 비틀거렸을 때 하세베가 달려와 나를 밀치

듯 끼어들었다.

"찾았어? 뭣들 멍하니 서 있어!"

하세베는 튀어나온 배를 출렁거리며 배낭 옆에 쿵 하고 무릎을 꿇었다. 그러고는 험상궂은 얼굴로 빡빡한 지퍼를 열었다. 처음 보는 진지한 눈빛은 지금까지 느낀 인상을 단번에 바꿀 만큼 박력 있었다.

하세베는 좀처럼 열리지 않는 지퍼 고리를 굵은 손가락으로 잡아당겼다.

"5분 전쯤까지 울었어. 아직 안 죽었을 거야. 아이는 보기보다 강하거든. 괜찮을 거야."

스스로를 설득하듯 말하던 하세베가 조금 벌어진 틈새로 굵은 손가락을 억지로 집어넣었다. 그리고 가방을 힘껏 벌린 순간 세 사람은 동시에 움직임을 멈췄다.

배낭 속에는 말 그대로 갓난아이가 있었다. 하늘색 배냇저고리를 입은 아기는 수건으로 아무렇게나 감싸여 있었다. 생각보다 훨씬 작았는데, 마치 갓난아이를 정밀하게 본떠 만든 도자기 인형 같았다.

나는 꿈쩍도 하지 않는 아기를 보고 다시 긴장했지만 하세베는 침을 꿀꺽 삼킨 뒤 배낭 주변을 뒤덮은 넝쿨을 마구 뽑기 시작했다. 그는 움직이지 않는 아기를 안아 올려 낙엽이 쌓인 땅 위에 눕혔다. 그리고 작은 몸에 귀를 댔다가 고개를 획 들었다.

"안 되겠어. 심장 소리가 안 들려."

하세베는 손바닥 아랫부분을 아기의 가슴에 대고 황급히 심폐소생술을 시도했다. 힘을 주려는 순간 리쿠토가 하세베의 손목을 잡고 저지했다. 방금까지 리쿠토를 삼킨 두려움은 온데간데없이 리쿠토는 단호하고 힘차게 말했다.

"그런 식으로 하면 아기 흉골이 부러져요. 저리 비켜요."
"공장에서 심폐소생술을 배운 적 있어! 너나 비켜!"
"됐으니까 비키라고요. 입씨름하는 시간도 아까우니까."

리쿠토는 하세베를 밀어내고 아기의 작은 맨발을 손바닥으로 가볍게 두드렸다. 다음으로 손가락으로 턱을 들어 올려 기도를 확보한 뒤 얼굴에 귀를 갖다 댔다. 그리고 심장 박동을 확인하자마자 리쿠토는 조금 탈진해 표정이 풀어졌다.

"살아 있어요. 자는 거야. 심박도 호흡수도 정상이에요."
"그게 정말이야!?"

하세베도 다시 아기 가슴에 귀를 댔다가 심장 소리를 확인하자마자 표정이 무너졌다.

"식겁했네. 이렇게 난리가 났는데 잠을 자다니 배짱이 대단해."

그 옆에서 리쿠토가 배낭을 샅샅이 뒤지다가 줄무늬 수건을 들며 일어났다.

"배낭에 아기와 수건만 들어 있어요."
"정말로 갓난아기를 죽일 작정이었단 말이야? 무슨 그런

천하의 쌍년이 다 있어."

하세베는 콧날이 굵은 콧등에 주름을 잡았다.

"아무튼 일단 돌아가자. 이렇게 된 이상 계획을 변경할 수밖에."

오늘은 확실히 동반 자살을 실행할 수 없다. 본의 아니지만 우선 아기의 안전을 확보해야 했다.

4

뒷좌석에 앉은 나와 리쿠토 사이에 아기의 잠자리를 마련했다. 지요코가 가져온 푹신푹신한 카디건이 침대로 안성맞춤이었다. 나는 가져온 수건 몇 장을 아기에게 덮어주었고 리쿠토는 후드를 꺼내 아기의 작은 발 근처에 놓았다.

"그런데 정말로 아기가 있었다니, 신의 뜻 아닐까?"

지요코는 엄숙한 어조로 말했다.

"태어난 지 세 달 정도 된 아이 같아. 아직 목을 잘 못 가누잖아. 어쩌면 조금 더 어릴 수도 있겠어. 남자아이인데 5킬로그램도 안 되어 보이지?"

홀로 남겨져 분노에 찬 불만을 쏟아내던 지요코는 아기를 보자마자 화를 가라앉혔다. 그녀는 네 사람 중 유일하게 아이를 낳아 키워본 적이 있는 사람이었다. 눈빛이 지금까지

와는 달랐고 말도 망설임 없이 술술 흘러나왔다.

 그렇다고 해도 갓난아이가 몇 개월이 됐는지까지는 잘 몰랐다. 나는 아기의 얼굴을 살펴보다가 마치 작은 동물처럼 동그란 눈에 못 박힌 듯 시선을 고정했다. 아직은 표정이 모호하지만 조금이나마 아기의 생각을 짐작할 수 있었다. 정신없이 눈을 움직이는 모습을 보니 환경이 변했다는 사실을 인지한 듯했다.

 하얗고 보드라운 작은 발을 조심스럽게 만졌다. 그러자 당연한 사실이 입 밖으로 흘러나왔다.

 "……발가락이 다섯 개 다 있네. 작지만 발톱도 있고. 굉장하다."

 "그렇지? 그렇게 작은데도 어른과 똑같이 있을 건 다 있다니까. 아기란 그 자리에 있는 것만으로도 기적 같은 존재야."

 그런 거창한 표현도 순순히 받아들일 수 있을 정도였다. 네 사람은 서로 얼굴을 맞대고 아기를 바라보면서 저마다 솟구치는 복잡한 감정에 휩싸였다.

 잠시 후 리쿠토가 혈색이 좋은 아기의 뺨에 손가락을 대자 아기는 젖을 찾는 듯 고개를 기울였다. 이어서 리쿠토가 아기의 목덜미에 손가락을 대고는 스마트폰을 확인했다.

 "심박수는 정상이에요."
 "잠깐. 넌 의사도 아니면서 왜 이것저것 잘 아는 척이야.

아까 심장 마사지도 그렇고. 허세 부리는 거야?"

하세베가 말했다.

"아니요."

"아니면 요즘 고등학교에서는 이런 것도 자세히 가르치나? 유난히 남을 깔보는 말투도 그렇고, 넌 정체를 알 수 없어서 기분 나빠."

하세베가 거침없이 말했다. 확실히 맞는 말이다. 리쿠토는 어딘가 경계심을 자극하는 인물임은 틀림없다. 세 사람이 설명을 요구하듯 리쿠토를 바라보자 그는 왼쪽 눈을 비비며 작게 한숨을 내쉬었다.

"아기의 심박수는 1분에 120에서 160회, 호흡수는 40에서 60회로 복식호흡을 하느냐 하지 않느냐를 확인하죠. 개월 수에 따라 다르지만 대략 기준이 그래요."

지요코는 금세 감탄했다.

"대단하네. 혹시 의사 아들이야?"

"아뇨. 어려서부터 계속 보이스카우트 활동을 해서 그때 배웠어요."

"그렇군, 보이스카우트……."

하세베는 납득한 듯 팔짱을 꼈다.

"나도 조카에게 해보라고 하려 했지. 우리 동네에 보이스카우트 지도원인지 뭔지 하는 남자가 있었거든. 은둔형 외톨이를 집 밖으로 끌어내기에 좋은 단체라고 열심히 영업하기에 조카 좀 들어가게 해달라고 부탁했는데."

"안 그러는 게 좋을걸요."

리쿠토는 곧바로 대꾸했다.

"스카우트 활동은 호락호락하지 않은 데다가 성격 나쁜 놈들도 너무 많아서. 아니, 위선자라고 해야 하나. 말로만 자발적 활동이라고 하지 사실은 죄다 강제고. 물론 단체에 따라 다르지만 내가 있던 곳은 최악이었어요."

"하지만 너처럼 다른 사람을 도울 수 있는 지식을 배울 수 있잖아."

"그렇긴 해도 잃는 게 더 많다고 생각해요. 시간은 시간대로 버리고 특히 사람 사귀는 데 서툰 사람에게는 지옥이에요. 뭐, 가끔 가다 정신 차리는 사람도 있지만."

리쿠토는 이제 이 이야기는 끝이라는 듯 옆에서 잠든 아기에게 시선을 돌렸다.

"그보다 이제 이 녀석을 어쩌지?"

"어쩌긴. 적당한 곳에 맡겨야지."

"적당한 곳?"

내가 되묻자 하세베가 평소처럼 담배를 물었다. 그러나 세 사람의 비난 어린 시선에 마지못해 담뱃갑에 도로 집어넣었다.

"경찰에 넘겨야지. 이건 엄연히 살인미수니까. 우리가 못 알아봤으면 이 아이는 반나절도 넘기지 못했을 거야."

"맞아. 아이의 엄마는 인간도 아니야. 벌을 받아야 해."

지요코도 찬성이라며 맞장구쳤지만 나는 턱에 손가락을 대고 생각했다.

"이 아이를 버리러 온 여자는 스마트폰으로 누군가와 통화했잖아요. 왠지 그 여자가 애 엄마 같지는 않아요. 게다가 상대방이 무언가 지시하는 것 같았고요. 혹시 조직 범죄 아니에요?"

나는 가방에서 스마트폰을 꺼내 가장 가까운 경찰서를 검색했다. 하지만 통신 상태가 나빠서 인터넷이 연결되지 않았다. 애플리케이션을 종료한 뒤 세 사람을 차례차례 바라봤다.

"경찰에 가면 이것저것 물을 텐데 동반 자살하러 산에 갔다고 할 수는 없잖아요. 말을 맞추는 게 좋겠어요. 아니면 하세베 씨만 경찰서에 가거나."

하세베는 팔짱을 끼고 잠시 생각에 잠겼다가 "아니"라며 고개를 들었다.

"나 혼자 갔다고 하면 너무 의심스러워. 가마타에 사는 사람이 오밤중에 이와쿠니야마산에 간 이유를 설명할 수 없어. 사람이 여럿이면 드라이브 갔다고 둘러댈 수 있잖아."

"차라리 혼자 자살하러 갔다고 털어놓는 게 나아요. 갔다가 아기를 발견하고 단념했다는 식으로."

하세베는 내 의견을 듣고는 잠시 고민했지만 역시 고개를 저었다.

"이런 일로 경찰의 주목을 받고 싶지 않아. 동생이 받아야 할 보험금 문제도 있고 공장도 계획 도산을 꾸미고 있어서. 도산 전에 거래처에서 상품을 받은 뒤 곧바로 다른 곳에 팔아치울 생각이거든. 신원 조회라도 당하면 사기죄로 끌려갈 수 있어."

하세베는 살집이 좋은 큰 얼굴을 두 손으로 문질렀다.

"너희 셋이 가."

"잠깐만. 여기서 운전할 수 있는 사람은 나와 하세베 씨뿐이잖아요. 그러면 내가 가야 한다는 말인데요?"

"뭐, 그런 셈이지. 설마 아가씨도 경찰에 쫓길 짓 했어?"

나는 금세 말문이 막혔다. 알 수 없기 때문이다. 과거에 연루된 사람들이 어쩌면 경찰에 신고했을 수도 있다.

무거운 침묵이 깔렸을 때 리쿠토가 당당하게 말했다.

"나도 빼줘요. 경찰에 가는 순간 보호될 테고 학교까지 시끄러워질 터라. 이제 와 새삼 설교니 부모님 호출이니 면담이니 너무 귀찮으니까."

"그렇게 치면 나도 싫은데. 인터넷에 얼굴과 이름이 다 퍼졌거든?"

"어떻게 보면 어르신은 유명인이잖아. 하지만 더 이상 최악의 상황은 없다고 볼 수도 있어. 일흔셋이고 미래도 없으니. 잘됐네, 당신이 경찰서에 가."

하세베가 당당하게 말하자 지요코는 눈을 부라리며 발끈했다.

"미, 미래가 없는 건 당신도 마찬가지잖아! 노인을 그렇게까지 모욕해도 되는 거야!?"

"모욕할 의도는 아니었어. 대신 말해준 거야. 다른 사람들 속마음을 말이야."

이 남자는 항상 이렇게 책임을 회피하려고 하니 최악이다. 그런데도 리더 소리를 듣고 싶어 하다니. 애초에 복잡한 현재 상황을 지요코에게 맡길 수는 없었다. 경찰서에 찾아가 봤자 분명 쓸데없는 말을 떠들 테니 어떻게 보면 가장 적합하지 않은 사람이었다.

"멋대로 대변하지 마요. 나는 지요코 씨를 보낼 생각 없으니까."

내 말을 듣자마자 노인은 "그것 봐라!"라며 흥분했고 하세베는 깊은 한숨을 토했다.

"결국 아무도 경찰과 엮이고 싶지 않다는 말이군. 그렇다고 아기를 이대로 둘 순 없잖아."

"사람이 있는 곳에 몰래 두고 오면 되잖아. 편지와 함께."

지요코는 묘안이라는 듯 목소리를 높였지만 하세베가 곧바로 부정했다.

"CCTV를 어떻게 피하려고. 게다가 아기를 두고 가면 더 큰 죄를 뒤집어쓸 수도 있어."

나는 완전히 안심하고 잠에 빠져든 아기에게 시선을 옮겼다. 아기를 보호하고 경찰에 신고한다. 그 당연한 일을 할 수 있는 사람이 이곳에는 단 한 명도 없는 셈이다. 저마다 자살을 결심한 연유가 이해됐다. 리쿠토의 사정은 아직 잘 모르지만 적어도 나머지 세 사람은 떳떳하게 살아오지 못했다.

하세베는 심심풀이로 담배를 손가락 사이에 끼우고는 캄캄한 숲속으로 시선을 던졌다. 사방이 막힌 듯 막막하고 평소처럼 대강 넘길 수 없는 상황 또한 난감했다. 자연스럽게 침묵이 깔렸을 때 멀리서 들리는 엔진 소리에 네 사람은 일제히 국도 쪽으로 고개를 돌렸다. 어떤 차가 구불구불한 산길을 말도 안되는 속도로 달려오고 있었다. 무모하게 달려오는 것이 낯익었다. 나는 황급히 실내등을 껐다.

"아까 그 여자 아니야? 그런 것 같아!"

"일단 엎드려. 조용히 있으면 모를 거야."

이마에 땀이 맺힌 하세베는 허둥대는 지요코에게 진정하라고 눈짓했다. 그러는 사이 차체를 휘청이며 급하게 좌회전한 빨간 미니밴이 우리가 있는 공터로 돌진했다. 차는 자갈이 튈 정도로 급브레이크를 밟으며 흙먼지를 일으켰다. 여자는 상향등을 켠 채 문을 발로 차듯 열고 모습을 드러냈다.

"어, 어쩜 저렇게 악귀처럼 생겼지……."

지요코가 등을 구부리며 몸을 숙였다. 담배를 입에 문 여자는 눈앞에 있는 컴컴한 숲을 혐오스럽다는 듯 노려봤다.

바람에 휘날리는 긴 머리를 우울하게 빗어넘긴 뒤 성큼성큼 걸음을 옮겼다.

 나는 움직임을 멈춘 채 여자의 행동을 살폈다. 극심한 갈증에 휩싸여 저도 모르게 목을 만졌다. 여자가 되돌아온 이유는 하나뿐이다.

 "이, 이 아이를 확실히 죽이려고 돌아왔나?"

 말이 나오는 것을 참을 수 없었다. 여자는 옆을 향해 담배를 뱉고 조금 전 우리가 내려온 언덕길을 뛰어 올라갔다. 아기를 그대로 두고 간 것이 불안해서 도중에 되돌아왔을까? 자문했지만 이내 아니라는 결론에 이르렀다. 공범들에게 질책받은 것 아닐까? 그렇지 않고서야 이렇게 돌아올 이유가 없다. 여자는 분명 마지막까지 아기의 숨통을 끊어 놓으라는 지시를 받았을 것이다.

 나는 이마에 맺힌 땀을 손등으로 훔쳤다. 팽팽한 긴장 속에서 하세베가 억눌린 소리로 말했다.

 "설마 야쿠자가 엮인 건 아니겠지?"

 "야쿠자?"

 지요코가 되물었다.

 "숨통을 확실하게 끊으러 돌아왔다면 멀쩡한 일반인은 아닐 거야."

 하세베는 말라서 갈라진 입술을 떨었다.

 "설마 이 숲이 야쿠자의 시체 처리장인가······."

"아니, 그런 이야기는 됐고 일단 도망쳐요!"

나는 아기에게 시선을 돌렸다. 방금까지 푹 자고 있던 아기가 눈을 뜨고 보채듯 몸을 뒤척이고 있었다.

"아기가 울 것 같아요! 빨리 출발해요!"

"아, 안 돼."

하세베는 땀을 줄줄 흘리며 목소리를 쥐어 짜냈다.

"아까도 말했잖아. 이 밴은 배터리가 약해서 시동을 끄면 다시 걸기 힘들다고."

"지금 그런 소리 할 때예요! 아기가 없어졌다는 걸 금방 알아차릴 거라고요!"

"그렇다고 해도 차가 출발하는 것보다 저 여자가 내려오는 게 더 빠를 거야. 시동 거는 소리도 들릴 테고. 그냥 여기서 죽은 듯이 있는 편이 나아."

하세베의 작업복 목깃은 땀으로 얼룩졌다. 순간 뒷좌석을 돌아보는 그의 얼굴은 심상치 않을 정도로 검붉었고 긴장으로 온몸이 굳은 듯했다. 지요코는 몸을 숙이고 간절히 기도하며 눈물로 뺨을 적셨다.

그때, 아기가 본격적으로 울 준비를 하는 모습을 보고 나는 눈을 부릅떴다. 재빨리 아기를 다독이는데 그 순간 리쿠토가 아기를 번쩍 안아 들고 작은 등을 두드리기 시작했다. 리쿠토의 창백한 얼굴에도 땀이 송글송글 맺혀 있었고 숨도 약간 가빴다. 당장이라도 공황에 빠질 것 같은 세 사람에게 리쿠토가 말했다.

"……저쪽은 여자 혼자예요. 우리는 넷이고. 아무리 사나운 사람이라도 덤빌 리 없어요."

그러자 하세베가 잠긴 목소리로 말했다.

"너는 헤까닥 돈 인간을 본 적 없지? 저런 인간들은 상대가 누군지 상관하지 않고 달려든다고."

"그건 아저씨 상상이죠."

"내가 실제로 봤어! 그런 놈들은 경찰이 총을 겨누고 있어도 서슴없이 달려든다고! 분명 몇 명이나 죽여 봤을 거야. 저 여자에게 사람 목숨 따위 파리 목숨이겠지. 무서운 게 없을걸!"

나는 소름이 돋아 몸서리쳤다. 리쿠토는 아기를 안은 채 굳었고 지요코는 소리 죽여 흐느꼈다.

그러면 어떻게 하는 것이 정답일까?

필사적으로 답을 찾으려고 해도 머릿속이 뒤죽박죽되어 도무지 정리할 수 없었다. 칭얼대는 아기 때문에 공포에 사로잡혔을 때 우렁찬 소리가 들려 네 사람은 일제히 몸을 떨었다. 숲 입구에서 여자가 불쑥 나타나 스마트폰을 향해 노성을 질렀다.

"아 글쎄 없다니까! 귓구멍이 처먹었나! 그 애새끼가 없다고!"

여자가 내지른 노성에 놀라 깬 까마귀들이 차례로 날아오르는 바람에 우리가 탄 하이에스 밴의 지붕에 나뭇잎이 연달아 떨어졌다. 지요코가 어깨를 들썩이며 소리를 지를 뻔하자 하세베가 재빨리 손으로 입을 막았다.

"여보세요? 아, 그러니까 개새끼나 다른 동물이 물어갔겠지! 당연한 거 아냐? 여보세요! 젠장! 통신이 뭐 이따위야!"

여자는 고르지 못한 치열을 드러내며 발치에 쌓인 낙엽을 걷어차고는 주머니에서 담배를 꺼내 불을 붙였다. 희미하게 떠오른 얼굴은 그야말로 악귀가 따로 없었다. 부석부석한 외꺼풀 눈은 매섭게 치켜 올라갔고 물이 빠진 긴 머리는 엉켜 있었다. 암흑에 잠긴 숲을 두려워하는 기색이 없는 여자의 모습은 하세베의 말처럼 '정신이 헤까닥 돌았다'라고밖에 표현할 수 없었다.

그때 아기가 가느다란 소리를 내자 등골이 얼어붙었다. 담배를 문 여자도 움찔하며 행동을 멈추는 모습이 보였다. 나는 리쿠토가 품에 안고 흔드는 아기의 얼굴을 들여다보며 억지 미소를 지었다. 그리고 토트백 주머니에서 아파트 열쇠를 꺼냈다.

"차, 착하지. 자, 이거 봐라. 토끼야. 귀엽지? 푹신푹신한 꼬리가 달려 있네."

나는 작은 소리로 더듬거리며 열쇠고리 인형을 아기의 눈앞에서 흔들었다. 하지만 아기는 거들떠보지도 않고 새빨간 얼굴로 울기 시작했다.

"차, 착하지, 울지 마, 제발. 어떻게 해줄까. 우, 울지 말라고."

나는 눈물을 글썽이며 필사적으로 아기를 달래면서 여자가 있는 쪽을 살폈다. 여자는 여전히 움직이지 않은 채 찰나에 들린 소리의 정체를 파헤치려 귀를 쫑긋 세우고 있었다. 하지만 밤하늘에 울어대는 까마귀와 바람에 부딪히는 나무 소리에 막혀 어디서 소리가 났는지 알아차릴 수 없었다.

"이봐, 뒤에 골판지 상자 있지? 아기를 잠깐 거기 넣어."

하세베가 땀을 뻘뻘 흘리며 말했지만 리쿠토가 곧바로 고개를 저었다.

"여기서 손이 안 닿아요."

"일단 해 봐. 아기 입을 손으로 막아서는 해결 안 되잖아. 소리를 조금이라도 차단해야……."

그렇게 말하는 도중에 지요코가 숨을 삼키며 이상한 소리를 냈다. 고개를 살짝 들자 여자가 공터로 다가오는 모습이 시야에 들어왔다. 저러다가는 우리가 있는 벚나무 쪽으로 올 것 같았다.

네 사람은 고개를 더욱 깊게 숙이고 리쿠토는 자신의 몸으로 아기를 덮었다. 그러나 아기는 울음을 멈출 줄 몰랐고 소리를 막을 방법은 없었다. 이대로라면 들킨다. 모두가 그렇게 생각했을 때 하세베가 문손잡이에 손을 댔다. 세차게 연 문으로 여자를 후려쳐 불의의 습격을 가할 심산이었다.

자갈 밟는 소리가 지척에서 들려왔다. 심장이 날뛰고 욕지기가 치밀었다. 땀으로 온몸이 젖은 하세베가 문을 열 타이밍을 재고 있을 때 갑자기 요란한 음악이 울려 퍼져 나는 무심코 소리를 지를 뻔했다.

두 손으로 입을 꾹 누르고 바깥 상황을 살폈다. 여자는 제자리에 멈춰서서 스마트폰을 확인하고는 혀를 찼다. 방금 울린 음악은 벨소리였나 보다. 여자는 짧아진 담배를 아무렇게나 뱉어 버리고는 전화를 귀에 갖다 댔다.

"뭔데? 또 금방 끊어질 거야. 나 진짜 피곤해. 이만 돌아갈래. 어차피 짐승들이 먹어 치워서 뼈도 안 남을 텐데. 이번에는 포기하라고 해."

지척에서 통화하는 여자가 새 담배를 물고 불을 붙였다.

"뭐라고? 아, 싫다니까. 이번만큼은 수지가 안 맞아. 말이 계속 바뀌잖아. 됐고, 전화가 계속 끊겨서 무슨 소린지 못 알아듣겠어. 끊는다."

여자는 요란하게 숨을 토해낸 뒤 발길을 돌리려고 했다. 나는 땀을 흘리면서도 가방 주머니에서 스마트폰을 꺼내 사진을 여러 장 찍었다. 그와 동시에 여자가 차를 향해 걸었다.

"아, 안 들린다고. 전화 터지는 곳까지 내려가야 해. 여보세요?"

전화가 끊어진 듯 여자는 스마트폰을 뒷 주머니에 꽂아 넣었다. 그러고는 "피곤해 죽겠네"라며 몇 번이나 욕설을 퍼부은 뒤 몹시 거칠게 차에 올라탔다. 차는 터무니없는 속도로 후진했다가 방향을 바꾼 뒤 갑자기 속도를 올려 출발했다. 그 순간 모두 기진맥진한 듯 숨을 내쉬었고 나는 숨이 막혀서 연신 기침을 토했다.

한동안 차 안에는 아기가 칭얼대는 소리만 났다. 극도로 긴장한 탓에 사고가 정지됐다. 몸을 비틀며 우는 아기를 바라보는데 리쿠토가 갑자기 입을 열었다.

"이제 경찰에 신고할 수밖에 없겠네요."

그 말에 아무도 반응하지 않았지만 달리 할 수 있는 일이 없다는 사실은 충분히 알았다. 이런 갓난아이를 한밤중에 숲에 버린 것도 모자라 확인 사살하기 위해 돌아온 인간이 있다. 자신들이 감당할 수 있는 일이 아니다.

갑갑한 분위기 속에 조수석의 지요코가 뒤돌아봤다. 화장이 지워져 파리한 얼굴에는 깊은 주름이 도드라졌고 몇 시간 사이에 단번에 늙어버린 듯 보였다. 지요코는 여전히 울음을 그치지 않는 아기를 들여다본 뒤 손을 내밀었다.

"나한테 좀 줘 봐. 아기는 어떻게 안아주느냐에 따라 기분이 좋을 수도 나쁠 수도 있거든."

리쿠토는 목을 가누지 못하는 아기를 조심스럽게 지요코에게 안겨주었다. 지요코는 금세 표정을 풀고는 쉬지 않고 우는 아기와 눈을 맞췄다.

"도대체 왜 그러니? 기분이 안 좋아서 그런 게지?"

그러면서 강보를 열고 기저귀를 손으로 만졌다.

"아, 기저귀가 젖어서 기분이 나빴구나. 딱하기도 하지. 금방 갈아주고 싶은데, 여기 기저귀로 쓸 만한 천이 없지?"

"수건은요?"

나는 가방에서 커다란 수건을 꺼냈다.

"혹시 몰라서 수건과 손수건을 넉넉히 가져왔어요. 그리고 이거."

손 소독제도 건넸다. 지요코는 고개를 끄덕이며 소독제를 손에 뿌린 뒤 아기를 눕히고 재빨리 일회용 기저귀를 벗겼다. 휴지로 엉덩이를 닦고 나서 수건을 대고 갈았다. 역시 익숙한 손놀림에 안심됐다.

"요 녀석, 콧대가 제대로네. 자라면 분명 엄청난 미남이 될 거야."

지요코는 아기를 다시 강보에 싸서 등을 토닥이며 낮은 목소리로 말했다. 거기에는 질투심 많은 두 얼굴의 노인은 없고 자애로운 노인만 있었다. 매우 평화롭고 다정한 광경은 피폐하게 살다 못해 자포자기한 내 마음에 독처럼 스며들었다.

어떻게 해도 울음을 그치지 않던 아기는 꾸벅꾸벅 졸기 시작했고 지요코는 아기를 흔들며 푹 재웠다. 그 모습을 지켜보던 나까지 졸음이 몰려왔고 하세베는 입을 크게 벌리며 하품까지 했다. 잠시 찾아온 평온을 탐하던 네 사람은 리쿠토의 목소리에 정신을 차렸다.

"아까 그 여자, 전화가 터지는 곳까지 간다고 했어요."

"확실히 그랬지."

"이번에는 일행을 데리고 돌아올지 몰라요."

그 말을 듣자마자 현실로 돌아왔다.

"그 여자는 아기를 배낭에 넣어 숲에 버리기만 했지만, 여자에게 지시한 사람은 아마 아기를 확실히 죽이라고 했을 거예요."

리쿠토는 왼쪽 눈에 손을 대고 뭐에 씌인 듯 계속 말했다.

"돈 받고 사람 죽이는 사람들이 엮여 있어요. 수지가 안 맞는다고 했죠."

확실히 그랬다. 여자는 홀로 숲에 들어가는 것을 거부하고 다른 사람들을 데리고 돌아올 가능성이 컸다.

나는 운전석의 하세베에게 말했다.

"하세베 씨, 당장 출발해요. 무조건 시동을 걸어요."

하세베는 진지한 얼굴로 차 키를 돌렸다.

5

나는 밴 뒤에서 자그마한 골판지 상자를 찾아내 수건과 지요코의 카디건을 깔고 간이 요람을 만들었다. 리쿠토가 요람을 뒷좌석 가운데에 안전벨트로 고정하고 아기를 조심스럽게 눕혔다. 하세베는 차 키를 연신 돌렸지만 날카로운 마찰음만 울려 퍼질 뿐 시동은 전혀 걸리지 않았다.

"배터리도 그렇지만 차 자체가 오래돼서."

하세베는 변명이라도 하듯 중얼거리더니 다시 시동을 걸었다. 그러나 몇 번을 시도해도 아무 반응이 없자 나도 모르게 몸을 내밀었다.

"설마 배터리 아예 나간 거 아녜요? 실내등도 계속 켜놨잖아요."

"아니, 이 느낌이면 몇 번 더 시도하면 될 것 같아. 지금까지 언제 꺼질지 모르는 상태로 아슬아슬하게 탔거든. 차에 쓸 돈이 없어서."

하세베는 액셀을 밟고서 시간이 조금 흐른 뒤 다시 차 키를 돌렸다. 하지만 시동이 걸릴 기미는 보이지 않았다.

"산이라서 점화 플러그가 젖었나?"

하세베가 세루모터를 연신 적극적으로 돌렸다. 차츰 초조한 기색이 드러날 때 리쿠토가 숨을 훅 들이마시며 갈라진 목소리로 말했다.

"산을 올라오는 차가 있어요······. 두 대 같아요."

그 말에 세 사람은 일제히 국도 쪽으로 고개를 돌렸다. 오른쪽 뒤편, 가로등 하나 없는 어둠 속에 깜박거리는 불빛이 보였다. 아직 한참 아래 있는 듯했지만 분명 나무 사이로 새어 나오는 자동차의 전조등이었다. 땀이 폭포수처럼 쏟아졌다.

"하세베 씨, 어서요!"

하세베는 흙빛이 된 얼굴로 차 키를 다급하게 연거푸 돌렸다. 그러나 마찰음만 공허하게 울릴 뿐 시동은 걸리지 않았다. 나는 나무들 사이로 흔들리는 작은 전조등 불빛을 초조하게 응시했다. 차는 굽이진 산길을 제법 빠른 속도로 올라왔다. 그 여자가 분명하다. 이렇게나 빨리 일행을 데리고 돌아오다니.

"하세베 씨!"

"나도 알아! 세루모터를 너무 많이 돌리면 배터리가 완전히 방전된다고! 시간차를 조금 둬야 차가 완전히 죽지 않아!"

하세베가 고함을 질렀고 리쿠토는 혀를 차고는 좌석 등받이를 넘어 짐칸으로 갔다. 자그마한 쇠망치와 드라이버, 스패너 등 공구를 자루에 넣어 돌아왔다.

"무기로 쓸 만한 물건이 너무 없어요! 금속 야구방망이나 쇠파이프 없어요? 아저씨, 철공소 사장이라면서요!"

"그런 게 있겠냐! 우리는 철공소 중에서도 구멍 뚫기를 전문으로 하는 곳이라고! 차에 실어뒀던 자재는 전부 팔아치웠고! 쇠 같은 금속은 전부 돈으로 바꿨어!"

하세베는 땀이 흥건한 손을 작업복 바지에 문지르며 차 키를 잡았다. 시끄러운 소리에 아기는 다시 울기 시작했고 지요코가 "조상님이여 지켜주세요"라며 외는 염불은 점점 커져만 갔다. 이제 수습할 수 없다.

"할머니! 시끄러워! 조용히 좀 해! 애도 못 울게 달래라고!"

"당신 목소리가 하도 커서 아기가 우는 거 아냐! 어, 어쩔 거야! 나쁜 놈들이 코앞까지 다가왔는데! 내, 내가 이렇게 비참하게 죽을 만큼 큰 잘못을 한 거야? 어째서 말년에 팔자가 이렇게 사나운 거야!"

"닥치라고!"

차 안은 이미 패닉 상태였다. 항상 침착해 보이던 리쿠토마저 머리를 싸매고 다리를 격렬하게 떨었다. 나는 산으로 올라오는 전조등 불빛을 눈으로 좇으며 숨을 들이마셨다.

"이제 커브 길을 세 번 정도 돌면 도착할 거예요!"

나는 운전석 등받이를 붙잡고 최악의 결말을 예상하며 와들와들 떨었다. 아무렇지 않게 사람을 죽이는 인간들에게 온갖 고통을 받다 살해당하는 자신이 머릿속에 떠올라 견딜 수 없었다. 그리고 이 숲 깊숙한 곳에 묻혀 쥐도 새도 모르게 썩어가는 모습까지 선명하게 떠올랐다.

수십 분 후 일어날 미래를 상상하며 떠는 동안에도 차는 점점 다가왔다. 이미 커브 길 두 개를 맹렬한 속도로 돌아와 차체가 보일 정도로 가까워졌다.

질식할 것만 같은 초조감에 말조차 꺼낼 수 없게 된 순간,

하이에스가 크게 흔들리며 시동이 걸렸다.

"됐다! 걸렸어!"

하세베는 엔진을 몇 번 고속 회전한 뒤 후진했다가 타이어가 헛돌 정도로 액셀을 밟아 급발진했다. 국도로 나가는 자갈길을 빠져나가 운전대를 급하게 꺾어 금이 간 아스팔트 도로에서 좌회전했다. 5, 60미터 뒤에 상향등을 켠 미니밴이 도착했다. 나는 제정신이 아닌 상태로 뒤를 주시했고 땀에 젖은 손을 꽉 쥐었다. 하세베는 눈을 가늘게 뜨고 백미러를 확인한 뒤 내리막길로 운전대를 꺾었다.

"그 여자야! 틀림없어, 젠장! 이 차가 숲에서 나오는 걸 봤어!"

하세베의 관자놀이에서 흐른 땀이 어깻죽지로 떨어졌다.

빨간 미니밴은 숲 입구에 다다랐는데 마치 우리 쪽을 살피듯 속도를 늦췄다. 하세베는 브레이크를 살짝 밟으며 꾸불꾸불한 커브 길을 아슬아슬하게 돌았다. 그 순간 나와 리쿠토는 아이가 누워 있는 상자로 손을 뻗어 작은 몸이 흔들리지 않도록 단단히 눌렀다. 커브를 완전히 돌기 전에 뒤를 돌아봤지만 그 여자가 쫓아오는 기색은 없었다.

순간 안도감을 느끼며 토트백에서 페트병을 꺼내 물을 들이켰다. 생을 마감하려고 이곳에 왔는데 막상 죽음의 문턱으로 내몰리자 닥친 공포는 결코 예사롭지 않았다. 죽기 싫다고, 달아나야 한다고 새된 비명을 지르는 본능만이 머릿속을 지배했다.

하세베가 운전석에서 의기양양한 목소리로 말했다.

"이대로 한노로 빠질 거야! 그 여자를 완전히 따돌렸어!"

지나치게 낙관적인 남자에게 충고하려고 입을 열었지만 옆에서 리쿠토가 내 팔을 잡는 바람에 움찔했다. 고개를 옆으로 돌리자 리쿠토가 핼쑥한 얼굴로 나를 쳐다보고 있었다.

"그만 입 다물어. 피곤하니까."

"이대로 경찰서에 가서 상황을 설명한다고 해도 분명 수사하는 데 시간이 꽤 걸릴 거야. 그 사이에 범죄자가 차량 번호를 추적해서 하세베 씨를 찾아낼지 몰라."

리쿠토는 의외라는 얼굴로 나를 돌아보며 얇은 입술에 미소를 띠었다.

"누나는 사실 다정한 사람인가 보네. 다른 사람을 배려할 줄도 알고. 심지어 저 아저씨를. 훨씬 차갑고 야멸찬 사람이라고 생각했는데."

나는 헛기침을 하며 목소리를 낮췄다.

"너, 야쿠자가 어떤 족속인지 알아? 한번 쫓기면 정상적인 생활은 불가능하고 죽더라도 편히 죽을 수 없어. 네가 평소에 보는 양아치들과는 전혀 다르다고."

그러자 리쿠토는 흥미로운 기색으로 얼굴을 들이밀었다.

"누나, 설마 야쿠자한테 쫓기는 중이야?"

"야, 누나 소리 좀 그만해. 짜증 나니까. 나쓰미라고 불러,

나도 리쿠토라고 부를 테니."

"이건 또 새로운 전개네. 여기 와서 처음으로 재밌어졌어. 요즘 같은 세상에 숲속에 사는 소녀처럼 꾸미고 상냥한 척하는 여자가 사실은 닳고 닳은 야쿠자의 여자였다니."

온순해 보이는 얼굴로 아무 말이나 거침없이 하는 리쿠토를 쏘아보자 하세베가 백미러로 시선을 보냈다.

"둘이서 시끄럽게 뭐라는 거야? 리더한테 숨기지 마……."

거기까지 말하던 하세베는 백미러를 두 번 확인한 뒤 황급히 뒤를 돌아봤다.

"아니, 잠깐잠깐. 저 차는 뭐야!"

우리도 동시에 뒤돌았다가 뒤에 따라붙은 거무스름한 차를 보고는 눈이 휘둥그레졌다.

"설마 그 여자 패거리인가?"

"이런 오밤중에 이 산속에 같이 들어온 차 두 대가 서로 모르는 사이일 리 없잖아! 저건 분명 그 살인자 집단일 거야! 두 조로 나눈 거라고!"

하세베는 걸걸한 목소리로 소리 질렀고 나는 황급히 가방에서 스마트폰을 꺼냈다. 경찰에 신고하려고 했더니 참으로 훌륭하게도 통화권 이탈 표시가 떠 있었다.

"리쿠토, 네 스마트폰은 터져?"

리쿠토는 청바지 주머니에서 스마트폰을 꺼냈지만 마찬가지로 전화를 걸 수 있는 상태가 아니었다. 하세베의 스마트폰 역시 마찬가지였다.

"하세베 씨, 하산하는 데 얼마나 걸려요?"

내가 빠른 말로 묻자 하세베는 험상궂은 얼굴을 앞으로 돌리며 대답했다.

"아마 한 시간쯤……. 더 걸릴 수도 있고. 지금 산은 아까 있던 산보다 더 깊고 뱅글뱅글 돌아가는 루트라서."

그러자 지요코가 가슴을 누르며 목소리를 쥐어 짜냈다.

"차라리 차를 세우고 대화를 나눠보면 어떨까?"

"되겠어요?"

나는 그 말을 지워버리듯 곧바로 대답했다.

"저놈들이 정말 야쿠자라면 차를 세우는 순간 끝이에요. 말이 통하는 상대가 아니라고요."

"우리는 아무 잘못 없잖아. 아기를 구했을 뿐인데."

"그러게. 아기를 구해줘서 고맙다고 야쿠자가 펑이나 울면서 기뻐하겠네요."

너무나 현실과 동떨어진 위기의식에 빈정대자 지요코는 금세 발끈했다.

"당신은 정말로 매정한 사람이네. 사람은 양심이라는 게 있어. 나는 말이야, 나쁜 사람을 개과천선하게 만든 적도 있다고. 30년 전 일이었지. 비가 억수같이 쏟아지는 추운 날이었는데 우리 가게에 들어온 남자가……."

뜬금없이 옛날이야기를 시작한 지요코의 말을 노골적으

로 잘랐다.

"아니, 그런 차원의 이야기가 아니라니까요. 목격자를 한 명이라도 놓치면 저들 본인이 죽을 수도 있는 상황이라는 말을 이해 못 하겠어요?"

"왜 저 사람들이 죽는데?"

"이런 더러운 일은 말단 잔챙이들이 맡으니까. 조직범죄에서 실수를 저지르면 그에 상응하는 대가를 치러야 하니까. 애초에 조금이라도 양심이 있는 놈들이라면 아기를 쓰레기처럼 버리지 않았겠죠!"

내 말을 듣자마자 지요코는 당황한 얼굴로 조수석에서 몸을 돌려 나를 살폈다.

"당신 도대체 정체가 뭐야? 어떻게 그렇게 나쁜 놈들의 습성을 잘 아는 거야? 설마 범죄자야?"

지요코의 말에는 혐오감과 의심이 뒤섞여 있었다. 그때 뒤를 살피던 리쿠토가 입을 열었다.

"나쓰미 누나는 야쿠자한테 쫓기나 보네. 그놈들이 얼마나 무서운지 몸소 겪어서 잘 아나 봐요."

"입 다물어. 그렇게 저놈들과 대화하고 싶으면 지요코 씨만 차에서 내려요. 눈물로 애원하든 미인계를 쓰든 뭐라도 하면 놓아줄지 누가 알아요?"

나는 고압적으로 말했다. 스마트폰에 시선을 던졌지만 여전히 통화권 이탈 구역이었다. 역시 아기를 살리지 말았어야 했다. 불길한 예감은 늘 적중하게 마련이다. 이제 와 착한 사람이 될 수 없고, 또 될 마음도 없는데 정에 휩쓸려 이 지경이 됐다.

몇 번이나 뒤를 확인하면서 스스로를 진정시키는데 하세베가 백미러로 눈길을 보냈다.

"미안하지만 놈들을 따돌리면 아가씨는 내려줬으면 좋겠어."

거울 너머로 하세베와 눈이 마주쳤다.

"내가 자살 지원자를 모집했을 때 범죄자는 거절한다고 썼잖아. 죄를 짓고서 죽음으로 도망치는 건 너무 속 편한 결정이니까."

낭패감 짙은 하세베의 얼굴을 보니 진심으로 넌더리가 났다.

"알았어요. 이제 와 연탄 자살할 수 있는 상황도 아니니 내리라고 하면 내리지 뭐. 하지만 나는 이 사건과 아무 관련 없으니 경찰서에 가도 내 이름은 꺼내지 말아요. 그리고 택시를 부를 수 있는 곳까지는 태워줘요."

그러자 리쿠토가 칭얼대는 아기에게 시선을 돌리며 끼어들었다.

"나도 내려줘요. 이제 넷이 같이 있는 의미가 없고 야쿠자에게 찍히면 귀찮으니까."

"정말 배은망덕한 잡놈들이구나."

하세베가 백미러로 뒤따라오는 차를 확인하면서 내뱉었다. 그리고 눈을 조금 크게 뜨고는 뒤를 돌아보며 입술을 일그러뜨렸다.

"제길! 저 새끼들 거의 다 쫓아왔어! 설마 뒤에서 들이받을 생각은 아니겠지?!"

고래고래 소리치며 속도를 올렸지만 낡은 데다 정비까지 불량한 밴이 뒤에서 따라오는 닛산 스카이라인을 이길 재간은 없었다. 나는 뒤쫓아오는 강렬한 상향등 불빛을 손으로 가리며 뒤차에 시선을 고정했다. 남자가 셋. 아니 넷인가? 실루엣만 봐도 젊어 보였다.

하세베는 상향등으로 산길을 비추며 액셀을 전속력으로 밟았다.

"이 상황에서 차가 멈추면 끝장이야. 바로 시동을 걸 수 없으니까. 놈들한테 잡힐 바에야 차라리 가드레일을 박고 굴러떨어질까?"

하세베는 발작하듯 웃으며 작업복 주머니에서 찌그러진 담뱃갑을 꺼냈다.

"애초에 죽으려고 모였으니까. 꼭 연탄을 고집할 필요는 없잖아?"

떨리는 손으로 꺾인 담배를 입에 문 하세베는 충혈된 눈으로 순간 뒷좌석을 돌아봤다. 아기는 꾸벅꾸벅 졸다 깨다 반복하다가 지금은 팔다리를 바동거리며 보챘다. 하세베는 사이드 브레이크 옆에 있는 라이터를 쥐었지만 손이 격하게 떨린 나머지 그대로 떨어뜨리고 말았다. 이제 모두가 한계에 다다른 듯 보였다.

스마트폰을 켰다. 여전히 통화권 이탈 지역이었다. 화면을 끄자 어두워진 화면에 비친 내 눈과 마주쳤다. 얼굴이 이토록 초췌했나. 나는 다크서클이 짙은 공허한 눈을 바라보았다. 만나는 사람마다 어려 보인다고 해서 콤플렉스였던 동그란 코도 순진해 보이게끔 하는 나의 무기라고 생각했다. 어떤 상황에서든 애매하게 웃기만 하면 남자들은 대부분 나를 소심하고 다정한 사람이라고 착각했으니까.

스마트폰 화면에서 눈을 떼자 이번에는 상자에 누운 아기와 눈이 마주쳤다. 검고 동그란 눈망울은 놀랍도록 맑아서 어둠 속에서도 영롱하게 빛났다. 나도 모르게 아기의 작은 뺨에 손을 뻗었을 때 경적이 요란하게 울려퍼져 네 사람은 일제히 움찔했다.

제2장

못 본 척할 것인가, 구할 것인가

1

 뒤에서 전조등 불빛을 쏘아대는 스카이라인이 드문드문 경적을 울려댔다. 그와 동시에 신호를 보내듯 전조등을 깜빡여서 길가 나무들도 그 불빛에 덩달아 번쩍거렸다. 하세베는 기름진 얼굴로 백미러를 주시했다.
 "서라는 건가……. 어디서 보복 운전을 하고 자빠졌어."
 나도 뒤돌아봤다. 그때 순식간에 지나간 이정표를 보고는 입을 열었다.
 "하세베 씨, 한노시 도심까지 10킬로미터 남았어요."
 "응. 분명 요 앞에 분기점이 있었어. 시내로 들어가는 길과 산으로 더 깊게 들어가는 길로 나뉘는. 아무튼 도심으로 들어가기만 하면 따돌릴 수 있어."
 그렇게 말하는데 옆에서 두 갈래로 나뉘는 도로를 알리는 표지판이 나타났다. 왼쪽 길이 시내 진입로다. 그리고 저멀리 분기점이 보일 때 검은색 스카이라인이 낮은 엔진소리를 울리며 우리 밴의 왼쪽을 지나치려고 했다.

"빌어먹을! 이놈들 앞지르려는 속셈이야!"

하세베는 추월을 막으려고 왼쪽으로 운전대를 꺾었지만 스카이라인이 그보다 먼저 옆에서 나란히 달렸다. 속도는 속도대로 빨랐고 도로 폭도 좁았다. 게다가 오른쪽은 콘크리트로 만든 경사면이었다. 이런 곳에서 부딪치면 두 차 모두 무사하지 못하리라.

하세베는 급브레이크를 밟고 찰나를 노려 다시 앞서 나가려고 했다. 그 순간 리쿠토가 아기가 든 상자를 감싸듯 붙들었다.

시내가 멀지 않으니 이대로는 자칫 입막음을 못 할 수도 있겠다고 자포자기했을 가능성도 있다. 옆 차에 탄 네 남자가 우리를 향해 뭐라고 소리쳐댔다. 아니, 우쭐해서 신나게 떠드는 분위기마저 느껴졌다. 운전자를 제외한 나머지 남자들은 스마트폰을 켜고 촬영하는 것 같았다.

하세베는 저들에게서 벗어나려고 두 갈래 길에서 전속력으로 좌회전했지만 언뜻 봐도 운전대가 제대로 꺾이지 않은 것이 분명했다. 이대로는 정면에 있는 분리대와 부딪치고 만다.

"꽉 잡아!"

하세베가 외치는 동시에 모두 비명을 질렀다. 몸이 경직

돼서 머리를 숙이지도 못한 채 가까워지는 장애물을 꼼짝없이 마주할 수밖에 없었다. 브레이크를 밟고 있지만 장애물을 피하기에는 이미 늦었다. 나는 죽음을 각오하고 눈을 질끈 감았다. 몸이 오른쪽으로 격렬하게 기울며 차 문에 심하게 부딪혔다. 왼쪽에서는 쓰러진 리쿠토의 체온도 느껴졌다. 곧 충격이 덮치리라 예상하고는 손을 꽉 쥐고 있었는데 갑자기 정적이 찾아와 희미하게 눈을 떴다.

살았다. 틀림없이 죽을 줄 알았는데 차가 멈춰 있었다. 보닛에서 하얀 연기가 자욱하게 피어올랐고 금속이 타는 듯한 냄새가 감돌았다. 그리고 앞 범퍼 바로 몇 센티미터 앞에 분리대 조명이 보였을 때 정말 간발의 차로 목숨을 건졌다는 생각에 온몸의 힘이 빠졌다.

나는 망연한 와중에도 리쿠토와 나 사이에 끼어 있는 상자를 확인했다. 상자는 찌그러졌지만 아기는 무사했다. 그 모습을 보자마자 땀이 왈칵 솟았다. 정신을 차리고 보니 눈물이 뺨을 적시고 있었다.

"……염병할, 죽는 줄 알았네."

운전대에 엎드렸던 하세베가 고개를 들고 쏟아지는 땀을 작업복 소매로 닦았다.

"어르신, 살아 있어?"

쉰 목소리로 묻는 말에 지요코는 숨을 들이마시는 소리로 대답했다. 리쿠토도 머리를 부딪쳐서 멍하다고는 했지만 몸에 이상은 없는 듯했다. 눈물을 닦고 안도의 한숨을 내쉬었지만 창문을 두드리는 소리에 곧장 현실로 되돌아왔다.

그랬다, 우리는 아직 쫓기는 처지였다.

검은색 후드를 푹 눌러쓴 남자가 운전석 문을 두드렸다. 조수석 밖에서도 야구모자를 쓴 남자가 한 명, 차 뒤에도 두 명이 떡 버티고 서 있었다. 완전히 포위당했다. 창문을 열라고 몸짓하는, 턱이 뾰족한 남자의 얼굴에 웃음기가 어려 있었다.

리쿠토는 발밑에 굴러다니는 쇠망치를 움켜쥐었고 나도 주머니 속에 있는 칼로 손을 뻗었다. 조수석 밖에 있는 남자가 모자를 고쳐 쓰고는 다시 창문을 두드렸다.

"저기, 괜찮아요?"

예상치 못한 말에 나도 모르게 숨을 삼켰다. 밖에 있는 네 남자는 하이에스의 차체를 철저히 뜯어볼 기세였다. 몸을 숙여 차 밑을 들여다보는 사람도 있었다. 무엇을 하고 싶은지는 전혀 모르겠지만 남자들에게서 흉악범죄와 관련된 긴장감이 보이지 않았다. 갓난아이를 물건처럼 버린 여자에게서 느껴지던 꺼림칙한 분위기가 느껴지지 않았다. 나이는 스무 살 전후 같았다.

상황을 전혀 파악하지 못한 우리 네 사람은 모두 입을 다물 수밖에 없었다. 그때 운전석 밖에 있던 후드를 뒤집어쓴 남자가 말을 걸었다.

"이 차, 기름이 새는 것 같아요. 검은 연기도 나더라고요. 알려주려고 했는데 어쩌다 보니 추격전처럼 됐네요."

하세베는 태평하게 쓴웃음을 짓는 남자를 천천히 바라보았다. 하세베의 안색이 순식간에 검붉게 변했다. 혈압이 오른 탓이다.

"……그, 그걸 알려주려고 그런 거라고? 그게? 까딱하다 다 같이 황천길 갈 뻔했다고! 지금 웃음이 나와?!"

하세베의 반응이 이해가 갔다. 남자들은 사태의 심각성을 전혀 인지하지 못했다.

후드를 쓴 남자가 격앙된 하세베에게 황급히 말했다.

"아니, 한시가 급해 보였다고요. 저러다 폭발이라도 할까 봐."

"아무리 그렇다고 해도 저렇게 좁은 산길에서 추월하려는 건 난폭 운전이라고! 사고라도 나면 어쩔 뻔했어!"

"아니, 저기, 그러니까, 죄송합니다……."

서슬 퍼런 기세에 남자는 횡설수설하며 사과했다. 화가 전혀 풀리지 않는지 하세베는 문손잡이에 손을 얹고 분노를 터뜨리며 밖으로 나가려고 했다. 나는 얼른 하세베의 어깨를 잡아 만류했다.

"밖으로 유인하려는 연기일 수도 있어요. 일단 신고부터 해요."

나는 다시 스마트폰을 켰지만 아직도 통화권 이탈 지역이었다. 그러자 조수석 밖에 있는 모자 쓴 청년이 화가 치솟을 정도로 가볍게 말했다.

"여기는 아직 전화 안 터지는 구역이에요. 더 내려가야 해요. 동네에서도 신호가 약한 곳이 있을 정도거든요."

울분을 풀 길이 없는 하세베의 얼굴에 당장이라도 뛰쳐나가 청년들의 멱살을 잡고 싶다고 적혀 있었다. 그 모습을 지켜보던 리쿠토는 반쯤 경고하는 투로 목소리를 낮췄다.

"지금은 여기를 벗어나는 게 낫겠어요. 열받지만 저놈들 정체를 아예 모르니까."

"잘못한 것도 없는데 꽁무니를 빼라고?"

"저놈들이 돌변하면 우리는 승산이 없어요."

리쿠토는 냉정하고 느긋해 보이지만 사실 절박하다는 사실은 굳은 표정만 봐도 알 수 있었다. 지요코는 부스스하게 헝클어진 머리를 가다듬지도 않은 채 애원하듯 옆을 바라봤다.

하세베는 감정을 조절하기가 어려운 듯했지만 세 사람의 성화에 간신히 분노를 삼켰다. 곧바로 차 키를 돌렸지만 아까처럼 시동이 걸리지 않았다. 하세베는 이마에 땀을 흘리며 연신 키를 돌려 아까와 같은 상황을 완벽히 재현하려고 했다. 스카이라인은 아직 떠나지 않았고 그들의 존재가 섬뜩해 견딜 수 없었다.

그때 운전석 창문을 두드리는 소리에 흠칫 놀랐다. 앞을 살피니 후드를 쓴 남자가 허리를 굽혀 차 안을 들여다보고 있었다.

"저기, 이거요."

남자는 빨간색과 검은색 집게가 달린 부스터 케이블을 들고 있었다.

"차 배터리가 완전히 나갔죠? 이걸로 연결해서 살려드릴게요."

생각지도 못한 제안에 네 사람은 소름이 끼쳐 말도 나오지 않았다. 청년들은 검은색 스카이라인을 끌고 와 하이에스 바로 옆에 댔다. 그리고 시동을 끄고 보닛을 올렸다.

"문 좀 열어주시겠어요? 하이에스 배터리는 조수석 아래 있죠? 저 자동차 정비 일을 하거든요. 안심하고 맡기셔도 돼요."

뜻밖의 순간에 결단을 해야 하는 처지에 놓인 하세베는 뒤를 돌아보며 기가 막힌 표정을 지었다. 네 사람 모두 의심에 사로잡혀 이 또한 차 밖으로 유인하려는 작전이 분명하다는 결론을 내리려고 했다. 그런데 정말로 그럴까? 애초에 우리를 처리할 생각이었다면 진작에 손을 썼어도 이상하지 않았다. 흉악범죄자가 인적이 없는 밤의 산길을 이용하지 않을 리 없으니까.

생각이 지지부진하게 맴돌아 무엇이 정답인지 판단할 수 없었다. 그 와중에 밖에 있는 청년들이 똑똑 한번 더 문을 두드렸다. 결국 하세베는 땀을 닦고 크게 숨을 들이마신 뒤 굳은 몸으로 문을 열었다.

"언제부터 이랬어요? 평소에 차량 점검은 하시는 것 같은데 상태가 꽤 안 좋네요. 너무 구형이라 슬슬 교체를 생각하시는 편이 좋겠어요."

후드 청년은 고객을 대하는 말투로 설명하고는 조수석으로 돌아가 문을 열었다. 겁에 질린 지요코를 내리게 한 뒤 조수석으로 뛰어 올라가 배터리 단자에 능숙하게 케이블을 연결했다. 스카이라인이 액셀을 몇 번 밟자 모자를 쓴 청년이 하이에스 운전석으로 넘어가 순식간에 시동을 걸었다. 실로 매끄럽고 군더더기 없는 팀플레이였다.

청년들은 좌석을 원상 복구한 뒤 곧바로 스카이라인에 올라타 손을 흔들며 떠났다. 네 사람은 기진맥진해서 금세 작아진 둥근 미등을 눈으로 좇았다.

"잘은 모르지만 착한 녀석들이었네요."

리쿠토가 우두커니 서서 툭 내뱉었다.

"무슨 소리를 하는 거야."

하세베가 신경질적으로 콧방귀를 꼈다.

"쟤네들 때문에 죽을 뻔한 걸 잊었어? 너희는 가만히 앉아 있어서 편했을지 몰라도 나는……!"

나는 하세베의 짜증이 지긋지긋해서 말을 끊었다.

"됐어요, 빨리 가요. 꾸물거리다가 아까 그 여자가 쫓아올지 몰라요."

너무 많은 일이 벌어져서 내내 감정이 격했다. 모두 하이에스에 탑승하자 하세베는 액셀을 밟아 시내로 달려갔다. 지금까지 마주친 차는 한 대도 없었다. 이 산을 넘는 사람이 드물다는 하세베의 말은 사실이었다. 구불구불한 길을 한참 달렸을 때 저 밑으로 점점이 흩어진 불빛이 보였다. 나는 마음속 깊이 안도했다. 그 순간 리쿠토의 주머니에서 시끄러운 알림음이 울렸다.

"드디어 신호가 잡히네."

리쿠토는 청바지 뒷 주머니에서 스마트폰을 꺼내 잠금을 해제하고 화면을 확인했다. 여전히 알림음이 울렸다.

"뭐야, 알림음이 끊이지를 않네. 부모님 전화야?"

"대부분 게임 복구 알림……."

그렇게 말하던 리쿠토는 갑자기 의아한 표정을 지었다. 그러고는 화면을 스크롤하면서 고개를 갸웃했다.

"게임 알림보다 SNS 알림이 더 많은데요. 이렇게 많은 적은 처음인데."

리쿠토는 재빨리 SNS 애플리케이션을 실행한 뒤 한참을 쳐다보았다. 화면을 뚫고 들어갈 기세로 응시하던 그의 안색이 순식간에 나빠졌다.

2

 나는 리쿠토가 손에 쥔 스마트폰을 들여다봤다. 그러나 리쿠토는 아무 말 없이 SNS 게시글을 차례차례 읽어나갔다. 리쿠토의 입술이 떨렸다. 나는 그 모습을 보고 리쿠토의 어깨에 손을 얹어 이쪽을 보게 했다.
 "무슨 일인지 설명해 줘."
 "……이 동영상을 보면 될 것 같은데, 먼저 댓글만 봐도 최악의 상황이 펼쳐지고 있다는 건 분명해."
 무슨 뜻인지 전혀 이해할 수 없었지만 리쿠토의 상태가 심상치 않았다. 리쿠토는 서서히 고개를 들며 하세베에게 말했다.
 "차 세워요."
 "왜 그래. 지금 시동 끄면 이 차는 끝이야."
 "시동 안 꺼도 되니까 일단 멈춰요. 우리 네 사람 모두와 관련된 엄청난 일이 벌어지고 있으니까."
 "네 사람 모두와 관련된 엄청난 일? 우리는 오늘 처음 만났잖아. 그게 무슨 말이야."
 하세베는 투덜거리면서도 리쿠토를 무시할 수 없는 듯했다. 나무들이 자라 뻗어 나간 갓길에 차를 세우고 사이드 브레이크를 요란하게 올렸다. 비상등을 켜고 불퉁한 얼굴로 뒤돌아보자 지요코도 안전벨트를 풀고 몸을 돌렸다.

"지금 SNS 팔로워가 이상한 동영상을 리트윗했어요. 아기를 버린 엄마가 올린 동영상이요. 생활고로 산속에 아기를 버렸지만 이내 후회하고 바로 현장으로 돌아갔다. 그런데 아기는 온데간데없었고 어딘가로 달려가는 차 한 대를 목격했다……는 내용이에요."

"자, 잠깐. 그거 설마 우리 말하는 거야?"

더듬거리며 묻자 리쿠토는 심각한 표정으로 스마트폰의 음량을 높이고 재생 버튼을 눌렀다.

동영상은 잡음이 심하고 화질도 나빴다. 차에서 찍은 듯 뒷좌석과 뒷유리가 보였다. 화면 한가운데에서 줄곧 고개를 숙이고 있던 여자가 작심한 듯 고개를 들었다. 여자는 울어서 퉁퉁 부은 눈가를 비비며 떨리는 목소리로 입을 열었다.

—저, 저는 아까 오메시 산속에 아이를 버렸습니다. 아, 아파트에서 혼자 낳았어요……. 병원에 갈 돈도 없어서, 아이 아빠는 도망갔거든요.

얼굴이 홀쭉하게 야윈 여자는 움푹 파인 눈에서 눈물을 흘리며 입술을 깨물었다. 대시보드에서 돋보기안경을 꺼내 쓰고 화면 속 여자를 본 하세베의 눈썹이 치솟았다.

"이 초췌한 여자는 누군데?"

영상 속 여자는 오열하며 손수건으로 연신 얼굴을 닦았다. 그러면서 연약한 목소리로 말을 이었다.

—아, 아이가 태어나는 바람에 일하러 나가지도 못해서

지, 집세도 연체하고 이제 한계였어요. 부모도, 의논할 만한 사람도 없어서……. 어떻게 해야 좋을지 몰라서…….

여자는 침을 꿀꺽 삼키며 카메라를 쳐다보았다. 머리는 부스스했고 화장기 없는 얼굴은 생기가 느껴지지 않을 정도로 창백했다. 움푹 팬 눈은 섬뜩할 정도로 크고 등골이 서늘할 정도로 초조한 빛이 드러났다. 나이는 아무리 많아도 30대 후반이리라. 여자는 종종 입술을 깨물고 괴로워하며 고개를 숙였다.

―파트타임 직장의 차를 멋대로 끌고 나와 어릴 적에 가본 오메시 이와쿠니야마산으로 갔습니다……. 거기밖에 떠오르지 않았거든요.

"오, 오메시 이와쿠니야마산?"

하세베가 기겁하며 스마트폰의 음량을 더 올렸다. 여자의 거친 숨소리까지 들려서 현장감이 생생했다.

―처, 처음에는 병원이나 다른 곳에 아이를 두고 오려고 했어요. 하지만 저 혼자 살아갈 수 없을 것 같았어요. 그래서 같이 죽기로 결심했죠. 지독한 엄마라는 건 저도 알아요. 차라리 나 혼자 죽을걸. 그, 그런데 도저히 그럴 수 없어서…….

깡마른 여자는 엉킨 머리를 마구 헝클어뜨리며 무언가에 홀린 듯 서둘러 말을 이었다.

―어두컴컴한 숲속으로 들어갔어요. 저, 저는 너무 무서

워서 혼자서 뛰어 달아났어요. 아이를 숲에 버려두고. 다급하게 차에 올라타 집으로 돌아가려고 했죠. 그런데……

 여자는 다시 카메라를 응시했다.

—금방 정신을 차렸어요. 아, 아이를 한밤중에 숲속에 버리고 오다니, 사, 사람이 할 짓이 아니라는 생각이 들었죠. 곧바로 되돌아갔어요. 그런데 그 사이에 아이가 사라졌더라고요. 20분도 채 안 됐는데 아무 데도 없었어요!

 여자의 목소리가 거칠어졌다.

—동물에게 잡아먹혔을까 봐 필사적으로 숲을 뒤졌어요! 하, 하지만 어디에도 없었죠! 그런데 경찰에 신고하려고 차로 돌아왔을 때 그곳을 빠져나가는 회색 밴을 목격했어요! 혹시 아이를 봤냐고 묻고 싶어서 황급히 차를 쫓아갔는데 모, 몹시 난폭하게 달려가더라고요. 저, 저는 죽는 줄 알았어요. 그리고 바람처럼 사라져서……

 여자는 반쯤 통곡하면서 체면 따위 신경 쓰지 않고 애원했다.

—제발 부탁드려요. 아이를…… 아이를 돌려주세요. 우리 아이를 데려간 분, 제발 경찰서에 데려다주세요. 평생을 걸고 보상할게요. 제발 아이를 돌려주세요! 이미 경찰에 신고했습니다. 사라진 밴은 도요타 하이에스 같았어요! 여러분, 부디 도와주세요! 함께 찾아주세요! 제가 보상할 수 있도록 기회를 주세요!

"……아니, 아니, 이게 무슨……."

하세베는 굳은 얼굴로 말했다. 나도 완전히 똑같은 심경이었다. 갑작스러운 상황에 할 말을 찾을 수 없었다. 리쿠토는 재생이 끝난 영상을 물끄러미 보았다.

"이 영상은 대략 15분 전에 올라왔어요. 한밤중이라서 재생수는 아직 적어요."

"이게 다 무슨 소리야. 무슨 뜻인지 모르겠어. 그 초췌한 여자는 도대체 누구야? 아기를 버린 사람은 악귀 같은 여자였잖아?"

지요코는 불안한 기색으로 세 사람을 차례차례 쳐다봤다. 답을 아는 사람이 있을 리 없었다. 그러자 하세베가 얼굴을 쓸며 작업복 가슴 주머니에서 스마트폰을 꺼냈다.

"이 동영상에서 여자가 지목한 사람, 우리 맞지? 뭐가 뭔지 모르겠지만 신고밖에 답이 없잖아? 이 마당에 유괴범으로 몰리는 건 사양이라고."

경찰에 신고하려는 하세베를 내가 저지했다.

"잠깐. 죄다 너무 이상해요. 이 아이를 확실히 죽이려고 돌아온 범죄자가, 자칭 엄마라는 여자에게 거짓 동영상을 올리게 한 셈인데. 도대체 왜 그랬을까요?"

팔짱을 끼고 듣던 리쿠토도 고개를 살짝 끄덕였다.

"놈들이 선수를 치려는 걸로 보여요."

나는 숨을 크게 들이마시며 공포와 초조감 등 사고에 방해되는 감정을 억눌렀다.

"정리 좀 할게요. 이 아이를 죽이려던 무리는 조직적으로 움직이는 경향이 있어요. 언행을 보면 살인이 처음은 아니고요. 그 여자도 처음에는 동물이 아기를 물어갔다고 생각했던 것 같은데 우리가 도망치는 모습을 봤어요."

"거의 마주치기 직전 상황까지 갔었네."

나는 하세베에게 고개를 끄덕여 보였다.

"그때 우리가 모든 상황을 지켜봤다는 걸 깨달았겠죠. 범죄 조직원은 당연히 우리가 아기를 보호하고 있을 거라 생각했을 거예요. 그리고 신고가 들어가면 경찰이 숲을 수색하겠죠."

"다른 시체도 발견될 수 있겠네."

리쿠토의 말에 지요코는 몸서리쳤고 나는 눈짓으로 긍정했다.

"범죄가 탄로 날까 봐 리스크를 감수하고 본인들이 먼저 신고해서 선수를 친 거예요. 아기를 숲에 버렸지만 후회되는 마음에 다시 찾으러 갔더니 그새 다른 사람들이 데리고 갔다. 이 시나리오라면 그 숲을 자세히 수색하지 않으리라 추측했겠죠."

분명 틀린 부분은 없을 터다. 하세베는 신음을 흘리며 내 말을 되짚었다.

"확실히 앞뒤가 맞는 말이야. 그런데 왜 인터넷에 영상을 올린 거지? 신고만 해도 되는데, 저런 걸 올려 봤자 본인들 약점만 잡히는 꼴이잖아."

"오히려 대중들을 같은 편으로 포섭하려는 의도일 수도 있어요. 인터넷의 습성을 잘 아는 놈들이에요. 바보가 아니에요."

리쿠토가 대수롭지 않게 말했다.

"이 영상, 파급력이 대단해요. 지금은 새벽이라 이 정도지만 날이 밝으면 어떻게 될지 모르겠어요."

"그래. 그대로 묻힐 수도 있지만 어디서 어떻게 불이 붙어 난리가 날지 몰라요."

몸에서 땀이 기분 나쁘게 배어 나왔다. 거짓 고백으로 주목받고 싶은, 정신이 온전치 못한 여자로 끝날 수도 있다. 그러나 일단 화제가 되면 순식간에 확산되리라. 리쿠토도 같은 생각인 듯했다.

"최악의 상황은 모든 언론에 보도되면서 난리가 나는 거예요. 얼굴을 공개하면서 죄를 고백하고 도움을 청하기도 했고. 그러면 사람들은 죄다 범인을 찾아낸다며 난리일 거예요. 경찰도 손을 쓸 수 없을 정도로요. 온갖 단체들도 참전하겠죠."

"그게 뭐가 문제지?"

지요코가 소박한 의문을 입에 올렸다.

"죄를 인정하고 도움을 구하는 여자는 철저히 보호받거든요. 이런 이야기는 어느새 미담으로 둔갑해서 뒤에 있는 범죄 조직이 이용해 먹기 좋은 구실이 될 수도 있죠."

리쿠토는 동의를 구하듯 나와 눈을 마주쳤다. 그렇게 흘러갈 듯하다. 설령 우리가 살인미수나 영아유기를 목격했다고 증언해도 경찰을 설득할 증거가 없다. 동영상을 게시한 여자가 현장에 오지 않았다는 사실을 증명할 수 없기 때문이다.

하세베는 여전히 팔짱을 낀 채 고개를 숙이고 생각에 잠겼다. 상황이 생각보다 단순하지 않다는 사실을 이해한 듯했다. 하세베는 시무룩한 기색으로 말없이 한 지점만 바라보다가 무언가 결정한 듯 고개를 들었다.

"범죄자들이 무슨 꼼수를 부리든 우리가 할 수 있는 일은 아기를 경찰에 보내는 것뿐이야. 이렇게 된 이상 어떤 혐의를 받더라도 사실을 말할 수밖에 없어. 그게 아기를 위하는 일이기도 해. 경찰서가 가장 안전하니까."

"정말 그렇게 생각해요?"

나는 아기를 바라본 뒤 하세베에게 시선을 돌렸다.

"경찰에 아기를 넘기면 언젠가는 영상을 올린 엄마에게 아기가 갈 거예요. 그건 살인자의 손에 아기를 넘기는 거나 마찬가지라고요. 안전은커녕 경찰에 신고하는 순간 이 아이는 죽은 목숨이에요."

나는 침을 꿀꺽 삼키며 말을 이었다.

"동영상이 퍼져도 우리는 끝이에요. 지금 상황에서 승산은 없어요. 결과적으로 경찰이 살인을 돕는 셈이 될 거예요."

그러자 하세베가 콧방귀 끼며 손을 저었다.

"아무리 그래도 경찰이 자기 아이를 버린 여자에게 아기를 되돌려보내겠어?"

"세상에 그런 일이 얼마나 흔한데요. 학대받던 아이가 다시 부모 곁으로 갔다가 결국 그 손에 죽는 사건이 얼마나 많은 줄 알아요?"

하세베는 아무런 반박도 못 하고 입을 다물었다. 지금 상황에서 법은 분명 범죄자 편을 들 터다. 진실이 어떻든 절차상 아무 문제가 없었다. 그렇다면 어떻게 해야 할까. 나는 지끈거리는 관자놀이를 손가락으로 누르며 저도 모르게 한숨을 쉬었다.

"이런 사태에 휘말리는 바람에 사건의 진실은 아무도 알아주지 않아요. 게다가 아기의 생사와 관련된 선택까지 해야 해서 정말 머리가 아프네요. 한계예요."

"그럼 다수결로 정해요."

"이 상황에서 다수결이라고?"

하세베가 의아한 목소리로 묻자 리쿠토가 고개를 크게 끄덕였다.

"네, 깔끔하게 다수결로 정하자고요. 아기를 경찰에 넘길지 말지."

 네 사람 모두 새근새근 잠든 아기의 얼굴을 바라봤다. 그때 잠자코 있던 지요코가 머뭇머뭇 입을 열었다.

 "이 아이도 함께 저승으로 데려가면 좋겠지만 역시 그럴 수는 없어. 그, 그러니까 진심으로 경찰에 호소하자. 아이를 부모에게 넘기면 분명 죽을 거라고 진지하게 설득하는 거야."

 "지요코 씨, 잘 들어요."

 나는 상황을 감정적으로 판단하려는 지요코를 타이르듯 말했다.

 "영상 속 여자가 친엄마인지는 모르겠지만 적어도 살인 조직과 엮인 건 분명해요. 꼬리가 잡힐 만한 증거는 진작에 처리했겠죠. 증거도 없는데 눈물로 호소한다고 경찰이 움직일 것 같아요?"

 혀끝을 차는 하세베의 몸이 떨렸다.

 "경찰은 재판에서 이길 수 있는 사건만 수사하는 게 현실이야. 이 사건으로 우리가 출두하면 구속되어 조사받겠지. 하지만 증거불충분으로 금방 풀려나지 않겠어?"

 "맞아요. 그러니까 희생자는 아기뿐인 셈이죠."

 내가 아기를 흘긋 보자 리쿠토가 곧바로 말을 이었다.

 "결정하죠. 다수결은 윤리를 따지지 않아요. 결과가 어떻든 다수결에 따를 것. 남을 비난하지 말 것. 동수가 나오면 정해질 때까지 투표해요."

지요코는 자신을 끌어안듯 팔을 몸에 둘렀고 나는 숨을 크게 들이마시며 자동차 천장을 올려다봤다. 살면서 한순간도 이렇게 지키고 싶을 정도로 타인을 소중히 생각한 적은 없다. 물론 사람을 사귀면 정이 생기기도 하지만 그것도 매우 얄팍하다고 생각해왔다. 그런 내가 이런 중대한 선택을 하게 되다니, 이 아이는 정말이지 운도 없다.

리쿠토는 숨을 몰아쉬며 말했다.

"아기를 경찰에 넘기지 않는 게 좋을 것 같은 사람."

나는 천장을 올려다보며 복잡한 생각을 정리한 뒤 손을 들었다. 왜 이렇게 됐을까. 나는 오늘 죽으려고 이곳에 왔건만 지금은 도대체 무엇을 하고 싶은지 나 자신도 몰랐다.

"결정. 만장일치로 경찰에 넘기지 않는다."

"뭐라고?"

나는 세 사람에게로 고개를 돌렸다. 하세베는 언짢은 얼굴이었고 지요코는 눈시울을 붉힌 채 어깨를 들썩였다. 리쿠토는 밤거리에 떠 있는 불빛을 물끄러미 바라보고 있었다.

3

날이 밝기 전에 해야 할 일이 있었다. 분유와 기저귀 등 아기용품과 식량과 물을 사야 했다. 일단 경찰에 넘기지 않겠다고 마음먹었지만 앞으로의 일에 대해서는 아무 생각도 하지 않았다. 언젠가는 경찰에 가더라도 그전에 아기를 보호할 방도를 찾지 않으면 아기를 숨기는 의미가 없었다.

"피해 신고를 한 것이 사실이라면 경찰들의 검문에 걸릴 거야. 놈들 눈을 피해 빠져나가는 게 쉽지 않을 거야."

"경찰에 쫓기는 신세란 이런 기분이구나. 짜릿하네요."

리쿠토가 상황에 어울리지 않는 말을 해서 하세베의 눈총을 받았다. 나는 자칭 아기 엄마라는 여자가 게시한 영상을 반복 재생했지만 아무 정보도 얻지 못했다. 아직 조회수는 적었고 화제가 되지도 않아 다행이었다.

그때 하세베가 운전대를 잡으며 소리 높여 말했다.

"어르신과 리쿠토. 두 사람은 아기를 데리고 차에서 내려. 물건을 사 올 테니 그동안 숨어 있어."

"알았어. 아기는 내게 맡겨. 놈들 뜻대로 되지 않을 거야."

지요코와 하세베는 이미 각오를 다진 듯했다. 완전히 무계획으로 뛰어들었는데 어째서 후회되지 않을까. 현재로서는 성공할지 실패할지도 모르고, 아기를 데리고 무작정 도망 다니는 것은 비건설적이다 못해 범죄다. 그런데도 마음은 놀라울 정도로 후련했다.

나는 세 사람을 어둑한 공터에 남겨 두고 홀로 슈퍼로 향했고 하세베는 슈퍼에서 조금 떨어진 곳에 차를 세우고 담배를 물었다.

"슈퍼에 CCTV가 있을 테니 혼자 가. 차가 찍히면 안 돼."
"알았어요. 금방 올게요."

나는 차에서 내려 마스크를 쓰고 카디건을 여몄다. 정수리에 묶었던 당고머리도 진작에 풀었다. 조금이라도 인상이 달라 보이도록 어깨 길이 머리를 앞으로 내린 뒤 고개를 숙이고 종종걸음쳤다.

현재 새벽 3시 전. 뒷골목에는 오가는 차도 행인도 없었다. 깊게 잠든 동네에 내 걸음 소리만 울려 퍼졌다.

나는 환하게 불이 켜진 주차장을 비스듬하게 가로질러 자동문을 지나 슈퍼로 들어갔다. 계산대에 기대어 있던 머리가 벗겨진 중년 점원과 눈이 마주쳤다. 그는 "어서 오세요"라는 인사도 하지 않았고 어딘가 불만스러워 보였다.

나는 바구니를 들고 곧바로 유아용품 코너로 가서 기저귀와 분유, 젖병 등을 찾았다. 사야 할 것이 너무 많았다. 개월 수와 체중에 따라 다른 것 같은데 아기의 발육 상태는 짐작도 가지 않았다. 점원에게 물어보고 싶어도 불친절한 남자뿐이라 어쩔 수 없이 눈에 띄는 물건을 바구니에 넣었다. 네 사람이 먹을 음식과 물까지 담은 뒤 계산대로 갔다.

무뚝뚝한 점원은 참으로 무기력한듯 말없이 바코드만 찍었다. 나는 물건을 재빨리 봉지에 담아 양손에 들고 슈퍼를 나섰다. 주변을 둘러보고서는 골목에 서 있는 하이에스에 올라탔다.

하세베가 담배를 연달아 피웠는지 차에 연기가 자욱했다. 나는 숨이 막혀서 짐을 뒤에 두고 환기를 시켰다.

"아기도 있는데 담배 좀 그만 피워요."

"그래서 지금 피우잖아."

"요즘 세상에 하세베 씨 같은 골초도 몇 없을 거예요."

"다들 줏대 없이 세상 눈치 보기 바쁜 멍청이들뿐이니까."

하세베는 담배를 물면서 사이드 브레이크를 내리고 후진했다.

"담배도 그렇지만 맨날 탈탄소니 클린 에너지니 난리잖아? 그것도 백신처럼 일부 기득권만 이득 보는 시스템이야. 난 그런 거에 안 휩쓸려. 요즘 같은 시대는 본질을 꿰뚫어 보고 지혜롭게 살아야지."

하세베는 신나게 떠들어대며 유턴한 뒤 고요한 주택가를 달렸다. 지혜롭게 본질을 파악한 결과 회사는 도산하고 목숨을 끊을 지경에 내몰렸나. 이 남자는 여러 면에서 얄팍하지만 타인을 돕고 싶어 하는 마음이 있는 것만은 분명하다. 하지만 나는 그런 마음이 없다. 솔직히 아기를 보호한 이유도 상황이 그렇게 돌아갔기 때문이었다.

차의 모든 창문을 활짝 열어 환기시킨 뒤 공터에서 대기하던 지요코와 리쿠토를 태웠다.

"아기가 벌써 배고픈가 봐. 바로 젖을 주면 좋을 텐데, 일단 물부터 끓여야겠네. 이래서 분유는 번거롭다니까."

나는 짐칸에 놓은 봉지를 뒤적여 우유를 꺼냈다.

"액상 분유라는 게 있어서 사봤어요. 그냥 먹여도 되는 것 같아요."

"그래? 그 캔 주스처럼 생긴 게 분유라고?"

"여기에 젖병 꼭지 부분을 붙이면 돼요."

나는 살균 티슈로 손을 닦고서 액상 분유의 뚜껑을 따 전용꼭지를 달았다. 캔에 적힌 설명대로 액상 분유를 조금 꺼내 확인했다.

"이거면 되겠어요. 나머지는 지요코 씨가 하세요."

"이거 참, 편리한 세상이구나."

지요코는 감탄하며 분유가 든 캔을 감싸듯 잡았다. 체온으로 덥히는 듯했다. 잠시 후 칭얼대는 아기를 옆으로 안고 분유를 작은 입에 갖다 댔다. 아기는 곧바로 실리콘 꼭지를 입에 물고 힘차게 빨기 시작했다. 동그랗고 귀여운 눈동자는 한 지점만 바라보며 꿀꺽꿀꺽 잘도 분유를 삼켰다. 기분 탓인지 혈색도 좋아지고 연약한 눈에는 힘이 깃들어 보였다.

네 사람은 아기에게 시선을 떼지 못했다. 조금 전까지만 해도 아기는 작고 귀여운 마스코트 같았을 뿐, 피가 흐르는 사람 같지 않았다. 그런데 비록 갓난아이일지라도 아기는 엄연히 생존 욕구가 있는 인간이었다. 아기는 이곳에 있는 누구보다 사는 데 집중했다.

"그때 이 아이를 발견하지 못했다면 이 아이는 지금쯤 분명히 죽었을 거예요."

나는 누구에게랄 것 없이 말했다.

"캄캄한 숲속에서 아무리 울어도 아무도 안 오고……."

아기의 숨이 끊어지는 장면은 상상만 해도 심란했다. 그 마음은 세 사람 모두 마찬가지인 듯 모두 눈썹을 치켜세우고 어두운 표정을 지었다. 지요코가 이번에는 아기에게 말을 거는 듯 목소리를 냈다. 여지껏 들은 목소리 중 가장 다정하고 계산적이지 않았다.

"정말 다행이구나. 여기라면 안전해."

"참나, 아이 하나 때문에 말도 안 되는 일에 휘말렸어. 인생 마지막 날이었는데 계획이 틀어져도 정도가 있지."

하세베는 자못 귀찮다는 듯 내뱉었지만 표정은 그야말로 흐물흐물했다. 리쿠토도 말없이 아기를 바라봤다. 죽음으로 향했어야 할 차 안 분위기는 유난히 부드럽게 풀려 있었다. 나는 원래 이렇게 '만족스럽고 아늑한 공간'이라는 따뜻한 것을 혐오했었다. 그런데 왜일까. 지금은 무엇보다 그 공간에 안정감을 느꼈다.

지요코는 아기의 작은 손을 쓰다듬다가 갑자기 정색하고 입을 열었다.

"도대체 그 여자는 누구일까?"

"인터넷을 주무르는 방법까지 보통이 아니에요. 실행범인 여자는 머리가 좋아 보이지 않았는데 지시하는 쪽은 꽤 냉철한 사람 같아요."

내가 분석하자 리쿠토도 생각을 말했다.

"결단력도 상당한 것 같아요. 인터넷에 얼굴을 공개하고 정보를 흘린다는 건 어지간해서는 생각하기도 어렵고 실행할 수도 없는 방법이니까."

"그래. 괜히 엉뚱하게 본인들도 지목받을 수 있는데. 범죄자가 가장 피하고 싶은 전개일 텐데."

리쿠토는 잠시 생각에 잠겼다가 무언가 떠올랐는지 말문을 열었다.

"우리 보이스카우트단에 우유부단한 단장이 있거든요. 어떤 선택이든 모두를 만족시킬 수는 없잖아요. 그런데 냉정하지를 못해요. 배짱도 없고 선견지명도 없는 데다 책임질 각오도 없죠. 이럴 땐 살인 조직의 수장이 더 쓸모 있는 사람 같다니까."

"살인범과 비교하는 건 이상하지만 그 단장이라는 사람은 마음이 약한 사람이겠지."

하세베가 말했지만 리쿠토는 고개를 저었다.

"만약 위기 상황이라면 리더가 이런 사람인 단은 틀림없이 전멸할 거예요. 적당히 타협하고 미지근하게 사는 어른은 가장 큰 방해물이라니까요."

보이스카우트에 대해서 잘 모르지만 상당히 울분이 쌓인 듯했다. 나는 쓴웃음을 지었다.

"어른이 되면 모두 적당히 타협하며 살아. 타인을 일일이 진지하게 마주할 기력 따위 없지. 그래서 쉽게 이용당하는 거야."

"역시, 나쓰미 누나는 그렇게 살아왔나 보네. 미적지근한 놈들의 약점을 틈 타 단물을 빨았구나."

리쿠토는 여전히 감이 좋았다. 그리고 건방진 말만 쏟아내지만 그 근본에는 강하고 섬세한 정의감이 있다. 이곳에 오기까지 무슨 일이 있었는지 묻고 싶기도 했다. 단순한 이유로 죽음을 선택한 것 같지는 않았다.

배를 채운 아기는 만족스러운 표정을 지었고 지요코는 그런 작은 몸을 세로로 안고 토닥였다. 아기가 트림을 하자 지요코는 기저귀를 갈아주고 아기를 상자에 살며시 눕혔다. 이내 아기는 새근새근 잠든 소리를 냈다.

"우리끼리 아이에게 이름을 지어주는 건 어때?"

지요코는 수건을 아기에게 덮어준 뒤 상황과 어울리지 않게 밝은 표정으로 말했다.

"계속 이름이 없으면 가엾잖아."

"이미 이름이 있겠지. 태어난 지 서너 달은 지났을 테니 이름이 있을 거야. 여기 오기 전에는 평범하게 보살핌을 받지 않았을까?"

"평범하게 키우던 아이를 숲에 버렸겠어?"

면박을 주며 입을 삐죽대는 지요코에게 하세베는 덥수룩한 눈썹을 당기며 대꾸했다.

"내가 어떻게 알아. 미친놈들 생각 따위 짐작도 안 가거든."

"그런 비정상적인 범죄자들에 둘러싸여 있었다고, 이 아이는. 그러니까 적어도 이름 정도는 불러주고 싶어. 이제 안심해도 된다고 알려주고 싶거든."

지요코의 감정이 고조됐고 충혈된 눈에는 눈물이 그렁그렁 맺혔으며 목이 멨다. 그 마음을 이해하지 못하는 것은 아니지만 그래도 나는 못을 박았다.

"너무 정 주지 않는 게 좋아요."

"왜?"

지요코는 즉시 뒤돌아보며 정색했다.

"앞일은 아무도 모르잖아요. 지금은 경찰에 아기를 넘기지 않지만 한 시간 후에는 어떻게 될지 몰라요. 이대로 계속 돌볼 수는 없으니까."

"그래서 이름을 붙여주고 싶은 거야. 비록 짧은 시간이라도 마음을 다하고 싶어서. 내가 이 아이와 함께 있었다는 증거를 갖고 싶어."

"이름은 케르베로스로 하자."

리쿠토의 느닷없는 제안에 지요코는 아기를 달래며 눈썹

을 치켜올렸다.

"뭐야, 케르베로스라니. 이 아이는 일본인이라고. 외국 이름을 지어주면 어떡해."

지요코는 작게 헛기침을 한 뒤 다시 입을 열었다.

"사부로三郎는 어때?"

"그건 셋째 아들에게 붙이는 이름이잖아."

하세베는 담뱃진 때문에 누렇게 물든 손끝을 만지작거렸다.

"그러려면 차라리 이치로一郎라고 지어야지."

"아니, 사부로로 하자. 키 크고 잘생기고 돈도 잘 버는 좋은 남자는 으레 사부로거든. 그러니까 아이 이름은 사부로로 하자. 괜찮지?"

괜찮고 말고를 떠나 고집 센 지요코는 무슨 일이 있어도 그 이름을 붙일 작정이다. 아마 첫사랑의 이름이겠지. 나는 잠들려고 하는 아기를 쳐다봤다. 사랑스럽지만 귀찮은 존재. 지켜야겠다고 마음을 먹은 지 몇 분 만에 무거운 짐을 내려놓고 편해지고 싶다는 속내가 얼굴에 드러났다. 늘 대가를 요구하며 살아온 나의 비열함으로 얼룩진 습성이 대가 없는 행위를 거부하는 듯했다.

4

아기의 이름은 사부로로 결정됐다.

나는 스마트폰을 꺼내 곧바로 SNS 애플리케이션을 켰다. 그러다 그것을 본 순간 멈칫했다.

"여자가 새 영상을 올렸어요. 뭐야, 심지어 재생수가……."

새로 게시된 영상에서 자칭 아기 엄마인 여자가 도저히 기다릴 수 없다며 한탄했다.

"경찰 대응이 못 미더워서 어찌해야 할지 모르겠다는 내용이에요. 잠깐……, 이거 왜 이렇게 갑자기 퍼졌지?"

동영상 두 편의 조회수는 이미 10만 회를 넘었고 여전히 퍼지고 있었다. 영문도 모른 채 화면을 스크롤하는데 옆에서 스마트폰을 확인하던 리쿠토가 놀란 표정을 지었다.

"하필 인기 유튜버가 영상을 리트윗했어요. 다 함께 아기를 찾자고. 큰일 났네, 이 사람 팔로워가 250만이야."

"250……."

조마조마한 마음으로 실시간 트렌드를 확인하는 순간 모골이 송연했다.

"자, 잠깐……. 이게 말이 돼……?"

나는 말문이 막혔다. 아이를 버렸다는 고백 영상과 유튜버 외에 주목받는 것이 또 하나 있었다. 지금은 그것이 상단에 위치해 주목받는 기세가 무서울 정도였다.

리쿠토가 페트병에 담긴 물을 단숨에 들이켠 뒤 옆에서 화면을 들여다봤다. 리쿠토는 그 순간 사레가 들려 콜록거리며 내 스마트폰을 낚아챘다.

"아, 아니, 이건 아니지. 유튜버니 경찰이니 하는 이야기가 아니잖아."

리쿠토는 드물게 당황하며 음량을 높여 모두가 볼 수 있도록 스마트폰을 내밀었다. 그곳에는 '아기 유괴범과 마주치다!'라고 화려하게 적힌 제목, 그리고 음악과 함께 하이에스 앞유리 너머로 찍힌 우리 네 사람의 얼굴이 있었다.

"이, 이게 뭐야!"

하세베는 몸을 내밀며 리쿠토의 손을 붙잡고 스마트폰 화면을 보았다. 하이에스를 추월하면서 찍은 영상과 정면에서 찍은 영상이 슬로우모션으로 반복 재생되고 있었다.

"그 새끼들."

리쿠토가 얼굴을 살짝 일그러뜨렸다.

"자동차 정비사 놈들. 아까 차 배터리 살려준 놈들이에요."

나는 구역질이 치밀어 저도 모르게 손으로 입을 막았다. 마스크와 모자로 얼굴을 가린 남자 네 명이 동영상에 등장했고 흥분한 기색으로 그때 상황을 떠들어댔다.

—인터넷에 퍼진 동영상 보고 깜짝 놀랐다니까요. 놈들이 유괴범이었다니, 완전 대박이잖아! 맛이 간 하이에스로 연

기를 풀풀 날리면서 달리더라고요. 한 시간 전쯤 이와쿠니야마산에서 한노 방향으로 빠져나가 외길 국도에서 있었던 일이에요!

―시간상 딱 맞지 않아? 영상을 보시는 여러분, 아기가 유괴됐다는 영상, 그거 진짜 맞다니까요.

―맞아, 맞아! 아기를 숨기듯 상자에 넣었잖아!

―나쁜 놈들 같았어. 다들 차에서 한 발짝도 안 나오고 계속 노려보기만 하던데. 좀 이상해 보였어요. 아마 약을 했을 거야.

남자들은 거짓과 진실을 가리지 않고 아무렇게나 지껄였고 그러는 동안에도 우리 얼굴을 계속 영상으로 흘려보냈다. 하세베와 지요코의 얼굴은 아주 선명하게 찍혔고 내 얼굴도 좌석에 반이 가려졌지만 정면에서 찍혔다. 리쿠토만 고개를 푹 숙이고 있어서 누군지 알아볼 수 없었다. 우리는 핏기가 싹 가신 얼굴로 그저 화면을 바라볼 수밖에 없었다.

―차량 번호도 확실히 찍혀서 바로 한노 경찰서에 신고했어요. 그런데 아기 어머니가 영상에서 말한 것처럼 경찰 대응이 엉망이더라고.

―내 말이. 네티즌 수사대가 찾는 게 더 빠를 것 같아.

―하이에스에 타고 있던 사람은 모두 네 명이었고 나이대도 다양했어. 도대체 무슨 관계일까? 아무튼 채널 구독과 영상 공유 부탁해요! 우리가 아기를 구하자고요! 좋아요도

눌러주세요! 팔로우도 부탁드려요! 속보 나오면 다시 올릴게요!

그들은 잔뜩 흥분해 촬영을 마무리한 뒤 마지막으로 쐐기를 박듯 우리가 찍힌 영상을 재생한 뒤 종료했다. 큰일 난 정도가 아니다. 떨리는 손으로 스마트폰을 받아들었을 때 하세베가 사이드 브레이크를 내리고 갑자기 차를 출발시켰다.

"이제 이 차를 버릴 수밖에 없겠어……."

좁은 뒷골목을 이리저리 정처 없이 떠돌았다. 흐르는 땀을 닦지도 않은 채 하세베는 운전대에 매달리다시피 하며 액셀을 밟았다. 그러자 리쿠토가 스마트폰을 들고 굳은 얼굴로 입을 열었다.

"지요코 할머니, 벌써 신상 털렸어요."

나는 반사적으로 내 스마트폰을 확인했다. 실시간 트렌드에는 데라우치 지요코라는 이름이 떴고 '노인 킬러의 귀환'이라는 악의 가득한 해시태그가 붙어 있었다. 스낵바 사건이 일어난 지 얼마 지나지 않아서인지 사람들의 기억은 의외로 선명했다. 예전 사건까지 다시 거론되며 여론은 다시 불타올랐다.

당시를 떠올린 듯 지요코는 어깨를 와들와들 떨었다.

"……또 그 지옥 같은 일이 재현되는 건가?"

"그때보다 상황이 더 안 좋아요. 지금은 완전 범죄자로 몰렸으니까."

리쿠토는 스마트폰을 만지며 다급하게 말을 이었다.

"아까 영상이 삭제되고 또 다른 영상이 나돌고 있어."

"그것보다 이게 더 급해! 넌 도쿄로 빠지는 뒷길을 확인해! 여기 있으면 사부로가 경찰에 끌려가서 죽는다고!"

하세베는 전방을 주시한 채 소리 질렀다. 혈압이 걱정될 정도로 얼굴이 새빨갛고 숨도 거칠었다. 리쿠토는 스마트폰으로 내비게이션을 켰다가 고개를 저었다.

"오메에서 온 길로는 갈 수 없어요. 경찰도 그렇지만 상황이 이러면 이미 어디를 가든 네티즌들이 깔려 있어서."

"네티즌?"

"네. '한노에 사는 분들은 협조 부탁드립니다!'라거나 '흰색 하이에스를 잡아라!'라는 글이 너무 퍼져서 어디서 누가 보고 있을지 몰라요. 이런 놈들은 조회수에 눈이 멀어서 무슨 짓을 할지 모르기도 하고."

지금 상황에서는 경찰보다 오히려 일반인이 무섭다는 말이 맞았다. 개인정보를 비롯한 모든 신상이 퍼졌고 그것은 인터넷에 영원히 남는다.

하세베는 어디로 가야 할지 몰라 같은 구획을 빙글빙글 돌며 백미러와 사이드미러를 몇 번이나 확인했다. 도망치려고 해도 불특정 다수의 눈을 피할 수는 없다. 게다가 경찰까지 나선다면 절망뿐이었다.

나도 모르게 두 손으로 머리를 감쌌다.

"아이 엄마라는 사람이 잘못을 시인하는 영상뿐이라면 금방 수습됐을 거예요. 그런데 그 영상이 사실이라고 증명해주는 사람이 나타난 데다 범인으로 추정되는 사람 중에 신상이 털린 지요코 씨가 있어요. 이로써 선과 악이 완벽하게 정해졌어. 아기를 죽이려던 놈들이 선이 된 거라고요."

"어, 어떻게 그럴 수가……."

지요코가 참지 못하고 말을 토해냈다.

"인터넷은 쓰레기장이야. 아마 최근 일어난 일 중 가장 큰 화제가 될 거야. 이렇게 되면 아무도 막을 수 없어."

불운이 거듭될수록 새로운 문제가 계속 발생했다. 더구나 우리는 아무 잘못도 없는데 말이다. 각자 최악의 상황을 머릿속에 떠올릴 때 하세베가 갑자기 차를 세웠다. 황폐한 대나무 숲이 있는 막다른 골목이었는데 주변에는 민가는 고사하고 가로등도 없었다. 어두운 데도 불구하고 하세베는 자동차 실내등도 켜지 않은 채 리쿠토에게 물었다.

"이 근처에 이와쿠니야마산 말고 들어갈 만한 다른 산이 있어? 숲이든 뭐든 사람들 눈에 띄지 않는 곳이면 다 상관없어."

리쿠토는 이유를 묻지 않고 지도 애플리케이션으로 주변 지리를 살폈다.

"여기서 서쪽이 아까 지나온 오메. 남쪽은 시내와 주택지로 그곳을 지나면 도쿄예요. 북쪽은 가와고에고요. 이와쿠니야마산 말고 사람이 들어가지 않을 법한 곳이라면 북서쪽에 있는 미쿠모야마산밖에 없어요. 지치부 옆에 오쿠타마가 있고요. 설마 산으로 들어갈 생각이에요?"

스마트폰 화면이 푸르스름하게 켜진 가운데 하세베는 팔짱을 끼고 미간을 잔뜩 찌푸리며 인상을 썼다.

"상황이 아까와 달라졌어. 우리에게 불리하기만 하잖아. 심지어 아기를 경찰에 넘길 수도 없어. 내 말에 이견은 없는지 확인하고 싶어."

새근새근 잠든 아기를 향해 턱을 치켜들었다. 지요코가 곧바로 머리를 다시 묶고서 고개를 크게 끄덕였다.

"그것만은 절대 안 돼. 누구도 사부로에게 손대지 못해."

"너희는 어때?"

하세베는 나와 리쿠토를 번갈아 쳐다봤다.

"답은 방금 나왔어요."

리쿠토가 대답했고 나도 고개를 살짝 끄덕였다.

"상황은 절망적이지만 어쨌든 우리가 경찰에 가는 순간 살인자들이 이기는 거예요."

하세베는 내 눈을 가만히 바라보다가 "좋아"라며 고개를 끄덕였다.

"나도 같은 마음이지만 어떻게 우리가 이길지 현실적인 목표를 정해야 해. 이대로 계속 도망만 칠 수는 없으니."

하세베는 웬일로 옳은 소리를 하더니 어둠으로 가득한 주위를 살피며 우리를 돌아봤다.

"나는 이 아이를 누군가에게 맡겨야 한다고 생각해. 내가 아까 여동생 이야기 했지? 걔라면 반드시 도와줄 거야."

나는 즉시 부정했다.

"경찰이 차량 번호로 차주를 알아낼 거예요. 하세베 씨의 여동생은 이미 경찰에서 주목하고 있을지 몰라요."

"아니, 동생이 쉽게 입을 열 리 없어."

"그렇더라도 연락하면 쉽게 꼬리를 잡혀요. 게다가 사부로를 숨기면 여동생도 공범이 된다고요."

하세베는 아차 하며 입술을 깨물었다. 인터넷을 검색하던 리쿠토가 스마트폰을 들어 모두에게 보였다.

"이제 네티즌들이 여러 가지로 앞서 나가서 도망갈 길이 끊기고 있어요. 우리가 아기를 버렸을지도 모른다는 의견도 나왔고요. 한노시에 아기를 버렸을 만한 장소와 들렀을 만한 곳이 표시된 지도가 공유되고 있어요."

그것을 보여주자 하세베는 입꼬리를 씰룩거렸다.

"……뭐야, 이놈들은. 한밤중인데 왜 잠도 안 자고 이런 짓을 하는 거야."

"재미있으니까요."

리쿠토의 대답은 단호했다.

"무슨 일을 저지른 타인을 벌하는 일은 재미있으니까. 끝까지 몰아붙여서 사회에서 매장시켰을 때의 성취감은 이루

말할 수 없죠. 보이스카우트보다 단결력이 강해요."

"너, 무서운 소리 하지 마."

하세베는 혐오감이 밴 눈빛으로 리쿠토를 바라봤다.

"다들 속으로 그렇게 생각해요. 아저씨도 재미 삼아 그런 걸 보거나 검색한 적 있을걸요?"

리쿠토의 지적에 하세베는 입을 다물었다.

"그들에게 우리 넷은 무슨 짓을 해도 되는 대상, 오락거리로 소비되는 대상인 거예요. 사과나 해명은 불난 집에 부채질하는 꼴밖에 안 돼요. 이제 이 상황을 한 방에 역전하는 방법은 없어요."

"있어."

나는 얼굴이 창백한 리쿠토를 향해 고개를 돌렸다. 냉정하게 마음의 준비를 한 듯하지만 실은 공포에 휩싸였다는 것을 알 수 있었다.

"입장을 역전시키면 돼."

"역전이라니 과연 될까? 지금도 이렇게 활활 불타고 있는데."

"그렇긴 하지만 어떻게 보면 비장의 카드는 우리가 쥐고 있어."

나는 잠든 아기를 쳐다봤다.

"그러니까 이 아이를 죽이려 한 범죄 조직을 밝혀내면 돼."

순간 차 안이 고요에 휩싸였다. 곧 하세베가 굳은 얼굴로 웃어넘겼다.

"하긴. 놈들을 모조리 잡아서 경찰에 넘기면 돼. 그러면 우리가 결백하다는 사실도 증명할 수 있으니 참 쉽군."

나는 하세베를 바라보았다.

"지금은 넷이서 머리를 맞대고 지혜를 짜낼 때지 말꼬리 잡을 때가 아니에요. 그런 건 시간 낭비일 뿐이라고요. 시대는 하세베 씨가 생각하는 것보다 훨씬 앞서가고 있어요. 그 사실을 지금 당장 인정해요."

"뭐라고? 여자는 닥치고 있어. 어차피 결국 우는 것밖에 할 줄 모르잖아."

"그러니까 이런 언쟁 자체가 시간 낭비라고요."

나는 깊은 한숨을 내쉬며 스마트폰으로 인터넷을 실행했다. 그리고 하세베의 이름을 검색한 뒤 맨 위에 뜨는 사이트를 열어 그에게 건넸다.

"이게 현실이거든요. 우리가 얼마나 밑바닥까지 처박혔는지 지금 당장 받아들이라고요."

하세베는 스마트폰을 홱 낚아채 화면을 들여다봤다. 사람을 시종일관 무시하던 하세베는 화면을 확인하자 입을 반쯤 벌린 채 꼼짝도 하지 않았다. 스마트폰을 뚫고 들어갈 기세였다. 금세 안색이 새파랗게 질렸고 스마트폰을 쥔 손이 잘게 떨렸다.

"아까 발견한 사이트예요. 지요코 씨도 그렇지만 하세베 씨의 개인정보도 이미 인터넷에 다 떴어요. 사진 한 장 떴을 뿐인데 몇십 분 만에 신상이 털렸다고요."

"이, 이게 말이 돼? 아니, 잠깐……. 집과 공장 사진도 있잖아. 휴대폰 번호랑 주소도. 게다가 여동생 아파트까지 올라왔어. 걔가 무슨 상관이라고. 도대체 누가 이런 짓을 한 거야. 도, 동생 직장까지 떴잖아!"

하세베는 목소리를 까뒤집으며 나를 쳐다봤지만 이미 어떤 위로도 소용 없는 단계였다. 이렇게 된 이상 현실을 받아들일 수밖에 없다. 리쿠토도 자신의 스마트폰으로 검색한 뒤 얼굴을 문질렀다.

"아마 아저씨 회사에서 일하다 그만둔 직원이 올렸을 거예요. SNS에 뒷담화를 올리는 놈이 있네요. 완전 악덕 기업이야, 무능을 사람으로 바꾸면 하세베일 듯, 죽어라."

"……누구야, 그런 걸 쓴 놈은."

하세베는 이를 악물고 쥐어짜는 소리로 물었지만 리쿠토는 고개를 저었다.

"당연히 이런 건 실명으로 안 쓰니까요. 그런데 분위기가 여자 같긴 해요. 같은 계정에 요리나 화장품 사진도 올라와 있거든요."

하세베는 핏발 선 눈으로 스마트폰을 내게 돌려주며 한숨을 내쉬었다.

"그, 그렇구나……, 여자구나. 짐작 가는 사람이 두 명 있어."

하세베는 중얼거리며 가슴 주머니에서 스마트폰을 꺼냈다. 연락처를 불러내 통화 버튼을 누르려는 것이었다. 나는 황급히 스마트폰을 빼앗았다.

"뭐 하는 거예요! 연락하면 당연히 상대가 녹음할 거 아녜요! 그것도 인터넷에 올라온다고요!"

"해 볼 테면 해 보라고 해! 그 전에 놈들을 죽여 버릴 테니까! 은혜를 원수로 갚아도 유분수지! 아무 상관도 없는 가족의 사진을 인터넷에 뿌리다니 그런 건 짐승 새끼나 할 짓거리라고!"

"그건 그렇지만 일단 진정하자고요! 하세베 씨도 아까 말했잖아요? 우리가 이기는 방법을 생각해야 한다고."

내가 하세베의 스마트폰을 가방에 넣자마자 하세베가 빼앗으려고 팔을 뻗었다. 하지만 지요코도 하세베의 팔을 붙잡으며 소리 질렀다.

"진정해!"

그 소리에 아기가 잠에서 깨 큰 소리로 울기 시작했다. 인터넷에 얼굴 사진이 유출된 시점에 신상털이는 정해진 수순이었고, 얼마 지나지 않아 이렇게 됐다. 그러나 하세베는 조금도 예상하지 못한 듯 분노와 당황이 뒤섞인 감정을 폭발시켰다.

"이런 비정상적인 짓이 재미있다고? 사람을 괴롭히는 짓이 오락거리라고? 이 새끼들은 하나같이 죄다 인간쓰레기야!"

"아저씨, 진정해요. 이 사람들의 목적은 우리를 자극해 반응을 끌어내는 거예요. 가족 정보까지 올리는 건 신상털이의 정석 같은 거라고요. 일종의 떡밥이죠. 그걸 덥석 물면 쓰레기들 좋은 일만 해주는 거예요."

"이런 짓을 당하고도 가만히 있으라는 말인가······."

하세베는 울먹이며 입술을 떨었지만 리쿠토는 한없이 담담하게 말했다.

"무조건 참으라는 말은 아니지만 어쨌든 지금은 반격할 때가 아니에요."

사이트에는 네 사람의 사진이 업로드된 페이지가 각각 생성되어 있었는데 과거에 이미 화제의 중심에 있던 지요코는 물론 하세베의 정보가 특히 많이 올라왔다. 공장에서 찍힌 듯한 단체 사진과 스냅사진은 분명 직원이 올렸을 것이리라.

나는 스마트폰으로 리쿠토의 페이지에 접속했다. 고개를 숙인 모습만 노출된 덕분인지 리쿠토의 정보는 하나도 올라오지 않았다. 아마 학교 친구들이 봤어도 그 영상만으로는 알아보지 못한 듯하다.

나는 숨을 거듭 크게 들이마시며 내 페이지를 열었다. 영상에 나온 얼굴 윗부분을 캡처한 사진이 떠서 심장이 바싹

오그라들었다. 얼굴이 반 이상 가려졌다고는 해도 지인이 보면 알아볼 만한 사진이었다. 내 신상은 아직 올라오지 않았지만 털리는 것은 시간 문제였다.

등줄기에 식은땀이 흘렀다. 너무 두려워서 터져 나오려던 목소리를 필사적으로 참았다. 다음에 인터넷에 접속했을 때 자신의 모든 것이 까발려져 있는 상황을 상상하는 것만으로 숨이 붙어 있지 않은 기분이었다.

스마트폰을 끄고 울음을 그치지 않는 아기를 안아 올렸다. 옛날부터 아이가 싫었다. 평생 갖고 싶지도 보고 싶지도 않았다. 그러나 품에 안기에 적당한 무게와 온기는 나에게 생명이라는 존재를 일깨워줬다. 그리고 그 작은 몸은 내 안에 숨어 있는 양심을 세차게 흔들었다. 사람을 버리는 데는 익숙하면서도 차마 이 아기는 버릴 수 없었다.

나는 새빨간 얼굴로 우는 아기를 내려다보며 마음을 안정시키는 데 몰두했다.

5

나는 아기를 지요코에게 맡기고는 하세베에게 시선을 돌렸다. 지금까지 낙관적이었던 하세베의 안색이 급격히 나빠졌다. 여동생이 연루된 사실에 타격을 받기도 했지만 그보다 자신이 고용한 직원의 폭로에 결정타를 맞은 듯했다. 나와 하세베가 아무리 성격이 맞지 않는다고 해도 이렇게까지 주눅 든 그의 모습을 보고 싶지는 않았다.

"하세베 씨, 자포자기했어요?"

내 물음에 하세베는 천천히 고개를 들었다. 오만하고 열정 넘치던 얼굴이 지금은 단숨에 늙어 입술 색까지 사라졌다. 성성한 수염이 턱 주변에 드문드문 돋아나 더욱 수척해 보였다.

하세베는 패기를 잃은 목소리로 말했다.

"자포자기고 뭐고, 우리는 죽으려고 모인 거잖아."

"그 계획은 연기됐어요. 그러니까 평소처럼 호탕한 모습으로 돌아와요. 지금 약해지면 여러모로 성가시니까."

단호한 말투에 하세베는 기가 죽은 모습으로 입꼬리를 히죽 올렸다.

"기 센 여자는 인기 없다고."

"하세베 씨가 마냥 축 처져 있으면 곤란해요. 일단 스마트폰 끄고 바로 차를 출발시켜요. 여기서 벗어나야 해요."

스마트폰을 돌려주며 우격다짐으로 말했다. 시무룩하게 내 얼굴을 바라보던 하세베가 스마트폰을 받아들고 전원을 껐다.

"이제 어디로 가?"

"아까 말했잖아요. 지치부로 통하는 미쿠모야마산."

"아니, 냉정하게 생각하면 아기를 데리고 산에 들어갈 수는 없어."

나는 고개를 저었다.

"산에 들어가지 않아도 일단 그쪽으로 가요. 아까 내려온 이와쿠니야마산의 국도를 경유해서 북서쪽으로 달려요."

"왜? 멀리 돌아가다가 누구 눈에 띄기라도 하면 본전도 못 찾는데."

"그래도 돌아가는 게 나아요. 하세베 씨의 신상이 털렸으니 경찰은 영장만 나오면 우선 스마트폰 GPS를 추적할 거예요. 그러니까 아까 지나온 국도까지 다시 가서 전원을 켜요. 그러면 근처 전파탑 신호를 받기 때문에 그곳이 하세베 씨가 마지막에 있던 장소로 특정될 거예요. 속임수죠."

리쿠토가 놀란 얼굴로 나를 쳐다봤다.

"설마 경찰에게 가짜 정보를 던져 줄 생각이야?"

"맞아. 국도를 타고 오메 쪽으로 갔다고 오인하도록. 경찰 조직은 자기들이 속한 현이 아니면 마음대로 움직일 수 없으니 우리는 도쿄도 오메시로 향한 척하면서 실제로는 다른 현으로 가서 시간을 벌 거야."

그렇게 말하자마자 세 사람은 내 얼굴을 빤히 쳐다봤다.

"너 정말 정체가 뭐야? 평범한 젊은 여자는 그런 거 모른다고."

"자세한 사정은 나중에 설명할게요."

나는 리쿠토를 향해 말했다.

"빨리 길을 검색해. 최대한 대로를 피해서 이동해야 해. CCTV나 경찰 시스템에 잡히면 안 돼."

"도주의 기본이지."

리쿠토는 곧바로 경로를 검색했다.

"아마 리쿠토의 신상은 마지막까지 털리지 않을 것 같으니까 앞으로 그 스마트폰이 우리의 생명줄이야."

"나쓰미 누나는?"

"분명 아침까지는 내 정보가 뜰 것 같아. 사용 못 할 거야."

"꽤 침착하네."

"이제 와 허둥대 봤자 뭐 하겠어."

하지만 말과 달리 생각만으로도 공포에 사로잡혔다. 나를 증오하는 사람이 적지 않다는 사실을 잘 아는 만큼 분명 어지간한 난리로는 끝나지 않으리라. 어쨌든 나아가는 데만 전념하고 앞으로 벌어질 사태는 최대한 의식 밖으로 밀어냈다.

"그리고 사진을 좀 보내고 싶은데 계정 좀 알려줄래?"

밑도 끝도 없이 요구했지만 리쿠토는 아무것도 묻지 않은 채 QR 코드를 내밀었다. 그것을 스캔해 등록하고 바로 사진 몇 장을 보냈다. 그리고 스마트폰을 껐다.

리쿠토와 하세베는 경로를 확인하고 내비게이션을 따라 인적 없는 뒷골목을 달렸다. 시각은 새벽 3시 50분. 주변은 아직 어둠에 녹아들어 캄캄했지만 머지않아 날이 밝을 것이다. 그때까지 미쿠모야마산 쪽으로 빠지지 않으면 이제 이 차로 이동하기 어려워진다.

제대로 정비받지 못한 차는 연기를 내뿜으며 달렸고 신문 배달 오토바이와 마주칠 때는 모두 긴장한 채 고개를 푹 숙였다. 그리고 이와쿠니야마산으로 들어가는 70호 국도에서 하세베의 스마트폰을 켜서 인터넷에 접속한 뒤 곧바로 다시 전원을 껐다.

하세베는 개인정보를 폭로당한 일에 대해 어떻게든 스스로 타협한 듯했다.

앞에 우뚝 솟은 어두컴컴한 산을 돌아가는데 폐업한 듯 보이는 소바 가게가 갑자기 나타났다. 주차장과 가게 앞에 페트병 등 쓰레기가 널브러져 있었고 지워져 가는 간판이 기우뚱하게 걸려 있어 보기만 해도 으스스했다. 그 가게 바로 앞에서 내비게이션에도 뜨지 않는, 산으로 들어가는 길을 발견했다. 비포장 길인 데다 잡초가 무성해 길이 어디로 이어지는지도 알 수 없었다. 그러나 하이에스는 주저 없이 그 길로 들어선 뒤 멈춰 섰다. 리쿠토는 재빨리 내려 풀숲을 헤치고 제법 굵은 고목을 몇 그루 끌고 와 길을 막았다. 하이에스는 난잡한 주변 풍경에 잘 녹아들었다.

"타이어 자국은 지웠어요."
"잘했어. 그런데 이 앞에 길이 있을지 모르겠네."

하세베가 신중하게 차를 몰면서 말했다. 지금은 사용하지 않는 농로 같은데 확실히 산을 넘을 수 있을 것 같지 않았다. 이곳 미쿠모야마산은 나무가 빽빽해서 사방이 막힌 느낌이 들 정도로 험했다.

하이에스는 한쪽에 깎아지른 절벽을 끼고 조심조심 나아가 살짝 트인 산 쪽에 멈췄다. 길 입구에서 이곳까지 30분이 채 걸리지 않았다. 우산처럼 우거진 나무들과 온갖 것이 뒤엉킨 넝쿨이 차를 가려주는 곳이었다.

"여기가 한계선이에요. 아마 더 위로 올라가면 전화가 안 터질 거예요."

리쿠토가 스마트폰을 확인하며 말했다. 이미 동쪽 하늘이 밝아오기 시작했고 까마귀 떼가 하늘을 선회하며 요란하게 울었다. 육안으로 봐도 10미터는 넘을 것 같은 큰 나무들이 우거졌고 축축한 흙내가 피어올라 숨이 막힐 정도였다.

나는 차에서 내려 리쿠토의 스마트폰으로 인터넷에 접속했다. 일단 해야만 한다. 내 이름을 검색창에 입력하는 순간 손이 땀으로 흠뻑 젖고 심장이 미친 듯이 뛰었다. 이를 악물고 검색 버튼을 누른 뒤 검색 결과를 응시했다. 사카자키 나쓰미의 검색 결과는 약 5천 건. 나는 멈췄던 숨을 내쉬며 기침했다. 화면에는 동명이인인 누군가의 SNS와 사진이 있었다. 현재로서 내 정보는 유출되지 않았다. 다리에 힘이 풀려 주저앉을 정도로 안도했지만 몇 시간 뒤 다시 검색할 용기는 나지 않았다.

이마에 흐른 땀을 닦는데 리쿠토가 차 밖으로 나와 눈짓했다. 말없이 스마트폰을 건네받자마자 리쿠토는 검색 페이지를 찬찬히 훑었다.

"이름으로 검색했는데 한 건도 안 뜨다니 오히려 대단하네. 보통 인터넷에 뭐라도 올리잖아."

"그런 거 조심하면서 살았어."

나는 여전히 두근거리는 심장을 느끼며 말을 이었다.

"당연히 SNS에 실명 등록을 하지도 않았고 SNS는 애초에 검색할 때만 이용해서 게시글을 올린 적도 없어. 찍는 것도 찍히는 것도 싫어해서 사진도 거의 없을 거야."

"인터넷 리터러시가 높다고 해야 하나, 모든 방면에서 경계심이 대단하네. 정말로 도망다니는 신세야?"

거침없는 말에 나도 모르게 웃음이 터졌다.

"법에 저촉되는 일은 하지 않았어. 하지만 사람을 불행하게 만들었지. 심지어 한두 명도 아니고. 나랑 엮인 사람은 대체로 나를 증오해."

리쿠토는 가만히 나를 바라보다가 고개를 갸웃했다.

"잘은 모르지만 살다 보면 반드시 누군가를 불행하게 만들잖아."

"나도 모르게 남에게 상처를 준 그런 차원이 아니야. 계산해서 일부러 그랬지. 내 욕구에 충실하게 살았으니까."

리쿠토는 생각에 잠겼는지 잠시 조용했다.

"그럼 지금은 그 행동을 죽을 만큼 반성하는 거네."

"아니. 하지만 후회는 해. 남을 짓밟을 더 좋은 방법이 있었을 거라는 생각이 들어서."

리쿠토는 순간 어안이 벙벙했다가 후훗 하고 조심스럽게 웃었다.

"윤리의식이 바닥인 사람이 사부로를 도우려는 이유를 도통 모르겠네. 혹시 속죄 같은 거야?"

"아니. 살해당할 운명이었던 아기가 어떤 어른으로 자라는지 보고 싶을 뿐이야."

반은 진실이고 반은 거짓이다. 나는 갓 태어난 생명에 압도당했을 뿐이다. 그때 갓난아이를 버리는 행위 자체를 용납할 수 없었다고 해도 좋았다.

리쿠토는 재미있다는 듯 내 얼굴을 쳐다보다가 다시 스마트폰으로 시선을 던졌다.

"지금까지 철저히 개인정보를 숨기고 살았다면 의외로 신상이 털리지 않을 수도 있겠어."

나는 곧바로 답했다.

"그렇지는 않을 거야. 나를 쫓는 데 혈안인 인간이 있거든. 벌써 몇 년째. 네 예상대로 야쿠자야."

"정말?"

"응. 내 정보가 새어 나가면 분명 내가 어디 있는지 알아내려고 할 거야."

"잡히면 어떻게 되는데?"

"결국 죽겠지만 당장 죽이지는 않을걸. 그건 확실해."

공포와 초조감은 익숙해지는 법이다. 그 속에 항상 몸을 담고 있으면 상황이 얼마나 심각한지 알 수 없을 정도로 감각이 둔해진다. 신상 유출도 마찬가지이리라. 지금은 무서워도 머지않아 무뎌질 터다.

리쿠토는 차로 돌아가자고 말하며 하이에스에 올라탔다. 그가 왜 죽기로 결심했는지는 알 수 없다. 그러나 자기 자신을 위해 쓸 기력이 고갈됐다는 것만은 알았다. 이따금 짓는 우울한 표정은 세상에서 벗어나 늘 무언가를 고민하다가 답을 찾지 못해 괴로워하는 얼굴이었다. 리쿠토를 진정으로 이해해주는 사람은 없었다.

나는 탄식하며 크게 기지개를 켜고 차로 돌아왔다. 모두 저마다 안색이 우중충했다. 잠까지 제대로 못 자서 피로에 찌든 것이다. 하세베는 가끔 얼굴을 비비고 하품을 하며 목 관절을 요란하게 꺾었다.

"일단 선잠이라도 자는 게 좋겠어. 머리가 안 돌아가."

"그래. 다들 한숨도 못 자고 여기까지 왔으니까."

지요코도 어깨를 두드렸다. 분유를 먹은 아기는 활발하게 움직이며 손에 쥐여준 토끼 열쇠고리를 흔들었다. 리쿠토가 스마트폰을 조작하며 쉰 목소리로 말했다.

"인터넷에 새로운 움직임은 없어요."

"나에 대해서는 상황이 어때?"

하세베가 두려워하며 물었다. 리쿠토는 화면에 얼굴을 가까이 대고 새 글을 읽었다.

"그놈이 계획 도산하는 바람에 빌려준 돈을 못 받았어. 도산하기 전에 개인 사채업자에게 한도액까지 빌려 달아났지. 어차피 조만간 붙잡혀서 바다에 둥둥 뜨는 신세가 될 거야. 공장은 오래전부터 자금 사정이 어려워서 직원들 월급도 주지 못했어. 주먹구구식 경영밖에 할 줄 모르는 무능력자로 돈도 안 되는 허접한 의뢰만 받았어. 인정仁情의 뜻을 잘못 이해하는 전형적인 꼰대……."

"됐어. 그만, 그만 읽어."

하세베는 손을 한 번 휘두르며 황급히 리쿠토를 막았다.

"저 좋을 대로 나불나불. 내가 고용했던 놈들이 아주 뒤통수를 치는구나. 육시랄 놈들."

다들 말하는 것도 지쳐 긴 침묵이 찾아왔다. 저마다 좌석 등받이에 기대앉았다. 벌레 소리가 사방을 둘러쌌다. 신경이 너무 곤두서서 도저히 잘 수 없을 줄 알았는데 눈을 감은 순간 정신을 놓아버렸다.

6

 잠에서 깬 나는 밖으로 나와 스트레칭했다. 내친김에 산에서 샘솟는 물로 세수도 하고 양치도 했다. 피부를 엘 듯 차가운 온도에 기분이 상쾌해졌고 마음속에 쌓인 응어리가 씻겨 내려가는 기분이 들었다.

 하늘을 올려다보며 습한 공기를 들이마셨다. 맑기는 하지만 우거진 나무가 햇빛을 가려 산은 여전히 뿌옇고 음침했다. 세 사람도 차례로 다가와 얼굴을 씻고 뭉친 근육을 풀었다. 나는 짐칸에 둔 봉투에서 물과 빵을 꺼내 차에 올라탄 모두에게 재빨리 나눠줬다.

 "식량도 오래 못 가겠지?"

 지요코가 빵을 바라보며 불안한 듯 말했다. 나는 퍼석퍼석한 빵을 기계적으로 씹으며 우선순위를 정리했다. 확실히 식량은 조만간 또 조달해야 하지만 물은 확보했다. 아기에게 필요한 용품도 충분하다. 그러니 지금 할 일은 하나였다.

 나는 빵을 물에 적신 뒤 모두가 다 먹기를 기다리며 고개를 들었다.

 "앞으로의 일을 논의하죠."

 그 말에 하세베가 한쪽 눈썹을 치켜올렸다.

 "그러고 보니 입장을 역전시키면 된다고 했지. 범죄 조직을 밝혀낸다는 둥 얼토당토않은 소리를."

"지금으로서는 그 방법뿐이니까요."

나는 남은 쓰레기를 모아 비닐봉지에 넣은 뒤 묶었다. 하세베는 창밖을 바라보며 약간 감상에 빠진 듯 말했다.

"정말 너무하는군. 있는 소리 없는 소리 지껄여대고 관계없는 사람까지 아무렇지 않게 끌어들이는 질 나쁜 놈들 말이야. 당해 보니 알겠어. 어르신, 당신도 고생했겠어."

"그래. 온 세상 사람들에게 욕먹는 기분이었지."

지요코는 점점 지워지는 눈썹을 찡그리며 한숨을 쉬었다. 하세베는 더러워진 손톱을 물끄러미 바라보며 여동생을 생각하는 듯하더니 문득 나와 눈을 맞췄다.

"범죄자 놈들이 천벌을 받았으면, 하는 마음은 나도 같아. 하지만 이 상황에서는 자유롭게 돌아다니지도 못하는 데다 아기라는 짐까지 있잖아."

"사부로는 짐이 아니라 중요한 산증인이에요. 우리를 구할 수 있는 사람은 이 아이뿐이라고 생각해요. 그리고 범인을 찾는 사람은 우리가 아니에요."

나는 리쿠토를 쳐다봤다.

"어젯밤 내가 보낸 사진 좀 보여줄래?"

"얼핏 봤는데 그 사진 뭐야? 기분 나쁘던데."

리쿠토는 스마트폰에 저장된 사진을 재빨리 띄웠다. 어두컴컴한 화면은 어딘가 어수선한 분위기였는데 언뜻 보면 무슨 사진인지 알 수 없었다. 나는 스마트폰을 빌려 사진이 선명하게 보이도록 명도를 편집한 뒤 세 사람에게 다시 보여 줬다. 사진을 본 순간 지요코는 숨이 멎는 소리를 내며 보고 싶지도 않다는 듯 손으로 눈을 가렸다.

"그, 그 여자잖아! 에구머니나! 몇 번을 봐도 악귀 같은 얼굴이야!"

확실히 그 사진의 구도는 아래에서 위를 향해 있어서 사진 속 여자는 더욱 흉악해 보였다. 나는 음영이 짙게 진 얼굴을 확대했다.

"그때 줌을 최대한 당겨서 찍었어요. 야간 모드로 찍어서 얼굴을 그럭저럭 알아볼 수 있을 거예요."

하세베는 으르렁거리며 화면을 바라보다가 혀까지 차며 말했다.

"정말 소름 끼치는 여자야. 이 여자와 엮이자마자 이런 신세가 됐다고."

"하지만 이 여자는 지금 안전지대에 있어. 후련한 얼굴로 맛있는 음식이라도 먹고 있겠지."

지요코가 한층 낮은 목소리로 말했다. 하세베는 가증스럽다는 듯 한동안 화면을 응시하다가 나에게 말했다.

"화질이 이렇게 나쁜데 이 사진으로 여자의 정체를 알아내려는 심산이군. 그렇지?"

나는 고개를 끄덕였다.

"나야말로 그 여자가 누군지 알아내고 싶지. 하지만 일일이 물어보러 돌아다닐 수도 없는 상황이잖아? 하물며 그런 사진으로 뭘 할 수 있겠어."

"화질이 나쁘기 때문에 오히려 누군지 특정할 수 있어요. 아마 내일 중에 신원을 알 수 있을 거예요."

하세베가 나를 빤히 바라보더니 다소 진지한 어조로 타일렀다.

"저기 말이야, 무서워서 현실 도피하고 싶은 심정도 이해해. 당신도 머지않아 인터넷에 신상이 퍼질 운명이겠지. 그래도 정신을 똑바로 차리는 게 가장 중요해. 그러면 길이 저절로 열릴 거야."

아무래도 나를 제정신이 아니라고 생각하는 듯했다. 나는 재빨리 상황을 정리하려는 하세베에게 분명하게 말했다.

"도망치고 숨기만 해서는 길이 열리지 않아요."

그리고 말을 이었다.

"이 사진을 들고 직접 물어보러 다니려는 게 아니라 가짜 정보를 흘리는 거예요. 이 여자도 우리와 한패라고 하면 돼요."

"우리와 한패다?"

"네. 예를 들면 이런 식으로 인터넷에 고발하는 거죠."

나는 입가에 손을 대고 헛기침했다.

"한노시에 사는 저는 어젯밤 애인과 오메시 이와쿠니야 마산에 있었어요. 지금 인터넷에 떠도는 하이에스를 거기서 분명히 목격했습니다. 하지만 차는 한 대가 아니었습니다. 도쿄 이타바시의 번호판을 단 빨간 미니밴도 함께 있었고 지금 인터넷에 공개된 사람들과 친하게 이야기를 나누던 여자도 있었어요."

나는 세 사람을 차례차례 본 뒤 다시 입을 열었다.

"그런데 도중에 시비가 붙었죠. 폭력 사태로 번질 분위기여서 저와 애인은 몸을 숨기면서도 순간 사진을 찍었습니다. 신고할까 싶었는데 그새 싸움이 끝나는 듯하더니 이타바시 번호판을 단 미니밴이 자리를 떠났어요."

나는 물로 목을 축였다.

"그리고 몇 시간 뒤에 인터넷에 아기 유괴가 실시간 트렌드에 떠서 깜짝 놀랐어요. 그런데 네 사람 외에 한 명 더 있었거든요. 이 여자도 공범이라서 사진을 올리기로 결심했어요. 나쁜 사람은 반드시 벌을 받아야 해요. 아무튼 아기를 빨리 찾기를 바랍니다. 서명운동도 시작하고 경찰에도 곧 신고할 생각이에요."

즉석에서 지어낸 이야기를 단숨에 늘어놓고 후우 하고 숨을 내쉬었다. 그때 줄곧 무표정이었던 리쿠토가 갑자기 웃음을 터뜨렸다.

"정말 멍청한 여자가 올린 글 같아."

"멍청한 여자라니……. 생각은 깊지 않은데 겉보기에는 누구보다 정의감이 투철한 여자를 흉내 낸 거야. 잘 알지도 못하면서 서명운동이니 크라우드 펀딩이니 떠드는 사람들처럼."

"그러니까 누나는 그런 여자를 싫어하는구나. 그렇다 치더라도 방법이 너무 잔인하잖아. 이 사진을 인터넷에 올리는 순간 그 여자는 밖에 나갈 수 없을 거야."

리쿠토는 심술궂은 미소를 지었지만 하세베는 그 모습을 보고 고개를 갸웃거렸다.

"잠깐만. 아무리 그래도 화질이 이런 사진을 인터넷에 올린다고 누군지 알 수 있을까?"

"화질이 낮은 게 오히려 좋아요. 어려울수록 도전 정신이 불타오르는 사람들이 있거든요. 개중에 사진 편집 전문가도 있을 테고 온갖 기술을 총동원할 수 있어요. 자신도 모르는 사이에 놈들이 우리의 수족이 되어 움직이는 셈이죠. 말하고 보니 무슨 우화 같네."

말이 많아진 리쿠토는 내가 생각한 바를 모두 전달해줬다. 하지만 하세베는 여전히 신중하고 회의적이었다.

"안 그래도 인터넷에는 유언비어가 판치는데 사람들이 과연 그런 이야기를 쉽게 믿을까?"

지당한 의문이었고 그 문제를 해결할 방책이 필요했다. 나는 그 부분을 담담하게 설명했다.

"스마트폰으로 사진을 찍으면 날짜와 위치 정보가 자동으로 기록돼요. 그걸 공개한 상태로 올리면 돼요. 자칭 아이 엄마라는 여자가 동영상에서 말한 날짜와 장소. 사진 정보가 그것과 일치하면 그걸 가짜 정보라고 주장할 근거가 없다시피 하죠."

"최고의 반격 같네. 울며불며 찍은 영상이 우리가 올린 사진이 진짜라는 걸 증명한다니. 우리를 함정에 빠뜨릴 생각이었지만 반대로 본인들이 궁지에 몰리는 셈이네. 그 여자가 미치고 팔짝 뛰는 모습을 직접 봐야 하는데."

정체가 밝혀지기까지 아마 오래 걸리지 않으리라. 그 여자의 언행으로 보면 살면서 타인의 미움을 산 적이 많을 테니까. 봉변을 당한 사람이나 지인들이 정보를 제공할 테고 잘하면 지금 무엇을 하는지도 알 수 있다. 그러나 하세베는 다른 방법을 생각한 듯했다.

"잠깐만. 생각해 보면 이 사진은 확실한 증거야. 인터넷에 뿌리는 것보다 경찰에 넘기는 게 놈들을 줄줄이 잡아들이는 데 도움이 되지 않을까?"

"그리 쉽지 않을 거예요."

나는 고개를 저었다.

"경찰을 움직이려면 증언 외에 확실한 증거가 필요해요. 수상한 여자의 사진을 들고 가도 그걸 순순히 접수해서 수사하지는 않을 거예요. 하지만 인터넷이라면 거의 올리는 순간부터 신상을 밝히는 작업이 시작되죠."

"당신 정말 도대체 정체가 뭐야?"

하세베가 비스듬히 앉아 내 얼굴을 유심히 살피다가 팔짱을 끼고 말을 이었다.

"경찰과 나쁜 놈들의 행동 패턴을 전부 파악하고 있잖아. 도무지 허풍떠는 것 같지 않단 말이지."

하세베의 의심은 정곡을 찔렀다. 나는 추격자를 따돌리려고 다양한 요령을 터득했고 신분을 숨기고 세심하게 주의를 기울이며 살아왔다. 그 결과 어디에 있든 마음이 편할 날이 없었고 무의식중에 사람의 이면에 정신을 빼앗기는 버릇이 들었다. 자신의 인생을 돌아보면 무엇을 위해 살았는지조차 모를 정도로 끔찍했다.

그때 리쿠토가 스마트폰을 쳐다보며 입을 열었다.

"누나는 야쿠자에게 쫓기는 것 같던데, 그 경험으로 알게 된 답이라고 생각해요."

"야쿠자? 아니, 이봐. 진심으로 하는 소리야?"

"저도 반신반의했는데 인터넷을 보니 이 누나만 다른 이름이 여러 개 떠서 정보가 혼란스러워요."

하세베가 운전석에서 목을 길게 빼고 화면을 쳐다봤다.

"우에카와 모모코, 기쿠타 유카, 시라이 하나, 고사카 리라. 지금 올라온 이름은 이 네 개인데 나이도 출신지도 다 달라요. 게다가 목격 정보도 이상하고. 홋카이도, 아오모리, 니지마섬, 고치. 시기는 다 다르지만 과거에 그곳에 살았다고 적혀 있어요."

온몸이 경직됐다가 힘이 조금 빠졌다. 지금까지 자신이

저질러 온 일이 드러나기 전 단계였다. 확실히 점점 좁혀오는 포위망이 느껴져 속이 쓰렸다.

"실제로 그 이름들을 썼어요. 인터넷에 올라온 곳에 살았던 것도 사실이고."

"가명으로 살았어?"

말문이 막혀 가만히 있자 하세베가 계속 물었다.

"애초에 젊은 여자가 야쿠자를 적으로 돌렸다는 소리는 들어본 적도 없어. 당신이 야쿠자의 정부였다가 도망쳤거나 무슨 범죄를 목격했으니 쫓기는 거겠지."

"둘 다 아니에요. 이상하리만치 고향을 사랑하는 시골 야쿠자에게 쫓기고 있어요. 내가 그 동네를 엉망으로 만들었거든요."

세 사람은 서로를 휙휙 바라보며 도무지 이해할 수 없는 이야기에 복잡한 표정을 지었다. 당연했다. 나는 사적인 이야기를 다른 사람에게 단 한 번도 한 적이 없다. 또 설령 말한다고 해도 이해받지 못하리라는 것을 안다. 나조차도 이해할 수 없는 내 행동에 두 손 두 발 다 들었으니까.

제3장

순수와 악

1

 과거를 되돌아봤을 때 가장 강렬하게 떠오르는 것은 가족과 연인 등과 같은 인간관계가 아니라 아오모리에 있는 가에데무라였다. 세월이 흘러도 빛이 바래지 않고 오히려 채도가 높아지며 나를 공포로 몰아넣는 기억이었다.
 3년 전 여름 가에데무라라는 아오모리현과 아키타현 경계에 있는 작은 마을로 이주했다. 인구가 5백 명도 채 되지 않는 그 지역은 옛 관습에 얽매인 곳으로 주민들 대부분이 농가를 운영하고 모두 서로 아는 사이인 전형적인 시골이자 예상대로 배타적인 마을이었다. 어차피 인구 감소와 고령화가 진행되는 보잘것없는 시골 마을이겠거니 했는데 내 예측은 완전히 빗나갔다.
 가에데무라의 지자체는 폐업한 상점을 이용해 마을에 새 바람을 불어넣어 줬으면 좋겠다는 취지에서 빈집 활용 촉진 사업을 앞세웠다. 또 재택근무 시스템을 구축해 도시에서 이주해올 사람을 모집한다는 안이한 이단계 방안을 고안했다. 이러한 정책들은 이미 일본 각지에서 진행되고 있어서 웬만큼 참신하지 않으면 눈에 띄지도 않았다. 내가 이 지역을 선택한 이유는 무슨 짓을 해도 이 지역은 절대 재생할 수 없는 곳이었기 때문이다. 사람도 땅도 일도 오락거리조차도 시야에 들어오는 모든 것이 촌스럽고 지루한 곳이었다.

나는 가에데무라의 허름한 단층집으로 이사해 덧문과 돌에 그림을 그리거나 잡동사니로 조형물을 만들며 살았다. 그림은 초등학생 콩쿠르에서 입상할 수준은 됐지만 당연히 그 정도로는 먹고살 기술도 감성도 되지 않았다. 그러나 도쿄에서 온 예술가라는 위치에 능숙하게 자리 잡은 나는 언제나처럼 계획을 세웠다. 어떻게 이 작은 마을을 지배하고 조종해 자신의 끝없는 욕망을 채울까 하고.

"전에 온 도쿄 놈은 한 달 만에 나갔어. 지금 생각하면 순 입만 나불대던 놈이었지."

처마 밑에 이끼볼 같은 조형물을 매다는 내게 남자가 말했다. 지나치게 뚱뚱한 탓에 늘 숨이 차는 듯한 말투로 말해서 듣는 나까지 숨이 찼다.

발판을 내려가 뒤돌아보니 올려다봐야 할 정도로 덩치가 큰 남자가 있었다. 햇빛을 가리고 서 있어서 새카맣게 보였다. 족히 190센티미터는 됨직한 키였다. 마치 스모선수처럼 살집이 두툼해서 체격만으로도 상대방을 압도했다. 굵은 목에 박힌 듯 얹어 놓은 얼굴은 검게 반질거릴 정도로 햇빛에 탔고 동그란 눈은 예리하게 빛났다.

이노구치 가즈노리는 나를 평가라도 하듯 쳐다보며 손질한 작은 턱수염을 쓰다듬었다.

"그놈은 서른한 살로 나와 동갑이었어. 마사타카게의 산에 있는 숯막에서 밥공기니 찻잔이니 도자기를 구웠지. 신출내기 도예가였어."

"오호. 왜 고작 한 달 만에 나갔어요?"

짐작은 갔지만 일부러 물었다. 무의미한 마을 관습에 싫은 소리를 했거나 이 남자가 내쫓았거나 둘 중 하나였다.

이노구치는 옅은 입술로 히죽 웃더니 관자놀이를 타고 흐르는 땀을 어깨로 닦았다. 그 순간 티셔츠 옷깃 끝에 복잡한 무늬가 엿보였고 나는 시선을 떼지 못했다. 세련된 타투가 아니라 고전적인 일본풍 문신이었다. 가슴부터 등까지 넓게 새긴 문신이 흰 티셔츠 너머로 희미하게 비쳐 그가 평범한 마을 사람이 아님을 말해줬다.

이노구치는 금방이라도 머리가 닿을 것 같은 상인방에 손을 대고 나를 내려다봤다.

"마을을 위해 한 일이 아무것도 없는 놈이었거든. 도예가라고 듣기 좋게 포장했지만 그냥 속세를 떠난 사람이었지. 목표도 봉사 정신도 없는 양아치에게 밥을 줄 정도로 우리 마을이 여유롭지 않거든."

"마을에 헌신할 인재를 구하나요?"

"당연히 뭐라도 쓸모 있는 사람을 원하지."

"그러면 빈집 활용 사업에 조건을 달면 돼요. 아무나 환영한다고 했다가 쓸모없다고 쫓아내면 사업이 진행되겠어요?"

내 솔직한 말에 이노구치는 흐흥 하고 바람 빠지는 웃음소리를 냈다.

"당신, 보기와는 상당히 다르네. 청년단 모임 같은 곳에서는 붙임성도 좋고 도시 사람 같지 않은 느낌이었는데 말이야. 실제로는 보통내기가 아니네."

"겉과 속이 같은 사람만큼 악질인 사람도 없죠. 그런 사람들은 대부분 나약해 빠져서 쓸모 없을 거예요."

"성격 알 만하네. 사고방식이 꼬였어."

이노구치는 여전히 눈을 떼지 않은 채 말을 이었다.

"당신, 청년단 사이에서 순수하고 귀엽다고 소문났어. 하나같이 여자 보는 눈 없는 놈들이야."

"그러게요."

나는 험담을 흘려들으며 집으로 들어갔다.

마을 젊은이들은 항상 생글생글 웃는 순종적인 여자를 원했다. 몇 시간이고 싫은 내색 하나 없이 자기 말을 들어주고 아무리 황당무계한 이야기라도 부정하지 않는 여자. 게다가 도시에서 온 단정한 여자. 그러면서 터무니없게도 마을과 남자에게 헌신하는 소박한 여자를 바랐다. 기가 막힐 정도로 현실을 모르는 남자들이었다.

내가 둥근 목제 의자를 꺼내 손짓하자 이노구치는 거구를 흔들며 요란하게 앉았다. 낡은 의자는 비명 같은 삐걱 소리를 내며 거대한 남자를 간신히 지탱했다.

이 단층집은 원래 불량식품 가게였던 것 같다. 나는 시선을 돌려 세 평도 안 되는 좁은 공간을 바라보았다. 가게 입구에 놓인 오래된 과자 진열용 유리 쇼케이스는 아련한 분위기를 자아냈다. 밖은 푹푹 찌는 날씨였지만 집은 늘 썰렁하고 약간 곰팡내가 났다.

"당신 이중인격이잖아."

느닷없는 이노구치의 단언에 나는 쓴웃음을 지었다.

"새로운 지역에서 타인에게 미움받지 않으려고 노력하고 있어요. 이런 걸 이중인격이라고 하지는 않을 텐데요? 늘 생글생글 웃으면 적이 안 생기거든요."

"나한테는 간살맞은 웃음 한 번 짓지 않던데."

"이노구치 씨에게는 웃어줘도 내 평가가 바뀌지 않을 것 같아서요. 쓸데없는 짓에 힘 빼지 말자는 주의예요."

그렇게 말하자마자 남자는 흐릿한 목소리로 웃더니 짧은 머리를 커다란 손으로 쓰다듬었다.

이노구치는 주관이 뚜렷하고 당당한 여자를 좋아하는 것

이 분명했다. 건방지기만 한 여자는 매우 싫어하지만 상황을 객관적으로 판단할 수 있는 사람에게는 진심으로 대하는 부류 아닐까. 무엇보다 감시라는 명목으로 자주 나를 찾아오는 걸 보아 내게 호감을 품고 있다는 사실을 짐작할 수 있었다.

갑자기 등줄기가 저릿하고 머리가 한층 더 맑아졌다. 자신의 욕망이 거부할 수 없는 자극을 받았다. 타인이 나라는 존재를 인식하고 그 존재감이 날로 커지는 과정을 느끼면 그 무엇보다 흥분된다. 마을 청년들은 이미 내 일거수일투족을 유심히 지켜보는 지경에 이르렀을 터다. 내가 하는 말, 내 시선 끝에 있는 것, 작은 표정 변화 등 모든 것이 신경 쓰여 견딜 수 없는 상태. 물밑에서 나를 둘러싼 힘겨루기가 치열해지고 있다는 사실을 알아차렸다.

지금까지의 나라면 이쯤에서 만족감에 취했을 것이다. 그러나 이 마을에 정착하면서부터 또 다른 욕망이 부풀어 올랐다. 과거에 이노구치 같은 사람을 상대한 적은 없다. 당연하지만 반사회적 인간과 엮여서 나에게 이로울 것이 없기 때문이다. 하지만 허영심과 경계심이 강한 이 남자를 손아귀에 넣는다면 얼마나 만족스러울까. 위압적인 야쿠자가 자나 깨나 나를 생각하게 된다니, 상상만으로도 흥분됐다.

나는 몸을 부르르 떨며 이노구치와 눈을 마주쳤다. 지금은 정도를 벗어난 욕구를 눌러 덮어야 한다. 화끈거리는 얼굴을 손부채질했다.

"아사카와 씨네 할아버지께 들었어요. 아오모리현도 보이스 피싱 사기 피해액이 상당한데 가에데무라만 줄곧 피해자가 없다고요. 놀랐어요. 이노구치 씨 덕분이라던데."

"참나, 아사카와네 영감님은 입이 너무 가벼워. 남 이야기를 잘도 나불나불 떠들어댄다니까."

"그만큼 자랑스럽다는 뜻이겠죠. 이노구치 씨가 꾸준히 일깨워준 효과가 있는 것 같아요. 반응이 너무 없어서 이 마을 사람에게 사기 치려는 놈들도 거의 없어졌다고 들었어요."

남자는 부정도 긍정도 하지 않은 채 조용히 바라봤다.

사실은 이노구치와 그의 패거리가 뒤에서 본보기로 사기꾼을 제물로 삼았다는 것이 사건의 전모였다. 이 남자는 직접 반사회적 활동에 발을 담그고 있음에도 고향을 향한 비정상적인 집착 때문에 마을에 해를 입히는 자를 절대로 용서하지 않았다. 본인은 아마 다른 지역에서 당연하게 범죄를 저지르고 있겠지만 자기 고향만 아니면 어떻게 되어도 상관없다는 주의였다. 마을 주민들도 그 사실을 알면서도 묵인했고 급기야 그를 수호신으로 치켜세우는 상황. 이곳으로 이사한 뒤 바로 알게 된 사실은 이 지역이 비뚤어진 결속으로 묶여 있다는 것이었다.

성에 찰 때까지 나를 살피던 이노구치가 비로소 입을 열었다.

"당신은 왜 이 마을을 선택했지?"

벌써 몇 번째다. 이 남자는 만날 때마다 같은 질문을 던졌다. 나도 같은 대답을 돌려줬다.

"직감이요."

이노구치는 작고 밝게 빛나는 눈을 내게 고정한 채 말했다.

"나는 마을을 어지럽히는 사람은 용서하지 않아."

이 남자는 농담도 협박도 아닌 사실을 말했다. 알싸한 통증이 배 속을 훑는 듯한 말이었다.

"마을이 소중한가 보네요."

"응. 원래는 다른 지역 사람을 끼워 넣고 싶지 않은데 면사무소는 그게 일이니까 어쩔 수 없지."

"이 마을은 활성화할 필요가 없어요. 외지로 나갔던 젊은 사람들도 대부분 마을로 돌아오는 것 같고 출산율도 아오모리현에서 눈에 띄게 높은 것 같던데요."

이노구치는 어둑한 도마*에서 여전히 나를 관찰했다.

"조사를 꽤 했나 봐?"

"자연스럽게 듣게 된 이야기들이에요. 다들 좋은 사람들

---

* 신발을 신고 걸을 수 있는, 집 안과 밖 사이에 있는 공간. 과거에는 부엌이나 작업장 등으로 이용했고 현대에는 현관의 일부 등으로 사용한다.

이고 나를 기꺼이 환영해줬죠. 작은 마을은 훨씬 배타적일 줄 알았는데 말이에요."

"원래는 배타적이야. 그런데 당신이 어느샌가 마을 사람들을 자기 편으로 만들었지. 분명 위험분자일 거야."

지독하게 헐뜯는 말이지만 꼭 틀린 이야기만은 아니었다.

"나를 쫓아내려고요?"

남자는 무릎을 짚고 일어나 배 아래까지 흘러내린 반바지를 추켜올렸다.

"나는 옛날부터 여자를 믿지 않아."

"오호. 의외로 우리는 잘 통할지도 모르겠네요. 나도 그렇거든요."

남자는 짧고 굵은 목을 돌리며 코웃음 쳤다.

"봉오도리*나 쇼료오쿠리**에는 당신도 나와. 노인네들이랑 청년단 놈들이 좋아할 테니까. 그리고 나는 여기 가끔 얼굴 내밀 거야. 정체 모를 외지인을 감시하는 목적으로."

"마음대로 해요. 그건 그렇고 여기를 아트 카페로 꾸미려고 하는데 어때요? 커피랑 머핀 정도밖에 못 내놓겠지만 다른 지역 사람들을 불러 모을 수 있지 않을까 싶어서요. 면사무소도 좋아하겠죠?"

---

*　우리의 추석에 해당하는 일본 명절 오봉에 조상 공양과 풍작을 기원하며 추는 춤.
**　오봉 마지막날에 불을 피워 조상을 떠나보내는 의식.

"아트 카페? 아마추어가 내린 커피를 누가 돈 내고 마셔?"

이노구치는 상인방에 머리를 부딪치지 않도록 허리를 굽히고 욕을 내뱉으며 나갔다.

여기 머물 수 있는 기간은 아무리 길어도 넉 달. 그 이상은 위험할지 모른다. 나는 원동기장치자전거에 올라탄 거구를 바라보며 생각했다. 이노구치가 앞으로 점점 내게 집착하리라 예상할 수 있었고 그러면 나는 꼼짝달싹 못 하게 될 것이다. 지금까지 상대한 평범한 남자들과 달리 어둠의 세계에 사는 남자가 어떤 행동을 할지 전혀 예측할 수 없었다. 위험부담이 매우 크다. 하지만 그렇기 때문에 가슴이 떨릴 정도로 갈망하게 된다. 사람의 마음을 움켜쥐고 자신 때문에 알력 다툼이 생기는 장면을 상상만 해도 얼굴이 상기됐다. 거대해진 인정욕구가 나를 구성하는 핵이 되어 버려서 이제는 저항할 도리가 없었다.

활짝 연 창문으로 들이친 볕뉘가 새근새근 잠든 아기에게 쏟아졌다. 나는 흙내가 밴 습한 공기를 들이마시고 고개를 들었다. 내가 저지른 일을 숨김없이 털어놓은 것은 처음이었다. 세 사람은 할 말을 완전히 잃었고 마치 더러운 존재라도 보는 양 나를 쳐다봤다. 당연하다고 생각하면서도 가슴에 둔통이 일었다.

문득 침묵이 두려워져 나는 빠르게 말을 이었다.

"나는 미나미코이와 출신이고 두 자매 중 장녀예요. 우리 집은 작은 정식집을 했는데 신종 바이러스 때문에 폐업한 것 같아요."

"한 것 같다, 라니 무슨 뜻이야?"

"연을 끊다시피 했거든요. 대학에 입학하자마자 도심으로 나온 뒤 한 번도 안 갔어요."

"원래 가족들과 사이가 안 좋았어?"

본인도 딸과 절연한 지요코가 물었다.

"사이가 나쁘지는 않았지만 어려서부터 가족들과 어울리지 못했어요. 집은 낡고 지저분하고 가게도 옛날 옛적 유물처럼 볼품없었죠. 하지만 부모님은 성실한 분들이셨어요. 상식적이고. 아이에게 나쁜 영향을 줄 부모가 아니었죠."

"그러면 절연할 이유가 눈곱만큼도 없잖아."

"하지만 왜인지 마음이 불편했어요. 부모님의 애정을 받을 만한 기회가 없었다고나 할까. 공허한 분위기에 피곤한 집이었어요. 우리 가족을 보고 있노라면 마치 훈훈한 가족 드라마에 나오는 가족처럼 보여주기식 같아 낄 수가 없었죠."

지요코는 눈썹꼬리를 축 늘어뜨리고 난감한 표정을 지었다. 또다시 이해할 수 없다는 얼굴이었다.

"대학에 들어가면서 인생을 리셋하려고 했는데 거기서부

터 다 잘 안됐어요. 대학을 2년 만에 그만두고 여러 커뮤니티를 전전했어요. 동호회 같은 곳이요. 게다가 남자만 있는 곳."

"남자들의 찬양을 받고 싶었어?"

"그런 피상적이고 가벼운 이유가 아니에요. 커뮤니티 구성원 모두가 서로를 죽여서라도 내게 목매달게 하고 싶었죠. 도시를 불태우는 한이 있더라도 내게 집착하게 만들고 싶었어요. 이해득실을 따지지 않고 온통 내 생각밖에 못 하는 남자를 보면 아주 만족스러웠거든요."

하세베는 입매를 굳히고 입을 다물었고 지요코는 코허리에 주름을 잡았다. 역겹다는 것은 스스로도 잘 안다. 부모의 사랑을 의심하며 자란 나는 그것을 대체할 수 있는 존재를 갈망한 것 같다. 그 결과 내가 없으면 유지되지 않는 환경을 만들고 그것을 다시 깨부수는 행위가 어느새 삶의 원동력이 되었다.

그때 내내 입을 다물던 리쿠토가 입을 열었다.

"……확실히 깨는 이야기이네. 솔직히 뭐 하나 이해도 안 가고 옹호할 수도 없는 이야기잖아. 무엇보다 기분이 나빠."

솔직한 혐오감은 여간해서는 견디기 힘들었다. 리쿠토는 눈썹을 치켜세우며 말을 이었다.

"여자는 다 이래? 계산적이고 사람의 마음을 짓밟고 욕망을 위해서라면 안 해도 되는 짓을 하고. 죄다 비합리적이고.

왜 그러는지 이해도 안 가지만."

"모든 여자가 나쓰미처럼 이상하지는 않을 거야. 좋아하는 여자의 정체를 알고 충격을 받은 거라면 몰라도."

하세베가 끼어들어 보탠 말에 리쿠토가 즉시 대들었다.

"좋아하긴 누가 좋아한다고 그래요. 하지만 분명한 건 앞으로 여자를 볼 때마다 누나의 얼굴이 어른거릴 것 같아요. 진짜 어쩔 거예요."

"미안하게 됐네."

일단 사과했지만 리쿠토는 페트병 물을 단숨에 들이켜며 머리를 식히려고 애쓰는 듯했다.

"아무튼 나쓰미 누나는 죽음을 불러오는 동호회 파괴자였다는 말이네."

"동호회 파괴자? 그게 뭐야?"

"말 그대로예요. 동호회를 파괴하고 사라지는 여자를 동호회 파괴자라고 불러요. 남자들만 있는 그룹에 어느 날 여자가 들어오면 그전까지 순탄하던 동호회가 왜인지 모르게 삐거덕거리죠. 여자를 의식하니까 속내를 말할 수 없게 되거나 남들보다 먼저 꼬시는 놈이 나타나거나. 그런 일 자주 있잖아요."

하세베는 팔짱을 낀 채 턱을 치켜들었다.

"확실히 아무리 나이를 먹어도 그런 식으로 실랑이가 벌어질 때가 있지. 남자의 성적 본능 때문이야."

"누나가 못된 점은 바로 그걸 알고 서로 죽이게 했다는 거야."

"아니, 진짜로 서로 죽이게 한 건 아니야."

나는 그 부분만 정정했다.

"인터넷에 올라온 정보는 거의 맞아. 내가 숨어들어 갔던 곳은 홋카이도, 아오모리, 니가타, 고치. 이곳 커뮤니티들을 박살 내고 다녔어."

"그 후 어떻게 됐는지는 모르지만 결과적으로는 아마 그렇게 됐을 거야."

"사이트에 추가된 피해 보고로는 시골 마을 청년단이나 상공회의소에 들어간 여자가 조직을 산산조각냈대요. 도시에서 온 젊은 여자 예술가가 마을 부흥이니 상점가의 이벤트니, 그런 기획에 참여해 현지인 사이에 깊게 파고들었어요. 유력 인사를 조종하기도 했고요. 면사무소 같은 지역 관청이 휘말린 곳도 있어요."

맞다. 지방 주민은 무의식중에 새로운 감성에 목말라 있어서 기발한 기획이나 말만 꺼내도 자신들이 사는 지역에 활기를 불어넣을 수 있지 않을까 착각했다. 능숙하게 포장한 내 분위기 덕분에 나에게 경계심을 품지 않아서 내가 달아날 때까지 무슨 일이 일어났는지 당사자들은 알아차리지 못했다. 눈치 빠른 다른 여자들과 엮이지 않도록 안간힘을 쓴 것도 발각을 늦추는 데 도움이 됐다.

하세베의 정보 페이지를 훑어보던 리쿠토가 퍼뜩 고개를 들었다.

"빛의 속도로 신상이 털렸던 아저씨에 비하면 누나의 정보는 한 끗 차이로 모호하고 느려요. 뭐랄까, 아저씨 때 같은 스릴이 없달까."

"야, 스릴이라니 무슨 소리를 하는 거야."

하세베가 곧바로 끼어들었다.

"아마 정보를 골라서 올리는 것 같아요. 자신들의 치부가 될 수 있는 내용은 전부 폭로할 수 없는 거 아닐까요. 여자 한 명에게 휘둘리다 못해 마을이 쑥대밭이 된 사건은 다른 의미로 마을이 유명해질 정도로 멍청한 일이니까."

"다른 정보는?"

"있지만 마을 이름은 안 나와 있어요. '도쿄에서 온 여자가 커뮤니티에 소속된 여러 사람과 얽혀서 격렬한 싸움으로 번졌다. 지금까지 수십 년 이어온 조합은 무너졌고 오래된 인간관계도 망가져 마을의 근간이 흔들리는 사태가 발생했다. 그런데 그 여자는 일이 커지기 직전에 야반도주했다. 이름도 주소도 가짜여서 추적할 수 없고 마을 분위기는 여전히 껄끄럽다."

그때 가만히 귀를 기울이고 있던 지요코가 비난 어린 목소리로 말했다.

"이건 아니지. 법에 걸리지는 않아도 범죄보다 더 나빠.

선을 넘었어."

"응, 지금은 그렇게 생각해요."

"심지어 즐겼지?"

"네."

순순히 인정했다. 사실 즐겼다기보다 '내 존재가 확실히 각인되고 있다'고 느끼는 상황에서만 마음이 안정됐다. 게다가 그 효과는 오래 가지 않았다. 생각해 보면 어려서부터 이런 기질이어서 정상적인 인간관계를 맺은 적이 없었다. 지요코도 나와 비슷한 방식으로 삶을 살았다고 생각했지만 그녀는 오로지 장사를 위해 손님을 구슬렸을 뿐이었다. 사악한 욕망을 충족시키려고 타인에게 상처를 주고 모든 것을 망가뜨리던 자신과는 결이 달랐다.

하세베는 담배 한 개비를 꺼내서 입에 물었다가 빼면서 만지작거리다가 이내 걸걸한 목소리로 말했다.

"결국 여기 모인 우리는 전부 답 없는 인간들이라는 말이네. 나쓰미가 한 짓도 어지간하지만 어르신도 설교할 수 있는 입장은 아니잖아."

"그, 그건 그렇지만 착한 사람을 속이고 조롱하다니 애초에 그러는 이유도 이상하잖아."

"그럼 시골 마을에서 돈이라도 훔쳐서 달아나는 게 더 낫겠어?"

하세베의 반박에 지요코는 우물쭈물하며 대답하지 못했다.

"나는 딱히 아가씨를 감쌀 생각은 없어. 세상에는 여러 종류의 이상한 사람이 있고 나쓰미도 그중 한 명일 뿐이지. 나도 돈 계산 제대로 못 하는 무능한 사장인 데다 월급도 주지 않고 계획적으로 빚을 탕감하려고 했어. 많은 사람에게 못할 짓을 한 건 똑같아. 어르신도 그렇잖아? 돈 벌려고 노인들을 저승으로 보냈잖아."

"고의가 아니었어. 결과적으로 불행한 일이 벌어졌을 뿐이라고."

"그렇다고 해도 어떤 죄가 정상이고 어떤 죄가 비정상인지 판단하는 건 소용없어. 다 똑같이 쓰레기일 뿐이니까."

"아저씨치고 맞는 말씀 하셨네."

리쿠토가 옆에서 거들자 하세베의 진지한 얼굴이 오히려 리쿠토를 향했다.

"네 사정은 아직 못 들었지만 아마 나쁜 짓에 발을 담근 건 아닐 거야. 빌어먹게 건방지지만 순수하지. 공부도 잘하는 우등생, 아니야?"

"무슨 소리를 하는 거예요?"

리쿠토는 재빨리 눈을 피했고 하세베는 숱 많고 성성한 눈썹을 팽팽하게 늘였다.

"뭐, 우등생이든 악질이든 우리 네 사람은 사회에서 낙오된 실패자야. 당당하지 않지. 그래도 저 생명을 지키고 있어."

하세베는 아기를 향해 턱짓했다.

"난 이제 그것만으로도 괜찮다고 생각해. 나쓰미가 저지른 짓은 쓰레기짓 그 자체에 이해할 수도 없지만 망설이지 않고 사부로를 구하자는 쪽에 손을 들었잖아."

하세베와 눈이 마주쳤다.

"아기를 경찰에 넘기고 끝냈으면 고생도 안 했겠지. 하지만 그러지 않았어. 물론 이런다고 과거에 저지른 짓이 없던 일이 되는 건 아니지만 분명 우린 지금까지와는 전혀 다른 사람이 되지 않을까?"

코를 비비며 다소 쑥스러워하는 하세베를 바라봤다. 설교를 좋아하는 사람인 만큼 말이 너무 거창했다. 나는 딱히 긍정을 바라지도 않았고 용서를 구하려는 마음도 없었다. 이해해주길 바라는 것도 아니다. 그런데 왜일까? 지금 이 순간만큼은 하세베의 말이 마음의 여백을 파고들었다. 그만큼 약해지고 있다는 뜻일까, 아니면 네 사람의 관계성이 나를 바꾸고 있는 것일까. 알 수 없었다.

"그런데 야쿠자가 한 여자를 몇 년씩이나 뒤쫓는다고?"

나도 그렇게 생각했지만 그 남자는 믿을 수 없을 정도로 집요했다.

"내가 가에데무라에서 도망친 지 얼마 지나지 않았을 때 SNS에 사람을 찾는다는 게시글이 퍼졌어. 나로 보이는 몽타주였는데 실종된 딸을 찾는다고 썼더라."

재빨리 검색한 리쿠토가 화면을 보고 얼굴을 찌푸렸다.

"정말이네. '실종된 딸을 찾아주세요. 나이는 스물여덟 살, 마른 체형에 키는 약 160센티미터. 왼쪽 눈 밑에 점이 있음. 심장에 심각한 지병이 있어서 수술받지 않으면 살기 어렵습니다. 혹시 보신 적 있는 분은 연락 부탁드립니다. 유력한 정보를 제공하신 분에게는 3백만 엔을 사례하겠습니다'."

이 게시글의 무서운 점은 정보가 자주 갱신된다는 사실이었다. 2년 전에 게시한 몽타주가 지금은 조금 바뀌었고 안경이나 마스크를 착용한 그림도, 머리를 짧게 자른 모습 등도 추가됐다. 이 몽타주가 실제 얼굴과 상당히 비슷해서 문제였다. 아마 이노구치는 나를 잡을 때까지 절대로 포기하지 않으리라.

리쿠토가 하세베와 지요코에게 화면을 보여주자 두 사람은 그 꺼림칙한 분위기에 몸서리쳤다.

"이렇게 기분 나쁜 게시글은 처음 봐. 소름 끼쳐."

"그러니까 말이야. 아픈 딸을 찾는 글이 아니야. 야쿠자가 진심으로 뒤쫓고 있다니 죽고 싶을 만하네."

나는 쓴웃음을 지었다. 자신보다 어린 동호회 파괴자가 나타난 점도 이곳에 온 이유 중 하나였다. 이런 막장 세계에도 세대교체가 일어나 내가 설 곳이 점점 사라졌고 도망다니면서 숨어 지내는 것도 이제 다 지쳤다.

그때 리쿠토가 재수 없는 소리를 꺼냈다.

"야쿠자가 여기까지 올지도 몰라요."

지금 가장 떠올리고 싶지 않은 생각이었다.

"예를 들면 한노의 야쿠자 네트워크를 이용해 앞뒤 재지 않고 납치할 계획이거나, 당연히 같이 있는 우리까지 납치하라는 지시를 내렸을지 모르지. 도망치지 못하게 아킬레스건을 끊거나 산 채로 손톱 발톱을 뽑거나 두 눈을 도려내……."

"그, 그만해!"

리쿠토가 잔혹한 예측을 술술 늘어놓자 지요코는 거의 비명을 지르듯 말을 끊었다.

"재수 없게! 우리는 아무 상관 없잖아!"

"그럴 조짐이 보이면 당장 떠날 테니 안심해요."

화들짝 놀라 악을 쓰는 지요코와 눈을 맞추고 말한 뒤 리쿠토에게 물었다.

"경찰은 지금 어떻게 돌아가고 있어?"

"아, 아직은 반응이 아예 없어. 우리 이야기는 인터넷 뉴스에 올라왔고. 하지만 경찰은 아무것도 발표를 안 하네. 혹시 범죄 조직 놈들이 신고하지 않은 걸까?"

나는 잠깐 생각에 잠겼다가 고개를 저었다.

"그건 아닐 거야. 아기를 유괴당했다고 대대적으로 공개까지 했는데 신고를 안 하면 오히려 죄가 되니까."

"가짜 뉴스로 시민을 선동한 셈이니."

하세베의 말에 나는 고개를 끄덕였다.

"경찰이 공표하지 않은 이유는 아직 단서를 찾지 못했기 때문 아닐까요? 인터넷에 우리 신상이 퍼지긴 했지만 아기를 유괴했다는 확실한 증거는 없으니."

"어제오늘 사이에 일어난 일이니까 영상 속 여자가 조사를 받고 있을지도 몰라."

하세베가 깊은 한숨이 섞인 말을 토해냈을 때 리쿠토가 무언가를 발견한 듯 순식간에 화면으로 달려들었다가 스마트폰을 내밀었다. 나는 화면을 보고 저도 모르게 소리쳤다.

"잠깐, 그 슈퍼마켓 영상이잖아!"

CCTV 영상답게 사분할 된 화면에는 머리카락과 마스크로 얼굴을 가리며 걷는 내가 담겨 있었다. 크게 혀를 찼다. 태도가 불량하고 의욕 없던 점원이 지금 불타는 화제에 주목한 것이다. 신이 나서 슈퍼의 CCTV 영상을 편집하는 모습이 머릿속에 훤했다.

"짧은 영상인데 광고가 왜 이렇게 많아."

리쿠토가 어이없다는 듯 말했다.

"SNS에서 동영상으로 유도한 다음 영수증까지 올렸어. 한밤중에 가게에 들른 이 여자가 유괴범이 분명하다고."

하세베도 분개했다. 이제 거짓과 사실이 뒤섞여 수습할 수 없는 단계에 이르렀다. 애초에 가게에서 CCTV 영상을 인터넷에 퍼뜨리면 당연히 큰 문제로 번지지 않나. 원래라면 게시글을 올린 아르바이트 점원은 비난받고 슈퍼마켓은 사죄하는 지경까지 몰릴 터다. 그런데 지금은 오히려 모두가 영상을 제공한 측을 칭찬하며 극소수의 사람만 이를 비난했다. 그야말로 사적 제재……. SNS에는 누가 만든 것인지 모를 난잡한 관계도까지 나돌았는데 거기서 나는 하세베의 애인이 되어 있었다. 그들은 심지어 지요코를 대리 뮌하우젠 증후군 취급하며 지요코가 머지않아 아기를 죽일 것이라고 확신했다.

초조해진 나는 눈두덩이를 눌렀다.

"너무 화가 나지만 이미 얼굴을 들켰으니 이 동영상은 의미 없어요."

"하지만 슈퍼에 들른 정확한 시간이 유출된 건 뼈아프지. 그 시간과 차의 성능으로 이동 거리와 경로를 예측하는 프로그램을 돌린 놈도 있어요."

"미친 거 아니야? 도대체 왜 이런 쓸데없는 데 시간을 낭비하는 거야."

하세베가 내뱉었다. 이제는 정말 감당할 수 없었다. 슈퍼에 들른 시간을 중심으로 샅샅이 분석하면 이 장소도 안전하다고 할 수 없었다.

2

 바로 조금 전까지만 해도 마음이 고요했는데 고작 몇 분 인터넷을 봤다고 심란해졌다. 헛소문이 뒤섞여 엉망진창이 되면 좋을 텐데 정보를 자세히 조사하는 사람도 있어서 좀처럼 핵심에서 벗어나지 않았다. 잠깐 보지 않은 사이에 인터넷에서 분업이 이루어져서 대중들은 화가 날 정도로 일사불란하게 움직이고 있었다.
 나는 물을 마시고 평정을 되찾은 뒤 이 상황의 주도권을 잡을 방법만 생각했다.
 "아까 내가 준 여자 사진, 지금 뿌려. 슈퍼 점원만은 가만히 안 둘 거야. 조회수를 빼앗아 와야겠어."
 "지금 어디에 투지를 불태우는 거야?"
 리쿠토가 쓸쓸하게 웃었다.
 "아무튼 지금 새 인물이 추가되면 관심이 단숨에 그쪽으로 쏠릴 거야. 그 여자가 누군지 밝혀내자. 자기 뜻대로 흘러간다고 신났을 나쁜 놈들의 일상을 뒤집어엎어 주겠어."
 리쿠토는 곧바로 새 SNS 계정을 만들었다.
 "나쓰미 누나는 뛰어난 책략가네. 지방 시골 마을도 아무나 파괴 못한다고 생각해. 엄청 치밀하게 계산해야겠지. 리더십도 있어야 하고."
 "그래. 두세 명을 상대하는 것도 아니니 미인계만으로는 한계가 있지. 반듯하게 살았다면 실력 있는 경영자라도 되지 않았을까."

나는 하세베를 향해 고개를 살래살래 저었다. 돌이킬 수 없는 일에 시간을 쏟고 물러설 때를 몰라 자멸한 사람이 바로 나다. 정말로 치밀하게 계산할 수 있었다면 애초에 이 꼴이 되지는 않았으리라.

리쿠토는 양손 엄지손가락을 신속하게 움직여 문장을 적었다. 단 한 장의 사진이 형세를 역전할 유일한 기회이다. 리쿠토는 다소 긴장한 표정으로 눈짓하고는 게시 버튼을 눌렀다. 그 순간 등줄기에 쭈뼛 소름이 돋았다.

스마트폰 시계를 확인했다. 오후 2시를 지나고 있었다. 네 사람은 용변을 보기 위해 번갈아 산에 들어갔다가 차로 돌아온 뒤 침묵했다. 어디로 도망쳐도 안심할 수 있는 장소는 없을 테고 아기를 구하려면 범인을 고발할 수밖에 없다. 난도가 극악이었다. 무모하다는 것은 알지만 공통된 목표가 없으면 기력을 유지할 수 없었다.

리쿠토는 배터리를 아끼려고 스마트폰 전원을 끄고 있다가 다시 전원을 켰다. 그 순간 알림음이 연신 울렸다. 2천 건이 넘는 알림이 와 있었다. '유괴 공범자'라는 태그를 붙여 지명수배자처럼 만든 여자의 사진까지 여기저기 눈에 띄었다.

"이 여자도 끝이네. 꼴 좋다."

리쿠토는 심술궂은 미소를 지으며 화면을 스크롤했다. 어두컴컴하고 선명하지 않았던 사진은 깔끔하게 수정되어 여자의 난폭한 성미가 엿보였다. 푸석푸석한 긴 머리가 바람에 마구 휘날렸고 존재감을 드러내는 미간 넓은 눈은 사나웠다. 그리고 이 여자를 상징하는 특징은 입꼬리가 처진 커다란 입일 것이다. 불평불만과 폭언만 쏟아낼 법한 일그러진 입매였다.

말없이 화면을 응시하던 지요코가 점점 심란한 표정을 지었다.

"무서운 시대야. 그것만은 아주 잘 알겠어. 한 사람이 이렇게까지 쉽게 발가벗겨지고 모든 사생활이 폭로되다니. 다들 거리낌 없이 이러는 게 이상하지 않아?"

"앗!"

그때 무언가 발견한 듯 리쿠토가 소리를 질렀다.

"최신 정보가 올라왔어요. 그 여자는 시모아카쓰카역 앞에 있는 파칭코 모모타로의 단골이래요. 거의 매일 온다는데? 지금도 있대요."

리쿠토는 게시된 영상을 재생했다. 별안간 시끄러운 음악과 기계음이 흘러나와서 황급히 음소거했다. 죽 늘어선 파칭코 기계 안쪽에서 담배를 물고 익숙한 손놀림으로 슬롯을 누르는 여자가 찍혔다. 덩치가 작고 통통하며 구불구불하고 부스스한 긴 갈색 머리를 풀어헤친 모습이었다. 틀림없이 어제 이와쿠니야마산에서 아기를 죽이려던 여자였다.

"이, 이게 정말이야……? 진짜 그 여자야."

지요코가 눈을 부릅뜨고 화면을 바라보았다.

"이걸 몰래 찍은 놈은 아마 미행해서 그 여자의 집을 알아낼 생각인 것 같아요."

"이럴 수가. 오늘내일 중으로 신상이 밝혀질 거라던 나쓰미의 말이 현실로 이루어질 기세잖아……."

하세베도 얼이 빠졌다.

하지만…….

이내 작은 불안이 머릿속에 불을 지폈다. 이 여자가 소란을 눈치채면 가장 먼저 몸을 숨길 것이다. 자신들과 마찬가지로 세간의 관심이 식을 때까지 기다릴 수밖에 없을 테니까.

나는 잠시 생각에 잠겼다가 문제는 그것이 아니라는 결론을 내렸다. 인터넷에 개인정보가 유출되면 가장 당황하는 사람은 공범자다. 신상털이를 막기 위해 틀림없이 조직 전체가 은폐 공작을 벌일 것이다. 여자를 화제의 중심으로 끌어내 복수했다고 기뻐할 때가 아니었다.

"리쿠토, 여자 이름은 아직 안 떴어?"

퍼뜩 고개를 돌리며 물었다.

"벌써 몇몇 이름이 나오고는 있는데."

"알려줘. 전부."

나는 가방에서 수첩을 꺼내 펜을 들었다. 리쿠토는 의아한 표정을 지었다.
"그걸 알아서 뭐 하게? 지금 나오는 이름들은 대부분 가짜 같아."
"그 여자를 우리 편으로 만들려고."
"뭐?"
리쿠토가 이상한 소리를 냈고 하세베와 지요코도 영문을 모르는 사람 특유의 어이없는 표정을 지었다. 리쿠토는 내 얼굴을 빤히 바라보다가 곧 인터넷에 올라온 여자의 이름들을 읽기 시작했다. 지금 시점에서 거론된 이름은 여섯 개. 진짜가 섞여 있을 수도, 전부 가짜일 수도 있다.
"여자가 있는 파칭코 모모타로의 전화번호도 검색해."
"아니, 정말 어쩌려고 그래?"
"나중에 설명할게. 시간 없으니까 빨리!"
리쿠토는 압박감을 느끼며 파칭코 가게를 검색해 바로 전화번호를 띄웠다. 나는 그대로 스마트폰을 받아들고 번호를 누른 뒤 귀에 댔다. 신호가 네 번 울리고서 조금 전 동영상에서 들리던 음악이 느닷없이 귀에 날아들었다.
―네, 파칭코 모모타로입니다.
주변 소리가 너무 시끄러워서 목소리가 잘 안 들렸다. 나는 스마트폰을 귀에 바짝 대고 소음에 지지 않을 정도로 큰 소리로 말했다.

"안녕하세요, 혹시 거기 있는 사람 좀 불러서 바꿔주실 수 있나요?"

―네, 말씀하세요.

아르바이트 직원일까? 수화기 너머 남자 직원은 가벼운 어조로 말했다.

"사정이 좀 있어서 이름 여섯 개를 불러줬으면 좋겠어요."

―여섯 개요? 그게 무슨 말씀이죠?

"사실 가족이 위독한데 언니만 연락이 안 돼서요. 옛날에 집을 나간 뒤로 소식이 끊겼는데 매일 파칭코 모모타로에 간다는 사실을 이제야 알았거든요."

―그렇군요. 한시가 급한 일이네요. 그런데 저희도 그리 한가하지 않아서요…….

나는 거절할 듯한 분위기를 감지하고 서둘러 말을 끊었다.

―번거로우시겠지만 겨우 찾은 단서라서요. 언니가 가명으로 생활하는 것 같은데 알아보니까 이 여섯 개 이름 중 하나를 쓸 것 같아서요. 어떻게 부탁 좀 드릴 수 없을까요? 가족을 찾고 싶어요!

나는 초조한 마음으로 다급하게 떠들었다. 지금 조직이 그 여자에게 지시를 내리면 진실은 두 번 다시 손에 닿지 않는 곳으로 사라진다. 충동적으로 일을 저지른 스스로에게 분해 이를 갈았다. 경찰이 드러나지 않게 몰래 조사하는 데 시간을 쏟는 이유는 이런 사태를 피하기 위해서이리라. 지금 여기서 가느다란 실을 잡아두지 않으면 아기를 구하는 것은 고사하고 누명조차 벗을 수 없다.

남자 직원은 내 초조감을 느꼈는지 귀찮으면서도 어딘가 안쓰러운 목소리로 말했다.

―사정이 복잡한가 보네요. 좋습니다, 한번 불러 볼게요.

"감사합니다!"

나는 수첩에 적은 이름을 첫 번째부터 읽었다. 점원은 곧바로 방송으로 호명했다. 소리가 울려서 알아듣기 어려웠지만 직원은 몇 번이나 호명해줬다. 한참을 기다렸을 때 점원의 목소리가 들렸다.

―반응이 없네요. 이 이름이 아닌 것 같아요.

"그렇군요. 그럼 이 이름은요?"

내가 다음 이름을 말하자 점원은 다시 에코 효과가 나는 마이크로 호명했다. 그러나 이번에도 꽝이었다. 그다음에도 반응이 없었고 여섯 개 모두 가짜 이름일지 모른다고 낙담하며 네 번째 이름을 말했다.

"번거롭게 해서 정말 죄송해요. 다음으로 가토 마도카라고 불러주시겠어요?"

―네, 네.

남자 직원이 억양을 넣어 여러 번 이름을 불렀다. 한참을 기다려도 여자가 찾아올 기미가 보이지 않았다. 이것도 꽝인가 싶어서 다음 이름으로 시선을 옮겼을 때 점원이 밝은 목소리로 말했다.

─아, 왔어요. 저 사람 같은데. 다행이네요. 이 이름이었네요.

갑작스러운 말에 숨을 들이마시다가 멈췄다.

정말로 그 여자일까?

차에서는 세 사람이 꼼짝하지 않고 침을 삼키며 지켜봤다. 나는 침착하라며 스스로를 타일렀지만 소음 속에서 낯이든 목소리를 듣자마자 온몸이 오싹했다.

─여보세요?

가시 돋친 쉬고 낮은 목소리. 그 여자다. 나는 날뛰는 심장에 손을 대고 침을 꿀꺽 삼켰다.

"가토 마도카 씨입니까?"

─맞는데, 누구야?

불퉁하고 공격적이었다. 나는 머리를 풀가동했다.

"진정하고 들어요. 지금 당신 사진과 영상이 인터넷에 퍼졌어요."

─뭐라고? 인터넷? 아니, 너 누군데?

"나는 상부 지시로 가토 씨에게 전화를 걸었습니다. 스마트폰으로 전화하면 뒤를 밟힐 수 있으니 가게로 걸라고 하셨습니다."

─상부 지시? 가쓰우라 씨의 지시라고?

나는 재빨리 그 이름을 수첩에 적고 평정을 유지하며 말을 이었다.

"네, 가쓰우라 씨요. 상황을 대충 설명하면 어젯밤에 갔던 이와쿠니야마산에서 당신은 사진을 찍혔습니다. 그 사진이 인터넷에 퍼지면서 유괴범과 한패로 알려졌어요."

―뭐라는 거야. 사진? 유괴범과 한패라니 무슨 개소리야. 하이에스를 탄 그놈들과 한패라고?

"네. 아마 그 사람들이 사진을 찍어서 여론몰이용으로 한패인 척 글을 올린 것 같습니다. 아기 엄마 동영상에 대응하려는 것 같아요."

그러자 여자가 요란하게 혀를 차더니 파칭코 가게의 소음 속에서 욕을 퍼부었다. 그러다가 정신을 차린 듯했다.

―아니, 잠깐. 내가 한 시간 전쯤에 인터넷을 봤을 때는 아무 일 없었는데 갑자기 그렇게 됐다고? 설마 날 속이려는 개수작은 아니겠지? 사기꾼이야?

"거짓말 같으면 지금 당장 인터넷에 들어가 확인해 보세요. 당신 사진이 실시간 트렌드에 올랐고 지금도 계속 퍼지고 있으니까."

그 말을 듣자마자 여자는 스마트폰으로 검색하는 듯했다. 그리고 몇 분 지나지 않아 갈라진 듯 쉰 목소리로 소리쳤다.

―제기랄! 진짜잖아!

"사진이 선명해서 신상도 금방 밝혀질 것 같습니다."

―이런 미친!

여자는 또다시 소리쳤고 어디에 부딪혔는지 뭔가 떨어지는 큰 소리가 났다.

"어쨌든 가쓰우라 씨의 지시를 전합니다. 앞으로 당분간 조직에서 거는 전화는 받지 말 것. 문자도 SNS 메시지도 전부 새어 나갈 가능성이 있으니 답장하지 말 것. 몇 가지는 이미 유출됐으니 주의해야 합니다."

―그게 사실이야? 인터넷 쓰레기들 짓이야?

"맞습니다. 지인인 척 전화를 걸거나 문자를 보낼 수도 있는데 정말 그 사람인 건지 모르니까 휴대폰에 저장된 전화번호로 온 연락을 받는 것도 위험합니다. 그러니 당분간 아무 전화도 받지 마세요."

여자는 빌어먹을 하이에스 놈들 등 온갖 저주의 말을 내뱉다가 돌연 입을 다물었다. 전화 너머로 경계심이 풍겨왔다.

―당신은 누구야? 처음 듣는 목소리인데, 가쓰우라 씨에게 지시받았다는 증거는?

"증거는 없지만 가쓰우라 씨의 지인입니다. 조직과는 상관없는 일을 하죠. 그래서 부탁을 받은 겁니다. 혹시라도 뒤를 밟히는 일이 없도록."

그럴듯하게 둘러대자 여자는 잠시 시간을 두고 생각에 잠겼다. 하지만 자신의 신상이 유출됐다는 사실에 정신이 팔려 판단력을 잃은 기색이었다. 나는 쐐기를 박듯 경고했다.

"지금 당장 집으로 돌아가요. 절대로 다른 사람에게 전화하거나 문자를 보내지 마세요. 도청과 해킹을 당할 가능성이 있으니 연락은 모두 저희 쪽에서 하겠습니다. 내일 아침 10시에 그곳으로 와요."

—여기로? 굳이 파칭코 가게로 오라고?

"네. 내가 가게로 거는 전화 말고는 전부 적이 거는 전화라고 생각해도 좋습니다. 가쓰우라 씨의 지시는 모두 이 전화로 전달하겠습니다. 아시겠어요? 정말로 무서운 건 인터넷보다 경찰이에요."

—하하!

순간 여자는 경련을 일으키듯 웃었다.

—짭새가 뭐가 무서워. 쉽게 조작할 수 있는데. 이번에도 그랬지? 우리가 짭새보다 잘한다고.

"나는 그런 말을 하는 게 아닙니다. 당신 실수 때문에 경찰이 움직이면 그다음은 어떻게 될 것 같습니까? 가쓰우라 씨는 지금 상황을 탐탁지 않게 여깁니다."

여자는 곧바로 입을 다물었고 이윽고 다소 겁먹은 목소리가 흘러나왔다.

—아, 알았어. 지시에 따를게.

그리고 한두 마디 더 떠들다가 통화를 종료했을 때 갑자기 긴장이 풀리면서 땀이 비오듯 쏟아졌다. 나는 탈진해 좌석에 몸을 기댔다.

3

 잠시 눈을 감고 방금 나눈 대화를 머릿속으로 되새겼다.
 괜찮아, 실수는 없었어. 그 여자는 개인정보가 유출돼 죽을 맛일 테고 외부와 연락을 끊으면 의지할 사람은 나밖에 없으니 됐어. 괜찮아…….
 몇 번이고 되뇌인 뒤 눈을 뜨고 세 사람을 차례로 쳐다봤다.
 "미안해요. 멋대로 움직여서."
 솔직하게 사과했다.
 "그러니까 이렇게 된 거지?"
 하세베가 헛기침을 한 뒤 입을 열었다.
 "그 여자가 인터넷에서 논란거리가 됐다는 사실을 본부에서 알아차리면 당연히 가만히 숨어서 사태가 가라앉기를 기다릴 것이다. 그러면 우리에게 필요한 정보도 나오지 않을 수 있다."
 "대체로 맞아요. 어제부터 벌어진 일로 화가 나서 반격할 생각만 했는데 우리의 진짜 목적은 흑막을 알아내는 거잖아요. 그러니 그 여자가 이 시점에 갑자기 자취를 감추면 곤란하죠."
 나는 한숨을 쉬며 대답했다. 우리의 거취와 아기의 목숨이 달린 이상 감정을 앞세워 행동하지 말았어야 했다. 이것은 장난이 아니다.

"아까처럼 감정 없이 밀어붙이니 오히려 더 무섭네. 우리 학교에도 그런 여교사가 있어서 싫었거든."

나는 느닷없이 독설을 뱉은 리쿠토를 흘겨봤다.

"여하튼 여자의 본명을 알아내다니 좋은 징조야. 가토 마도카. 마도카가 측근일까?"

하세베가 코웃음 쳤고 리쿠토는 혈색이 조금 좋아진 얼굴을 들었다.

"하지만 가토 마도카가 배후 인물에게 연락하지 않으리라 확신할 수는 없죠. 머리는 나쁜 것 같은데 의외로 속공을 펼칠 수도 있어요."

"그러지는 않을 거야."

나는 확신을 갖고 즉시 대답했다.

"그 여자를 위협하려고 경찰 이야기를 꺼냈는데 전혀 신경 쓰지 않았어. 그 여자가 두려워하는 건 배후에 있는 조직이야. 가뜩이나 아이를 빼앗겨서 일을 이렇게까지 키웠잖아. 분명 경고 받았을 거야. 다음은 없다…… 같은 경고 말이야."

"아, 하긴. 엄청 혼났을 것 같긴 해."

리쿠토가 맞장구쳤다.

"이 이상 자신의 실수로 범죄가 발각되거나 조직이 수면 위로 드러나면 무슨 짓을 당할지 몰라."

"최악의 경우에는 살해당하겠지."

"그래. 아기를 아무렇지 않게 죽이려는 놈들이 심부름꾼을 아끼겠어? 그 여자 본인도 그걸 잘 알아."

대화를 나눠보니 가토 마도카는 난폭한 첫인상과 달리 의외인 점도 있었다. 가쓰우라라는 인물은 절대적인 존재로, 그를 신뢰하면서도 두려워한다. 우리의 지시를 무시하고 가쓰우라에게 먼저 연락하지는 않을 것이다.

그때 하세베의 거무스름하고 큰 얼굴이 나를 쳐다봤다.

"네 말대로 그 여자가 아무에게도 연락하지 않는다고 가정하자. 그러면 당연히 배후에 있는 놈들이 그 여자 집으로 찾아가겠지. 그냥 내버려 두지는 않을 거야."

"그렇겠죠. 그래도 괜찮아요."

나는 리쿠토를 쳐다봤다.

"이제 슬슬 가토 마도카의 집이 어딘지 올라왔을 것 같은데."

리쿠토는 재빨리 스마트폰을 확인했다. 그리고 흥분하며 말했다.

"진짜 올라왔잖아! 도쿄도 이타바시구 아카쓰카 9번가, 4-11. 신와주택 202호."

리쿠토가 보여준 화면에는 이끼 낀 벽돌 담장으로 둘러싸인, 오래된 건물도 새 건물도 아닌 갈색 아파트 사진이 있었다. 2층 끝에서 두 번째 창문에 붉은 동그라미가 쳐져 있었고 우편함에서 빼낸 듯한 광고 우편의 수신자 이름을 찍은 사진도 있었다. 이로써 주소와 이름이 완전히 유출됐다.

"역시나 파칭코 가게에서 미행이 따라붙었나 봐요. 네티즌 수사대 너무 위험한 거 아닌가. 우편물을 훔치다니, 누가 좋은 놈이고 누가 나쁜 놈인지 모르겠네."

나는 고개를 끄덕이며 하세베에게 시선을 돌렸다.

"이제 불특정 다수가 저 아파트를 감시할 거예요. 개중에는 장난삼아 불법행위를 하는 사람도 있겠죠. 그런 위험한 장소에 놈들이 굳이 찾아갈 리 없어요. 가토 마도카가 의지할 사람은 이제 나밖에 없고 범죄자들은 그녀에게 쉽게 접근하지 못할 거예요."

"……하긴. 설사 놈들이 심부름꾼을 보내도 그 여자는 쉽게 문을 열지 못할 거야. 우리처럼 사방이 적이라고 느낄 테니."

그렇다. 이제 우리는 가토 마도카를 물리적으로 심리적으로 몰아붙일 수 있다. 그렇다고 다음 전화로 잠복 장소를 바꾸지 않으면 상대도 계책을 세울 것이다.

그때 하세베가 내 얼굴을 말끄러미 쳐다봤다.

"아가씨, 무서운 사람이네."

젊은 여자라고 지금까지 만만하게 보던 하세베가 진심으로 나를 경계하기 시작했다. 당연했다. 그러나 악의를 무기로 삼지 않고서는 이 상황을 헤쳐나갈 수 없다. 나를 바라보는 세 사람의 시선이 불편했는데 그 마음을 짐작한 듯 리쿠토가 태연하게 말했다.

"누나 때문에 여자공포증이 심각해졌지만 나는 처음부터 누나에게 잠재능력이 있다고 느꼈어. 임기응변으로 선악을 적절히 구분해 써먹다니. 그것도 아주 정확하게."

"무슨 소리야?"

"그동안 만난 적 없는 부류 같아. 그래서 다음에 떠올린 수는 뭐야? 잔인한 카드를 숨겨놓았을 것 같은데."

"그건 나도 듣고 싶군. 너는 범상치 않은 정도로 음험한 여자야. 저 놈들의 발목을 더 심하게 잡을 수 있잖아?"

나는 뻐근하게 뭉친 어깨를 손가락으로 누르며 이상한 칭찬을 받아넘겼다.

"아마 지금쯤 가토 마도카는 인터넷에 자기 이름을 계속 검색하고 있을 거예요. 앞으로 할 일은 가토 마도카를 완전히 고립시키는 거예요. 그렇게만 되면 그 이후는 대부분 내가 의도한 대로 끌고 갈 수 있어요."

"말은 시원시원해서 좋은데 내용은 너무 쓰레기 같네."

갑자기 말이 많아진 리쿠토가 말을 이었다.

"그런데 이것 또한 새로운 전개야. 야쿠자에게 쫓기는 동호회 파괴자가 아기를 살리려고 악당 소탕에 나선 건에 대하여. 오, 뭔가 라이트 노벨 제목 같다."

이제 농담도 나오는 모양이다. 나는 여유로운 미소를 지었다.

"가장 먼저 그 여자가 다른 곳으로 몸을 숨기도록 해야 해요. 그리고 심리적으로 유도해야 해요."

"심리적 유도?"

"가쓰우라라는 인물이 자기를 죽이려고 한다고 세뇌시키는 거예요. 조직의 걸림돌이 된 여자를 물건 치우듯 치우려고 한다고. 본인이 지금까지 그런 삶을 살았으니 분명 위기감을 느낄 거예요."

지요코가 모든 것을 이해했다는 듯 고개를 끄덕였다.

"사람은 약해졌을 때야말로 파고들기 좋지. 친절과 배려를 베풀면 금세 믿고 속마음을 보여줘. 말하고 보니 이건 사람을 잘 사귀는 방법이기도 하네. 사람을 기분 좋게 해줄 수 있으니까."

"어르신 가게도 그런 방법으로 번창한 건가? 정말로 여자가 무섭네."

지요코는 입꼬리를 올려 씨익 웃었다.

"나는 노인들이 있을 곳을 팔았어. 여자뿐 아니라 웬만한 종교도 거의 다 그런 식이잖아? 내가 곤경에 빠졌을 때 종교니 점쟁이니 무당이니 연달아 찾아왔지. 나를 돕고 싶다면서."

"어떻게 보면 상투적인 수법이니까요. 범죄뿐 아니라 가정폭력이나 직장 내 괴롭힘, 무언가를 권유하는 행위 등 온갖 상황에 '고립'이 만연하죠. 지요코 씨도 걸려든 것 같은데요."

내가 턱짓하자 노파는 좌석 위에서 꼼짝도 하지 않고 손목을 감은 팔찌를 서둘러 숨겼다.

"그, 그냥, 점쟁이에게 파워풀 스톤을 샀을 뿐이야."

"파워 스톤이에요, 할머니."

리쿠토가 곧바로 정정했다.

"계속 차고 있으면 행운을 몰고 와 고민을 없애준다더라고."

"우와. 행복해져서 좋겠다."

리쿠토의 비아냥거리자 지요코는 침을 튀기며 빠른 말로 쏘아댔다.

"행복해졌으면 이런 델 왔겠어? 정말이지 나쁜 놈들 같으니라고! 마음 약한 노인을 등쳐먹다니!"

아기가 깜짝 놀란 모습을 보고 나는 재빨리 작은 손을 잡았다. 그리고 노파가 당시 상황을 넋두리하려 하자 리쿠토가 왼쪽 눈을 비비며 말을 잘랐다.

"속는 사람이 많다는 건 알아요. 하지만 사람을 죽이는 인간이 다른 사람에게 쉽게 마음을 열 것 같진 않아요."

"그건 그래."

하세베도 동의했다.

"사람을 불행하게 만드는 데 전문가인 놈들한테는 흔한

수법이니까. 오히려 우리가 함정에 빠질 수도 있어."

나는 고개를 저었다.

"솔직히 상대가 어떻게 생각하든 상관없어요. 의심이 싹 트기만 하면 되니까. 가토 마도카는 살해당할지 모른다는 생각을 부정할 수 없을 거예요. 그러면 설령 동료들과 접촉한다고 해도 사사건건 다 의심을 품게 돼서 조만간 자멸할 거예요."

이 부분은 자신 있었다. 흉악범죄로 얼룩진 삶을 살았기 때문에 본인이 살해당할 수 있다는 사실을 절실히 깨달을 터다.

"아무튼 내일 전화로 가토 마도카의 심리상태를 확인할게요. 그 여자가 전화나 잘 받기를 기도하자고요."

그렇게 말했지만 나는 그녀가 이미 전화를 기다리고 있으리라 확신했다.

4

다음 날은 해가 뜨는 동시에 까마귀와 참새가 소란을 피워 계속 잠을 잘 수 없을 정도로 시끄러웠다. 나는 안개가 낀 이른 아침에 일어나 물이 샘솟는 곳에서 세수하고 양치질을 했다. 아직 아침 5시 전이리라. 몸에 달라붙는 습도 때문에 찝찝해서 상쾌한 아침은 아니었지만 익숙해져서인지 흙냄새에 기분이 좋기도 했다.

나는 수건을 품에 안고 절벽 밑을 살피며 수상한 사람이 없는지 확인했다. 대부분 수직으로 깎아지른 절벽에는 다양한 나무들이 뿌리를 박아 시야를 가렸다. 그래도 근처에 차나 사람의 기척은 없었다. 중요한 일을 마무리하고 잠복 장소로 돌아오니 모두 일어나 각자 움직이고 있었다. 하세베는 끝없이 자라는 넝쿨을 잡아 뽑아 하이에스를 골고루 덮었고 지요코는 아기를 안고 달랬다. 리쿠토는 차 뒤에 웅크리고서 풍로에 물을 끓이고 있었다.

하세베는 수염이 자라 지저분해 보이기는 했지만 얼굴에서 교활하고 혐오스러운 인상은 사라졌다. 현실과 분리된 곳은 무서울 정도로 평화로웠다. 하지만 맛없는 아침 식사를 마치고는 현 상황과 정면으로 마주해야 했다.

긴장한 네 사람은 붉게 달궈진 숯이 담긴 풍로를 둘러싸고 쭈그리고 앉았다. 리쿠토는 스마트폰으로 SNS 등을 검색하며 진지하게 화면을 응시했다. 세 사람은 리쿠토의 입에서 나올 최악의 사실을 예측하며 마음의 준비를 했다.

"누나의 본명이 떴어."

마침내 그 순간이 찾아왔구나……. 나는 리쿠토의 첫마디에 몸을 떨었다.

"그런데 가명이 너무 나돌아서 완전히 묻혔어. 혹시 몰라서 나도 여러 계정을 만들어서 그럴듯한 에피소드와 가명을 퍼뜨렸거든."

"그럴 거면 내 헛소문도 퍼뜨려 주지."

하세베가 불만스럽게 투덜거렸지만 리쿠토는 고개도 들지 않고 손을 홰홰 저었다.

"그건 안 돼요. 아저씨는 은행 계좌까지 퍼져서 이제 와 작업해 봤자 의미 없어요."

"으, 은행 계좌까지 털렸다고? 그게 무슨 소리야!"

하세베는 근처에 있던 잡초를 뽑아 거세게 내던졌다.

"어제까지만 해도 버림받은 아기를 보호시설에 데려다주려는 것 아닐까? 라고 옹호하던 사람도 있었지만 지금은 사방이 온통 적이에요."

"나는 어때? 아직도 난리야?"

지요코도 어쨌든 인터넷을 신경 쓰는 듯했다. 리쿠토는 밝은 어조로 말했다.

"할머니의 신상은 이미 옛날부터 전 국민에게 퍼졌거든요. 포기하세요."

"그렇구나. 어차피 지울 수도 없으니 우울해 봤자 어쩔 수 없지. 당신도 깨끗이 포기해."

지요코는 정보가 유출된 상황에 이미 익숙해졌다. 하세베는 뜻밖에도 쾌활하게 어깨를 두드리며 지요코를 쏘아봤다.

"아저씨랑 할머니의 정보는 다 나온 것 같고, 누나 정보는 아직 지지부진해요. 그래서 그만큼 그 여자가 엄청 화제가 되고 있어요. 하룻밤 사이에 중학교 졸업앨범 사진이 올라왔고 전화번호도 유출됐어요. 기후현에 사는 가족과 친언니의 사진까지 올라왔고."

"그 여자가 아무리 범죄자라지만 가족은 딱하게 됐어."

하세베는 자신과 겹쳐 보이는지 점잖은 얼굴로 말했다. 그러나 리쿠토가 곧바로 그 동정심을 깨부쉈다.

"동정할 필요 없어요. 그 여자의 가족들도 영능력 상술 같은 걸로 벌어먹는다나 봐요. 장작이 하도 많아서 지금은 그 여자가 메인이 됐어요."

조금 안심이 됐지만 그것도 잠시였다. 여자가 화제의 중심에 오래 있을수록 점점 흥미가 떨어져서 또다시 우리에게 시선이 향할 것이기 때문이다. 나는 인터넷에 유출된 여자의 휴대폰 번호를 수첩에 적었다.

"경찰 쪽은 어때?"

나는 하루 동안 같은 질문을 몇 번이나 했다. 이렇게 난리가 난 와중에 경찰의 침묵은 섬뜩하기 짝이 없었기 때문이다.

"여전히 아무런 발표도 하지 않았어. 그런데 조금 신경 쓰이는 정보가 몇 개 있네."

리쿠토가 스마트폰 화면을 손가락으로 스크롤했다.

"한노역 앞에서 누나에 대해 묻고 다니는 사람이 있다

나 봐. 그런 게시글이 몇 개 올라왔어. 이 사람 설마 경찰일까?"

그 말을 듣자마자 심장이 아프게 뛰었다. 경찰이 아님을 직감했기 때문이다.

"……혹시 그 사람 중에 덩치 큰 남자가 있었대?"

"응. 큰곰 같은 남자라고 쓴 사람이 있어."

이노구치다. 얼굴의 솜털까지 섰다.

"그놈들, 이런 곳까지 쫓아오다니……."

초조해 미칠 것 같았다.

광적으로 고향에 집착하는 아오모리 가에데무라 남자들. 공격적으로 애정을 표현하는 전과자들이었다. 오랫동안 이노구치의 추적을 따돌려 의기양양해졌지만 이렇게 지척에 나타나니 잊고 있던 공포가 단번에 되살아났다.

나는 희미하게 떨리는 손끝을 바라봤다. 인터넷에 올라온 정보로 지금 몸을 숨긴 장소를 특정할 수 있을까. 이리저리 궁리했지만 머리가 전혀 돌아가지 않았다. 그때 하세베가 한결 차분한 목소리로 말했다.

"이제 와 후회해도 이미 늦었어. 성가신 패거리를 한꺼번에 처리하지 않으면 우리와 사부로의 미래는 없어."

그렇다. 유일한 탈출 방법은 경찰에 도움을 요청하는 것이지만 그것은 아기의 희생으로 성립되는 선택이다. 이노구치가 곧바로 체포 구속되는 것도 아니다. 그러면 무슨 일이 일어나든 우리가 모든 일을 직접 해결해야 했다.

"가토 마도카의 배경을 알 만한 정보는 있어?"

그렇게 묻자 리쿠토가 얼른 메모 애플리케이션을 열어 여자에 대한 정보를 읽어 내려갔다.

"시모아카쓰카의 파칭코 가게 단골, 10대 때 폭력 사건을 일으켜 소년감별소에 간 것 같다. 중학교 졸업 후 곧바로 집을 나왔다고 한다. 도쿄 이케부쿠로의 라멘집 '쓰케멘 하야테'에 일주일에 네 번 출근한다. 사기에 가까운 정보를 인터넷에 판다. 지금 나와 있는 정보는 이 정도야."

나는 입가에 손을 댔다.

"생활권은 시모아카쓰카부터 이케부쿠로일까? 라멘집 정보는 현실감과 신빙성이 있어 보여. 정보원은 아르바이트 점원인가……."

"시모아카쓰카에서 이케부쿠로까지 도부도조선을 타면 약 20분. 라멘을 먹으러 다니기에는 조금 먼 거리야."

그때 말이 없던 지요코가 입을 열었다.

"당연하지만 그 여자가 성실하게 일했을 것 같지는 않아. 종일 파칭코를 하다가 라멘을 먹으러 이케부쿠로에 갔겠지. 지난번 사건이 터졌을 때 내 하루 동선이 전부 인터넷에 폭로됐거든. 내가 간 슈퍼, 정형외과, 반찬가게 등 하나부터 열까지 모조리. 그걸 생각하면 이 여자의 생활 패턴은 단조로워."

"아직 하룻밤밖에 안 지났으니까요."

나는 그렇게 대답하면서도 동선이 단조롭다는 데는 동의했다. 하세베와 다른 사람들은 몇 시간 만에 생활 범위가 전부 유출됐다. 그에 비하면 확실히 속도가 느렸다.

"그러니까 본업은 뒤처리해 주는 심부름꾼이라는 말이군."

하세베가 팔짱을 끼고 심각한 얼굴로 말했다.

"더러운 일이 있을 때만 불러들이는 거지. 일이 없을 때는 빈둥대고. 저렇게 생긴 여자가 제대로 된 회사에 다닐 리도 없고."

"하지만 여자가 살인과 시체 유기를 맡는 건 흔치 않은 일 같아요. 깊은 밤에 산에 혼자 오르다니, 그런 건 보통 여럿이서 하지 않아요?"

"그렇긴 한데 이번에는 아기를 처리하면 됐으니까 여자 혼자 온 거 아닐까. 성인을 처리할 때는 물론 여럿이 몰려갈 테고."

그렇게 생각하는 것도 당연했지만 나는 처음부터 무언가 마음에 걸렸다. 살인도 마다하지 않는 흉악한 조직이 과연 일 처리 솜씨도 나쁘고 빈말로도 머리가 좋다고 할 수 없는 사람을 쓸까? 발각되면 모든 것이 끝인 상황에서 나였다면 분명 그 여자를 선택하지 않았으리라. 그게 아니라면 원래 현실에서 살인은 이렇게 어설프게 이루어지는 것일까…….

잠시 생각에 잠겼지만 예측할 수 없는 세계인 만큼 아무 깨달음도 찾아오지 않았다.

네 사람은 다시 하이에스에 탔다. 조금 전부터 바싹 긴장한 상태였다. 오전 10시 전, 그 여자에게 전화할 시간이 다가온 것이다. 리쿠토는 통화를 녹음할 수 있도록 설정했고 나는 시간에 딱 맞춰서 파칭코 가게에 전화를 걸었다. 요란한 신호음이 한 번 귓속을 파고들었다.

—네, 파칭코 모모타로입니다.

어제 전화를 받은 직원이었다. 나는 스피커 모드로 설정하고 세 사람에게 눈짓한 뒤 애써 차분한 목소리를 꾸며냈다.

"죄송합니다. 어제 전화 드린 사람인데요……."

거기까지 말하자 직원이 내 말을 가로챘다.

—아아, 네네. 잠시만 기다리세요.

여자가 전화 옆에서 대기하고 있을지 모른다. 침을 꿀꺽 삼켰을 때 나지막한 목소리가 소음을 뚫고 들려왔다.

—여보세요.

수화기 너머로 생기가 없고 몹시 잠긴 목소리가 들려왔다. 다른 사람이 들을까 봐 잔뜩 경계하며 수화기를 손으로 막고 있는 것일까? 나는 감정이 드러나지 않도록 정신을 다잡으며 혼신의 힘을 다해 한마디 꺼냈다.

"저입니다. 가토 씨입니까?"

―……응, 나야. 아파트도 휴대폰 번호도 본가도 직장도 인터넷에 다 털렸어. 지금도 누가 지켜보고 있을지 몰라. 아파트 사진이 몇 장이나 인터넷에 올라왔다고.

"저도 상황은 파악했습니다. 걸려 온 전화는 안 받았죠?"

곧바로 그 점을 확인하자 마도카는 작게 혀를 찼다.

―전화는 안 받았어……. 아니, 받을 수 없었어. 거의 쓰레기들이 걸어온, 발신 번호 표시가 제한된 전화라서. 가끔 저장된 번호로 걸어온 전화도 있긴 했지만.

"가쓰우라 씨의 전화도 있었습니까?"

―응. 도대체 무슨 일이야? 가쓰우라 씨나 구마다 매니저나 사무실이나, 아는 사람들한테서 온 전화도 받으면 안 되는 거 맞지?

통화 내용을 듣던 리쿠토가 지체하지 않고 수첩에 구마다 매니저라고 적었다. 새 등장인물이다. 나는 전화를 받으면 안 되는 이유에 대한 그럴듯한 대답을 준비했다.

"가쓰우라 씨도 구마다 씨도 이미 전화번호를 바꿨습니다."

―그게 무슨 소리야? 그럼 다른 놈이 같은 번호를 쓴다는 말이야?

"그런 것 같아요. 저장된 다른 번호도 다른 사람일 가능성이 있다고 생각하는 게 좋을 겁니다."

상식적으로 있을 수 없는 일이지만 절박한 마도카가 믿기에는 충분했다.

 ―지금 일이 커졌어……. 내 신상도 그렇지만 가쓰우라 씨나 사무실까지 위험해져서 정말로 어떻게 해야 할지 모르겠어.

 "맞습니다. 당신이 일을 깔끔하게 처리하지 못하는 바람에 아이는 아직도 행방불명이고 가쓰우라 씨와 다른 사람들도 위험에 처했습니다. 조직은 단 한 사람 때문에 무너질 수도 있어요. 도대체 어떻게 책임질 생각입니까?"

 나는 여자를 몰아넣으려고 일부러 강하게 비난했다. 대답하지 못할 정도로 몰아세우는 방법만큼 전의를 잃게 만드는 것은 없다. 나는 다시 말을 이었다.

 "인터넷에 난리가 났으니 이제 모든 것이 드러날 가능성도 아예 없지 않아요. 그러면 당신뿐 아니라 가쓰우라 씨도 다른 사람들도 모두 끝장입니다."

 ―그, 그래 그건 알아. 하지만 나도 열심히 했어. 지금까지 무슨 일이든 떠맡았다고. 언제나, 늘 나만 손해 봤지만.

 "손해 봤다고요?"

 그러자 마도카는 당황한 듯 말을 이었다.

 ―아니, 그렇게 생각하는 건 아니야. 가쓰우라 씨는 내게 특별히 잘해주지. 하지만 나도 힘들 때가 있다는 거야.

 조직에 적지 않은 불만이 쌓인 듯하다. 그리고 지난번부터 겁먹은 모습으로 짐작건대 가쓰우라라는 인물이 내부인을 심판하는 장면을 본 것 아닐까. 아니, 보기만 한 것이 아니라 가쓰우라의 지시대로 직접 손을 썼을 수도 있다.

이것이 승패의 갈림길일지도 모른다. 나는 이 여자와 조직 사이를 확실히 끊어 놓는 방법을 떠올렸다.

"나는 평소에 다른 일을 하고 지금도 직장에 있기 때문에 말은 많이 못 합니다. 하지만 가쓰우라 씨에게 당신 이야기를 들었다고만 해두죠. 당신과 어떻게 만났는지도 말입니다."

―네가 하고 싶은 말이 뭔지 알아. 은혜를 갚아야 한다는 말이지? 가쓰우라 씨가 없었으면 나도 지금쯤 감옥에 있었겠지. 그 사람이 다 무마해줘서 자유롭게 살 수 있는 거야.

나는 재빨리 리쿠토와 하세베의 얼굴을 바라봤다. 가토 마도카가 저지른 살인을 가쓰우라가 숨겨준 과거가 있는 것처럼 들렸다. 그 빚을 빌미로 가쓰우라를 조직으로 끌어들였고 거기서도 살인을 담당하게 했다면 가쓰우라는 악마 같은 인간이었다. 이 뒤틀린 관계를 여자는 틀림없이 신뢰로 착각하는 듯했고 현실을 전혀 보지 않았다.

나는 정보를 최대한 끌어내기 위해 이야기를 되돌렸다.

"가쓰우라 씨와 구마다 씨 외에 누가 또 가토 씨에게 전화를 걸었습니까? 확인하고 싶은데, 이름을 알려주세요."

마도카는 바뀐 화제를 따라가지 못해 잠시 생각에 잠겼다. 머리를 정리해야 할 정도로 혼란이 극에 달한 듯했다.

수화기에서 잡음만 흘러나오다가 어느 정도 이성을 되찾은 듯 대답이 돌아왔다.

―전화를 건 사람은 가쓰우라 씨와 구마다, 이가라시, 그리고 대표.

나는 타들어 가는 속을 꾹 참으며 저도 모르게 몸을 들썩였다. 아무렇지 않게 살인을 지시하는 대표의 이름이 궁금했다. 그리고 깨끗한 척 사회에 녹아들어 있을 회사의 이름을 알아내고 싶었다. 이제 한 걸음만 더 가면 손에 닿을 수 있다. 하지만 지금 내가 먼저 그 이름을 묻는 것은 부자연스러웠다. 묻고 싶은 마음을 꾹 눌러 참으며 우선은 가토 마도카의 흔들리는 마음을 이용하는 데 집중했다.

"전화 건은 알겠습니다. 가쓰우라 씨의 지시는 어제와 같습니다. 누구의 전화도 받지 말 것. 문자도 SNS 메시지에도 답장하지 말 것. 무슨 일이 있어도 절대로 사무실에 가거나 전화하지 말 것. 그리고 아파트 말고 어디 호텔에라도 몸을 숨기세요."

―이런 상황에서 사람들 눈에 띄지 않게 호텔에 갈 수 있을지…….

"갈 수 있느냐 없느냐의 문제가 아닙니다. 가세요."

―아, 알겠어.

냉엄한 대답에 여자는 자신 없다는 듯 말끝을 흐렸다. 처음에 보이던 위세는 완전히 사라지고 온갖 공포와 불안에 사로잡힌 모습이었다. 그래서 적당한 시기였다.

나는 리쿠토에게 수첩을 받아 인터넷에 유출된 가토 마도카의 휴대폰 번호를 응시했다.

"앞으로는 당신 휴대폰으로 직접 전화하겠습니다. 이 번호 맞죠?"

나는 아무렇지 않은 척 인터넷에 유출된 전화번호를 불렀다. 이 번호가 진짜라면 여자를 호텔에 가둬서 세상과 완전히 격리할 수 있다. 조직은 여자가 어디 있는지 찾기 어려울 터다. 정보를 독점할 수 있다.

하이에스에 있는 모두가 긴장한 표정으로 가토 마도카의 대답을 기다렸다. 그리고 여자가 "그 번호 맞아"라고 대답한 순간 리쿠토는 흥분한 기색으로 엄지손가락을 치켜세우며 고개를 크게 끄덕였다.

"그럼 앞으로는 이 번호로 전화하겠습니다. 저는 안전을 고려해 발신 번호 표시 제한으로 걸겠지만 내 전화라는 걸 알 수 있도록 벨소리를 몇 초만 울린 뒤 일단 끊겠습니다. 그리고 바로 다시 걸 테니 이 신호를 보낸 전화만 받아요. 기본적으로 오전 10시와 오후 4시에 걸겠지만 긴급한 경우에는 다른 시간에 걸 수도 있습니다."

―오전 10시와 오후 4시, 몇 초 동안 울리다가 끊어진 전화를 받는다.

여자는 소곤소곤 복창했다.

그 순간, 푹 잠들어 있던 아기가 갑자기 칭얼거려서 고개를 휙 돌렸다. 아기가 새빨개진 얼굴로 짧은 팔다리를 힘차게 바동거리며 당장이라도 울음을 터뜨릴 기세였다.

큰일 났다…….

지요코가 아기를 순식간에 안아 올려 달랬다. 하지만 아기의 기분은 잠잠해지지 않았고 아기는 힘차게 울음을 터뜨렸다.

나는 무릎 위에 올려놓은 스마트폰을 꽉 쥐고 소리를 차단하려고 했지만 어림없었다. 지요코의 품에 안긴 아기는 몸을 뒤로 젖히며 정신없이 울었고 울음소리에 높낮이까지 섞어가며 뭔가 마음에 들지 않는다고 주장했다. 직장에서 전화한다고 해놓고 옆에서 아기가 울고 있다니 누가 봐도 너무 수상할 터다. 조금이라도 의심이 싹트면 나와 가토 마도카의 관계도 끝이다.

초조하게 스마트폰을 덮고 있던 손을 떼자 여전히 요란한 파칭코 가게 소리가 흘러나왔다. 전화는 아직 끊어지지 않았다. 그리고 여자의 잠긴 목소리가 들려왔다.

―더 전할 말이 없으면 이만 끊을게. 지금 이래 봬도 파칭코 가게 손님들이 죄다 적으로 보여서 죽겠어. 여기 직원들이 죄다 밀고자일지도 모르잖아.

'어라?'

의아했다. 여자는 아기 울음소리에 아무 반응도 없었다.

"알겠습니다. 이만 끊겠습니다."

―다음 전화는 스마트폰이지?

여자가 대답을 기다리지 않고 전화를 끊으려고 하자 얼른 말을 꺼냈다.

"잠깐."

―뭐야?

마도카의 피로가 수화기로 전해질 정도였다. 나는 다소 빠르게, 그러나 단호한 어조로 말했다.

"조심해요. 여러 의미에서."

―응?

의아해하는 목소리가 들리는 동시에 나는 통화 종료 버튼을 누른 뒤 좌석 등받이에 힘껏 몸을 파묻었다. 아기는 여전히 울고 있고 지요코는 울상을 지은 채 아기를 달랬다.

"이상하다고 생각했을지 몰라요."

한숨을 쉬며 말하자 하세베는 낙관적으로 대꾸했다.

"그런 느낌은 아니었어. 파칭코 가게가 워낙 시끄러워서 이쪽에서 나는 소리는 못 들었을 거야."

"그랬다면 다행이지만 반대로 우리를 함정에 빠뜨리려고 상황을 지켜봤을 수도 있어요. 나라면 그랬을 거예요."

"그런 부류가 아니잖아. 그 여자가 분명 미치긴 했어도 누나처럼 대단한 미친년은 아니야."

꼭 틀린 말은 아니라는 점이 얄미웠다.

"그건 그렇고 마지막 말은 너무했어."

"가토 마도카가 좀 더 주변을 의심하도록 만들어야 하니까."

나는 여전히 울음을 그치지 않는 아기에게 시선을 던졌다.

"갑자기 왜 그러지? 기저귀 갈아줘야 하는 거 아니에요?"

"아니, 기저귀는 방금 갈아줬고 배도 안 고플 거야. 졸린 거 아닐까? 아기들은 가만히 잠들지 않으니까. 정말 손이 많이 간다니까."

지요코는 입으로는 싫은 소리를 하면서도 계속 우는 아기가 귀여워 어쩔 줄 모르는 표정으로 미소를 참지 못했다. 일행 중 여자가 있어서 정말로 다행이다. 진심으로 그렇게 생각했다. 안심하고 아기를 맡길 수 있고 나는 다른 일에 신경을 집중할 수 있기 때문이었다.

리쿠토는 수첩을 가만히 바라보다가 여자의 입에서 나온 이름을 읽었다.

"가토 마도카의 말에 따르면 조직에는 적어도 가쓰우라, 구마다, 이가라시, 대표라고 불리는 네 사람이 있어요. 성별은 알 수 없고. 이 사람들도 야쿠자와 엮였을지 몰라요."

그 추측에 하세베가 고개를 돌렸다.

"야쿠자가 가토 마도카 같은 여자를 쓸 것 같지 않은데."

"내 생각도 그래요. 저쪽 전략은 묘하게 요즘 시대 느낌이

나면서 가벼워요. 엄마를 자칭하는 영상도 반사회적 조직이 일부러 경찰을 끌어들여 자신들을 지킬 방패로 삼을 것 같지는 않거든요."

"그러니까 말이야. 내가 사업을 해봐서 아는데 옛날부터 이곳저곳에 나쁜 놈들이 숨어 있어. 일반인들은 모르는 곳에서 그 나쁜 놈들이 돈을 버는 구조가 생겼지. 이 조직도 그런 거 아닐까 계속 생각했는데 통화를 들어보니 여자가 너무 순진해."

"순진은 무슨 얼어 죽을 놈의 순진!"

지요코가 나무라듯 쏘아붙였다.

"그 여자가 사부로를 죽이려 했다는 걸 잊지 마."

"순진하다는 말은 그런 뜻이 아니야. 그런 극악무도한 놈들 사이에서 굴러 본 경험이 없는 것 같다는 말이야. 어쨌든 나쓰미의 전화를 의심 없이 받아들여 술술 불어대는 멍청한 여자야. 이 여자를 보면 그 윗선도 알 만하지."

하세베의 추측은 정곡을 찔렀다. 나는 지금까지 수집한 정보를 머릿속에서 되새겼다. 가토 마도카 일당이 줄곧 살인을 저질러 온 것은 분명했지만 도저히 그 분야의 프로로 보이지는 않았다. 어쩌면 사실은 외줄 타기 하듯 아슬아슬한 상황이었는지도 몰랐다. 단지 운이 좋아 들키지 않았을 뿐이지 않을까. 여기저기 드러나는 가토 마도카의 어설픈 모습이 개인이 아니라 조직 전체의 분위기라고 생각하면 이해가 갔다. 마도카 조직 전체가 안이하니까 아무런 의심 없이 마도카 같은 여자를 부리는 것 아닐까. 지금까지 세운 가설 중 가장 납득이 갔다.

나는 귀밑머리를 귀 뒤로 넘기며 고개를 들었다.

"가토 마도카가 속한 조직은 무슨 이득이 있어서 사람을 죽이는 걸까요?"

"돈이겠지."

지요코가 틈을 두지 않고 대답했다.

"그렇겠죠? 조직적으로 움직이니까 동기는 당연히 돈일 거예요. 그럼 사부로를 죽이면 돈을 받을 수 있다는 말인데 누구한테 돈을 받을 예정이었을까요?"

"부모밖에 없지 않을까? 무슨 이유로 방해가 돼서 그랬다거나."

리쿠토의 말에 나는 고개를 끄덕였다.

"부모가 자식을 죽이는 건 드문 일도 아니니까. 하지만 일부러 누군가에게 아기를 죽여달라고 부탁한다는 이야기는 들은 적 없어."

리쿠토는 천천히 고개를 끄덕이며 말했다.

"하긴. 그렇다면 타깃이 사부로 한 명이 아니라 일가족이었을지도 몰라."

"무슨 그런 끔찍한 소리를."

지요코가 듣기 싫다는 듯 얼굴을 찡그렸지만 나는 아기를 유기하게 된 상황을 찾고자 했다.

"일가족 몰살이면 규모가 꽤 크기도 하고, 어느 날 갑자기 가족 전체가 사라지면 난리가 났겠죠. 한 집안의 부모 형제, 친척, 친구, 회사 동료, 이웃, 지인. 그런 사람들이 가만히 있지 않았을 거예요."

"맞는 말이야. 애초에 가족을 아무도 모르게 납치하는 일 자체가 매우 큰 일이지. 당연히 소란스러울 수밖에 없고 그 자리에서 죽이는 것과는 달리 손이 많이 가."

하세베의 의견에 나는 동의했다.

"청부살인으로 돈을 버는 조직……. 요즘 시대에 그런 짓은 못 할 거예요. 일단 어떻게 의뢰를 받았는지, 의뢰인은 이 조직을 어디서 알았는지, 인터넷에서 거래했다고 해도 이런 강력범죄를 누구에게도 들키지 않고 계속할 수 있겠어요?"

"확실히 비현실적이야. 하지만 그 여자 말을 들어보면 더러운 일을 계속 시키는 것 같았지?"

"네. 여러 명을 죽인 건 틀림없어요. 그런데 어딘가 앞뒤가 안 맞아요. 아까도 한 말이지만 가토 마도카 일당의 기술을 생각하면 더더욱."

나는 고개를 갸웃했다. 아기를 유기한 자들의 배경에 납득이 가지 않는 부분이 너무 많았다. 아무리 운이 좋아 여러 범죄를 들키지 않았다고 해도 체포되면 극형을 면치 못한다는 사실쯤은 쉽게 예상할 수 있다. 그런데도 저지르는 일에 위기감이 느껴지지 않는다니 이상했다. 아마 들키지 않으리라 확신하기 때문이겠지. 게다가 그저 근거 없는 자신감이 아니라 사회적, 법률적으로 어떤 맹점이 존재할 가능성이 있었다.

연결 될동말동한 가느다란 실을 어떻게든 이어보려고 고심했다.

"꼭 청부살인자는 아닐 거예요. 본업은 따로 있고 일상을 살다가 가끔 사람을 죽일 필요가 생기는 것 같아요."

"사람을 죽일 필요가 있는 일이 뭔데?"

하세베가 곧바로 끼어들었지만 그 답을 알면 이렇게 고민할 필요도 없겠지.

"그건 당장 떠오르지 않지만 이 조직은 뭔가 특수한 일을 하는 것 같아요."

나는 이해가 가지 않는 꺼림칙한 감정을 남겨 둔 채 이야기를 끝냈다. 아직 결정적인 정보가 압도적으로 부족했다.

5

차 밖으로 나오자 수건을 목에 건 하세베가 보닛을 올리고 엔진을 확인하고 있었다. 어느새 온몸이 땀에 젖어 열이 오르는지 얼굴이 새빨갰다. 여기서 이동하려면 어떻게든 배터리를 살려야 하지만 이 일은 하세베에게 의지할 수밖에 없었다.

짙은 풀 내음과 오일 냄새가 뒤섞여 떠돌았다. 끊이지 않는 벌레 소리가 때때로 생각을 방해했다. 다음 행동을 생각하며 서성이는데 아기를 안은 지요코가 다가왔다. 지요코는 골판지 상자를 작게 잘라 조용히 부채질하며 각다귀를 쫓았다.

"나는 반대야."

지요코는 내 얼굴을 살피며 불쑥 말했다.

"온통 적뿐인 세계를 먼저 공격한다니 개죽음이 따로 없잖아."

"왜 죽는다는 전제하에 말하죠?"

내가 되받아치자 지요코는 잠든 아기의 얼굴을 바라봤다.

"얼굴만 맹하지 사실은 호전적인 여자구나. 오히려 왜 무사할 거라고 생각하는지 묻고 싶을 정도야. 이곳을 버리고 장소를 옮기자니 자살행위라고 생각하지 않아?"

"여기 있어도 자살행위인 건 똑같아요. 곧 식량도 떨어질 테고 스마트폰 배터리도 오래 못 가요. 그리고 언제 야쿠자들이 쳐들어올지도 모르고."

지요코는 허공을 올려다보며 작게 탄식했다.

"인생의 청구서란 이럴 때 한꺼번에 돌아오는 법이네. 나쁜 일이 몰려와. 하늘은 똑똑히 지켜보고 있구나. 인과응보라는 말의 의미를 깨닫게 해."

나는 웬일로 감정적이지 않은 지요코의 얼굴을 바라봤다.

"네 탓이라며 화 안 내요?"

"화야 나지."

지요코는 힘껏 흘겨보며 말을 이었다.

"하나만 일어나도 성가신 일이 서너 개나 한꺼번에 일어났잖아. 그래도 우리는 한배를 탄 사이니까. 누구 한 명 버리기 싫고 끝까지 포기하고 싶지 않아. 그것이 이 아이를 위하는 일이기도 하고."

지요코는 든든하게 말한 뒤 다시 아기의 잠든 얼굴로 시선을 떨어뜨렸다.

시간이 흐를수록 네 사람도 변했다. 고집 세고 배려 없는 인간들의 모임이었는데 지금은 어느 누구도 자기중심적이지 않다. 흔들다리 효과*로 맺은 신뢰 관계이기도 하지만 역시 가장 큰 원동력은 아기라는 존재였다. 손익을 따지지 않고 구하고 싶다는 마음이 변화를 일으키고 있다.

그때 차 옆에 서 있던 리쿠토가 재빨리 몸을 수그리며 손짓했다. 그 손짓을 보고 나는 지요코의 팔을 잡고 산 쪽으로 들어가 최대한 몸을 숙이게 했다. 그러고는 엉거주춤한 자

---

* 흔들다리 위에서 만난 사람에게 호감도가 높아진다는 이론으로, 심리적으로 불안할 때 나타난 신체 변화를 자신의 감정으로 착각하기 쉬운 것을 가리키는 심리학 용어.

세로 리쿠토에게 다가갔다.

"절벽 밑에 사람이 있어."

리쿠토는 간략하게 설명한 뒤 거의 포복 자세로 절벽으로 다가갔다. 나도 리쿠토를 따라 키가 큰 잡초 사이로 절벽 아래 강을 내려다봤다. 약 백 미터 떨어진 강가에 두 사람이 보였다. 이곳에서는 너무 멀어 얼굴 생김새까지는 확인할 수 없지만 체격으로 보아 남자 같았다.

현지인일까? 숨을 죽이고 상황을 살피던 그때 미처 보지 못한 사람이 하류 쪽에서 걸어오고 있었다. 심장이 급격히 빠르게 뛰었다. 뚱뚱하게 살이 쪄 덩치가 큰, 흘러내릴 것 같은 청바지를 거칠게 추어올리는 저 모습. 두 번 볼 것도 없이 이노구치였다. 정말로 나를 쫓아왔다……. 아오모리에서 이런 곳까지 3년 전에 겪은 굴욕의 대가를 치르게 하려고.

희미하게 떨면서 어깨를 움츠리는 나를 보고 리쿠토가 작은 소리로 물었다.

"설마 저 사람들이 그 야쿠자?"

나는 어색하게 고개를 끄덕였다.

"확실해?"

"……틀림없어. 덩치 큰 남자 보이지? 저 사람이 두목이야. 이노구치 가즈노리. 지금까지 몇 명이나 반죽음 상태로 만들어서 교도소에 다녀온 적도 있다고 들었어."

"그러면 다음에는 사람을 죽여서 콩밥 먹겠네."

리쿠토는 지척에서 눈을 마주쳤다. 그러나 가벼운 농담에도 전혀 반응할 수 없을 정도로 온몸이 딱딱하게 굳었다. 가시 거리에 이노구치가 있다는 사실을 뇌가 거부했다.

"어떡하지, 여기로 올라올지도 몰라……."

그렇게 되면 더는 달아날 곳이 없다. 농로로 짐작되는 이 산길이 막다른 길이라면 나는 독 안에 든 쥐 신세다. 조바심에 잡아먹혀 냉정을 잃고 두리번거렸다. 나 때문에 모두가 위험에 처할 상황이 벌어지면 미련 없이 이곳을 떠날 작정이었다. 하지만 도저히 그럴 수 없었다. 나 혼자 도망칠 수 있을 것 같지 않았다.

식은땀을 훔치는 나를 보던 리쿠토가 낙관적인 말을 꺼냈다.

"저놈들이 곧장 여기로 오지는 않을 거야. 하이에스의 경로와 이동 거리를 예측하는 프로그램을 짠 놈이 있다고 했잖아. 그런데 그놈이 예측한 지점에 미쿠모야마산은 없었어."

"이, 이노구치는 그런 정보에 놀아나 움직이는 남자가 아니야."

"거기에 놀아나니까 여기 온 거라고. 프로그램은 저 아래 흐르는 야쓰가와강가를 유력한 잠복 장소 중 하나라고 예측했잖아."

리쿠토는 강을 눈으로 흘기며 말을 이었다.

"상당히 뛰어난 프로그램이네. 우리가 지금 있는 장소는 내비게이션에 안 나오는 곳이라 특정되지 않았을 뿐이야. 거의 맞췄다고 봐도 되네."

"그럼 여기 길이 있다는 걸 알아차리는 것도 시간문제잖아."

"언젠가는 그렇겠지. 하지만 강 상류부터 하류까지 다 뒤지고 난 다음의 이야기일 거야. 특히 저 사람은 집념이 강해 보이니 다른 유력한 정보를 얻지 않는 이상 우선 강가부터 뒤질 거야."

논리적인 설득에 확실히 납득이 갔다. 하지만 그렇다고 안심할 수는 없었다. 나는 이노구치의 감이 예리하다는 것을 안다. 내가 도망치려는 낌새를 재빨리 눈치채고 선수를 쳐 철도나 도로에 사람을 매복시킨 인간이다. 간발의 차로 간신히 도망쳤지만 그때 느낀 공포를 떠올리기만 해도 심장이 터질 것 같다. 나는 내게 연애 감정을 품고 마음을 열던 이노구치를 재미 삼아 가지고 놀았다. 체면을 구긴 남자가 나를 용서할 리 없다.

나는 겉모습 따위 신경 쓰지 않고 차를 세워둔 곳까지 기어서 돌아갔다.

"하세베 씨, 저 밑에 있는 강에 야쿠자가 왔어요."

"뭐라고?"

하세베는 눈을 부릅떴다.

"당장이라도 이곳을 떠나는 게 좋겠어요. 하세베 씨, 어쩌죠? 어, 어떻게 좀 해 봐요."

"아무리 애원해도……."

하세베가 보닛을 열어 놓은 차로 눈길을 돌렸을 때 리쿠토와 지요코도 몸을 낮춘 채 다가왔다. 공포에 질린 나머지 소리를 지를 줄 알았던 지요코가 뜻밖에도 당황한 소리를 내지 않았다. 아기를 품에 안고 턱을 바짝 당겼다.

"이렇게 된 이상 어쩔 수 없어. 시간을 되돌릴 수 없으니까. 당신은 남을 속이고 유혹한 못된 여자지만 지금은 아니야. 우리 모두 지금부터 제대로 된 사람이 되는 거야."

궁지에 몰린 상황에서 이런 말을 들으니 초조함과 함께 감정이 올라와 울 것 같았다. 나는 눈물이 나오지 않도록 아랫배에 힘을 주고 어떻게든 정신을 가다듬으려고 집중했다.

하세베가 나를 바라보며 눈썹을 치켜올리고 낮은 목소리로 말했다.

"너를 뒤쫓는 놈에 대해 우리에게 아직 말하지 않은 것이 있다면 말해줘. 이렇게 공포에 떨다니 뭔가 보거나 들은 게 더 있는 거 아냐?"

나는 하세베를 쳐다보며 땀이 흥건한 손을 꽉 쥐었다.

"내, 내가 마을에서 도망칠 때 도와준 사람이 딱 한 명 있었어요. 이노구치와 엮이는 건 위험하다고 몰래 경고해준 사람이었는데 가에데무라가 비정상이라는 것도 가르쳐 줬죠."

"마을 사람이야?"

나는 고개를 살짝 끄덕였다.

"직장 때문에 도쿄에서 오래 산 사람이었는데 코로나 때문에 실적이 나빠져 정리해고 당했다고 들었어요. 그 후 마을로 돌아와 부모님의 농사를 도왔던 사람이었거든요. 그 남자는 이노구치가 내게 집착하는 걸 보고 더는 마음 있는 척하지 말라고 했어요. 무엇보다 이 마을을 떠나야 한다고……."

나는 깡마르고 마음 약해 보이는 남자의 얼굴을 떠올리고는 거칠어지는 호흡을 느꼈다. 마을을 버리고 도시로 나갔지만 결국 돌아올 수밖에 없는 처지가 되어 주변 사람들에게 조롱당하던 남자였다. 그는 마을에 만연한 악의와 음습한 분위기를 누구보다 잘 이해했으며 이곳에서 상식은 통하지 않는다고 진지하게 말했다.

나는 몇 번이고 심호흡을 반복하며 이마의 땀을 거칠게 닦았다.

"마침 마을을 떠날 때라고 생각하던 참이라 나는 시가지까지 쇼핑하러 가는 것처럼 차려입고 마을을 떠나려고 했어요. 그런데 이노구치가 차로 데려다주겠다고 했죠. 그 뒤로 계속 혼자 있을 기회가 없었어요."

"놈이 뭔가 눈치챈 건가?"

"그랬던 것 같아요. 이노구치뿐 아니라 마을 사람들도 나를 감시하는 느낌이 들었어요. 그때 처음으로 다시는 이 마을을 벗어나지 못할 수도 있겠다고 생각했어요. 바보 같지만 진심으로 그렇게 느꼈어요. 아무튼 그 마을은 하나부터 열까지 다 이상했어요."

나는 몸을 부르르 떨며 말을 이었다.

"그때 그 남자가 탈출을 돕겠다고 했어요. 오히간*이 오면 성묘를 가거나 절에서 공양을 드리는 등 바쁘니까 빈틈이 생길 수 있다고. 오히간 밤에 마을 사람들이 모여 술에 취한 사이에 도망쳤어요. 마을 외곽에서 기다리는 그 사람 차를 타고 역까지 갔는데 놈들이 이미 선수를 쳤더라고요."

그때 느낀 온몸을 찌르는 공포감과 나를 도와준 남자의 얼굴이 아직도 자주 떠오른다. 청년단 패거리가 역 앞과 개찰구에서 나를 기다리고 있었고 이노구치는 차 안에서 밖을 살피고 있었다. 마을을 파멸시키려 들어갔다가 오히려 빠져나올 수 없는 덫에 걸린 것이다.

"어, 어떻게 간신히 도망쳤지만 그 사람은 마을 패거리에게 잡혔어요. 나는 말 그대로 그를 희생시켰어요. 나를 도와준 사람의 인생을 망쳐 버린 거예요."

그 후 그가 어떻게 됐는지는 모른다. 본인은 괜찮다며 웃

---

* 춘분과 추분을 중심으로 전후 3일간 총 일주일로, 일 년에 두 번 조상과 죽은 자를 공양하는 일본의 불교 행사.

었지만 괜찮았을 리가 없다. 타인을 농락하는 데 아무 거부감이 없는 나였지만 그 남자의 의연한 얼굴은 뇌리에 달라붙어 떨어지지 않았다. 그리고 이노구치의 정체 모를 무서움은 날마다 잊히지 않았다.

나는 숨이 막혀 기침을 토했다. 세 사람은 차분한 얼굴로 그 모습을 바라봤다. 그때 리쿠토가 담담하게 입을 열었다.

"이제 이 차는 버려요. 어차피 차량 번호도 알려졌고 이대로 차로 도망 다니는 건 무리예요. 야쿠자가 생각했던 것보다 훨씬 위험하네요."

"그렇게 쉽게 말하지 마. 이런 벽지에서 이동 수단을 잃으면 움직일 수 없어. 가뜩이나 노인과 갓난아이까지 있는데."

하세베는 한숨을 내쉬며 하늘을 올려다봤고 도무지 방법이 없다고 말하듯 희끗희끗한 짧은 머리를 마구 긁었다. 이노구치에 대한 이야기를 들을수록 어설픈 방식으로는 도망칠 수 없을 것 같아 불안해하는 모습이었다.

하세베는 울창한 숲을 바라보며 말했다.

"리쿠토가 무슨 생각을 하는지 대강 짐작이 가. 이 미쿠모야마산을 넘어가자는 말이지? 보이스카우트에서 배운 지식을 활용해 살무사나 곰이 있는 위험한 산을 걸어서 빠져나가 도망치자는 말이잖아."

그러자 리쿠토는 놀라서 눈을 끔뻑이며 손을 홰홰 저었다.

"아니거든요. 아무 장비도 없이 이 멤버로 산에 들어갔다가는 틀림없이 죽어요. 그건 나도 사양이거든요. 스카우트 지식이 문제가 아니라 애초에 산으로 가는 게 싫어요. 편하게 도망치고 싶어요."

"너, 태평한 소리를 하는구나. 나쁜 놈들이 코앞까지 닥쳤는데 편하게 도망치고 싶다니, 상황 파악 제대로 한 거 맞아?"

리쿠토는 왼쪽 눈을 비비며 하세베의 얼굴을 쳐다봤다.

"아저씨는 고생한 적 없는 사람은 인정하지 않죠? 편하게 목적지에 도달하는 사람을 경멸하는 사람처럼. 하지만 어차피 결과가 같다면 편한 게 좋죠. 오히려 고생하지 않고 목표를 성취한 사람을 더 칭찬해야 하는 거 아닌가."

"무슨 소리를 하는 거야. 피를 토하도록 고생해야 제 몫을 할 수 있는 거야. 넌 아직 어려서 사회생활을 안 해봤으니 모를 수밖에. 부모 밑에서 먹고 자는 주제에 건방진 소리 마."

"건방진 게 아니라 의견 차이죠. 피 토할 정도로 고생하는 사람은 애초에 방향을 잘못 잡은 거예요. 치명적으로 재능이 없거나. 그런데 융통성이 없으니 가성비 떨어지는 인생을 살 수밖에 없죠."

"너 정말 삐딱한 아이구나."

"아저씨가 너무 고리타분한 거죠. 그야말로 꼰대."

리쿠토가 나서서 싸움을 걸다니 의외였다. 무슨 말을 들어도 뜨뜻미지근하고 남의 일처럼 굴었기 때문이다. 그런데 그런 리쿠토가 지금은 자신의 의견을 분명히 말하고 물러설 생각도 없어 보였다. 점점 다가오는 이노구치를 진심으로 위험하다고 여기기 때문일지도 몰랐다.

리쿠토의 도발에 하세베가 성난 기색이자 지요코가 두 사람 사이에 끼어들었다.

"둘 다 적당히 해. 지금은 그게 중요한 게 아니잖아."

나도 격앙된 감정을 가라앉히도록 타일렀다.

"나도 리쿠토 의견에 찬성이에요. 지금 상황에서 차가 없어지면 힘들겠지만 고칠 수 있을지도 모르는데 여기 계속 발이 묶이는 것도 시간 아까워요."

"하지만 걸어서 산을 빠져나가는 건 무리야."

하세베가 불퉁하게 반박하자 리쿠토가 스마트폰 화면을 모두에게 보여줬다.

"계속 탈출 루트를 생각해 봤는데 차가 없으면 대중교통을 이용할 수밖에 없어요. 어쨌든 야쿠자가 어슬렁거리는 한노에서는 멀어져야죠. 버스 뿐이에요."

리쿠토의 스마트폰 지도에 핀 여러 개가 찍혀 있었다.

"택시도 생각했지만 기사가 우리를 알아보면 신고하겠죠. 그보다 경찰에서 택시회사에 협조 요청을 할 수도 있고."

하세베도 진지한 표정으로 귀를 기울였다.

"버스도 위험하긴 마찬가지지만 승객이 한둘이 아니니 어떻게든 뚫고 나갈 수 있을 것 같아요. 이 근처 지방 버스는 노인만 탄대요. 나이 드신 분들이 인터넷에서 일어난 소동을 실시간으로 파악하고 있지는 않겠죠."

"버스 정류장은 어디인데?"

리쿠토는 지도를 손가락으로 스크롤했다.

"우선은 이 산을 내려가서 20분 정도 더 걸으면 돼요. 도코로자와역이 종점이에요."

"걸어서 못 갈 거리는 아니네. 다만 장거리 이동하면서 문제가 생기지는 않을지……."

하세베는 구깃구깃한 작업복 차림으로 팔짱을 꼈다.

"이 차림으로 사람이 북적이는 곳에 가면 눈에 띌 거야. 가장 곤란한 사람은 어르신이지. 그 나풀거리는 화려한 옷은 누구나 다 돌아볼 거라고."

"카디건 입으면 괜찮아."

지요코는 당당히 말했지만 아무래도 곤란했다. 머리가 지끈거렸다. 선명한 로열 블루 색 맥시 원피스에 반짝이는 카디건을 입고 스팽글이 달린 반짝거리는 힐을 신은 데다 화룡점정은 가짜 샤넬백이었다. 지금 인터넷을 뜨겁게 달군 사건을 아는 사람이라면 한눈에 지요코를 알아볼 터다. 그렇다고 하세베의 낡은 작업복을 입히면 너무 침울한 분위기에 오히려 눈에 띌 것 같았다. 나와 같은 생각인지 리쿠토도 답이 없다는 듯 고개를 저었다.

"지요코 할머니의 옷차림도 답 없지만 아저씨도 문제예요. 유한회사 하세베철공소라는 자수가 가슴과 등에 새겨져 있잖아요."

리쿠토와 하세베가 동시에 으르렁거렸을 때 나는 번뜩 아이디어가 떠올라 손뼉을 쳤다.

"인터넷으로 주문해 보자."

"아니, 그게 무슨 미친 소리야. 이런 데서 어떻게 물건을 받아."

"문 앞에 두고 가는 택배로 주문하면 돼요."

나는 스마트폰으로 시간을 확인했다.

"아직 오전이니까 당일 배송으로 주문하면 돼요. 아슬아슬하게 배송받을 수 있겠어요."

"아니, 잠깐만. 아마존 같은 곳도 그렇지만 문 앞 배송도 받을 장소를 정해야 하잖아. 누가 산이나 길가로 배송해 주겠어."

"응, 나도 알아요. 여기 오는 길에 폐업한 소바집이 있었잖아요. 배송지를 그 집으로 설정하면 돼요. 건물이 있고 거기 사람이 사는지 아닌지 모르니 배송해 줄 거예요."

"역시 잔머리는 알아줘야 한다니까."

리쿠토가 중얼거리며 장소를 검색하자 이미 폐업한 '소바가게 미쿠모암'의 사진과 리뷰가 떴다. 별점 2.7이 제법 현실감 있었다. 리쿠토는 인터넷 쇼핑 사이트에 가입한 뒤 바스락거리며 주머니에 넣어뒀던 지갑에서 신용카드를 꺼냈다.

"너 미성년자인데 어떻게 카드를 가지고 다녀?"

"집 나오기 전에 엄마 지갑에서 꺼내왔어요. 나쓰미 누나의 카드는 사용하지 않는 게 좋을 테고 아저씨 카드는 애초에 정지 상태잖아요."

리쿠토는 물 흐르듯 능숙하게 신용카드 정보를 입력했다. 나는 리쿠토에게 계속 묻지 못한 것을 묻기로 했다. 지금까지는 리쿠토가 묻지 못하게 분위기를 조성했기 때문이다.

"집은 괜찮아? 전화도 안 오는 것 같던데."

"애초에 차단했어요."

리쿠토는 아무렇지 않게 대답했다.

"그러면 실종 신고가 들어간 거 아냐? 부모님이 걱정하실 테니 일이 꽤 커졌을지도 몰라."

"그런 걱정할 필요 없어. 우리 부모는 체면을 중시하는 고지식한 양반들이라 일부러 일을 크게 벌이지 않으니까. 아마 학교에도 성실하게 병결 신고했을 거야. 아들이 자살할 거라고는 꿈에도 생각 못 하는 사람들이니까."

혹시 복잡한 가정일까? 어쩐지 답답한 분위기가 흘렀을 때 리쿠토가 갑자기 화면에서 고개를 들고 말했다.

"아빠가 육상 자위대 중령이고 엄마도 전직 자위대원이에요. 할아버지도 중장이었고. 욕심으로 똘똘 뭉친 육상 자위대 집안이죠. 저도 방위대학교*에 입학해 같은 길을 걸어야 하는데 다 싫어졌어요. 그래서 지금 여기 있고."

"중령이라니 고위 장교네."

하세베가 중얼거리자 리쿠토는 왼쪽 눈을 비비며 고개를 살짝 끄덕였다.

"제복에 바보처럼 배지를 달고 있어요. 그런 걸 좋아하는 양반이니까. 나한테도 억지로 보이스카우트를 시킨 사람이 아빠예요."

"그래 보이스카우트에도 계급이 있지. 나도 자세히 들었어, 스카우트 기능장이니 하는 거."

"나는 스카우트 기능장**을 전부 가지고 있어요. 후지스카우트장까지."

"잠깐. 후지장이라고? 별것 아닌 듯 말하지만 그건 엄청난 엘리트라는 증거잖아."

내가 고개를 갸우뚱하자 하세베가 팔짱을 끼며 다리를 벌리고 섰다.

"은둔형 외톨이 조카 때문에 알게 됐거든. 스카우트는 계급이 엄격한 조직인데 후지장은 고등학생이 받을 수 있는

---

*   자위대 간부를 양성하는 학교.
** 실천 과정을 정하고 대원이 해당 과정을 이수하여 일정 수준에 도달했다고 인정하면 수여하는 기장.

장 중에 가장 높은 장이야. 여하튼 따기 매우 어려운 장이야."

"따 봤자 별것도 없어요. 안 해도 되는 고생이나 실컷 했지. 스카우트 안에서나 통하는 자랑거리고."

리쿠토가 싸늘하게 대답했지만 하세베는 고개를 저었다.

"부모님도 고위직이시고 너희 집은 부자잖아? 그렇지 않으면 스카우트에서 상위 계급이 되기 어렵다던데. 총리 관저나 황궁에도 갔을 거야. 상위 계급은 그런 자리에도 얼굴을 내민다고 들었거든. 요인이나 정재계와 인맥을 쌓을 수 있대."

"아저씨, 그런 인맥은 아무 도움도 안 돼요."

리쿠토는 표정 없는 얼굴로 하세베를 쳐다봤다.

"윗사람들한테 순종하고 절대로 배신하지 않는 기계. 어른들의 사정에 맞게 확실하게 움직일 수 있는 아이는 우수하고 장래가 유망해 보이죠. 실제로는 주체성 없는 쓰레기인데. 나도 그렇게 살아왔고 그게 더 편했어요. 시키는 대로만 하면 되니까."

"그래서 지쳐서 죽고 싶어졌어?"

나는 솔직하게 물었지만 리쿠토는 고개를 움츠렸다.

"타성에 젖어 살아온 대가가 돌아왔어."

"무슨 똥폼을 잡고 있어. 가지가지 하는 꼬마군."

하세베가 콧방귀를 뀌었다.

"사춘기 아이들은 흔히들 쉬운 일을 어렵게 생각하고 떠들어대지. 아니면 바보라서 귀찮은 일에 발을 담갔다가 이러지도 저러지도 못하거나. 그러다가 결국 죽고 싶다고 징징거리기나 하고, 참나."

"아니, 아이는 부모가 해결해 줄 수 없는 상황에 처하는 경우도 많잖아요. 학교폭력 문제도 심각하고."

내가 끼어들었지만 하세베는 흥 하고 비웃었다.

"그건 나도 알지. 하지만 이 녀석은 아니잖아. 별것 아닌 척하지만 사실 익숙하지 않은 거야. 너, 너무 진지하게 몰두했다가 난관에 부딪혔지? 엘리트로 살아왔으니 단 한 번의 좌절도 받아들이지 못한 거 아냐?"

그 말을 듣는 순간 리쿠토의 얼굴이 약간 굳었다. 정곡을 찌른 것이다. 그리고 평소 설교하기를 좋아하는 성미에 불이 붙은 듯 하세베는 말이 많아졌다.

"나나 어르신을 봐봐. 이제 죽을 수밖에 없는 지경에 몰렸잖아. 그래도 꼴사납게 발버둥 치고 있어. 답 없는 인생이지만 아직 살고 싶으니까. 그런데 넌 어떠냐? 풍족한 환경에서 자란 주제에 절망했다고? 지나가던 개가 웃겠네."

아기를 품에 안은 지요코는 안절부절못하며 하세베와 리쿠토를 번갈아 살피면서 싸움이 나면 말리라고 내게 눈짓했다. 그러나 싸움으로 번지지는 않으리라 직감적으로 알았다. 둘 사이에 신뢰가 싹트기도 했지만 무엇보다 죽음에서 멀어진 지금 상황 때문이었다. 살기 위해, 그리고 살리기 위해 동분서주하는 상황이니 죽고 싶다는 생각은 희미하게 사라지기 직전이었다.

리쿠토는 자못 귀찮다는 듯 가늘고 긴 숨을 내쉬었다.

"아저씨 진짜 귀찮은 사람이네요. 맨날 잔소리하는 어른들은 대체로 짜증 나지만 아저씨는 다른 의미로 짜증 나요. 보통 남의 일 따위 어떻게 되든 알 바 아니라고 생각하잖아요."

"넌 어떤데? 생면부지의 아기를 살리려고 죽을힘을 다하고 있잖아."

그 말을 들은 리쿠토는 쓴웃음을 지었다.

"그거랑 이거는 다른 것 같은데요."

"과연 다를까? 지금이니까 하는 말이지만 나는 도중부터 너와 나쓰미가 있어서 안심됐어. 화는 나지만 너희가 우리를 죽이지 않으리라 확신했으니까."

그 말을 듣자마자 리쿠토의 뺨이 붉어지고 당황한 듯 외면했다.

"갑자기 무슨 쪽팔리는 소리예요. 이런 분위기 정말 싫어."

짧은 대화 속에서도 리쿠토가 자라온 환경이 눈에 보이는 듯했다. 사회적 지위가 높은 엄격한 가족과 풍족하게 자랐지만 장래가 정해진 아이. 그 현실에 답답함과 의문을 느끼다 못해 결국 모든 것을 내던지기로 작정했을까? 어쩐지 정신연령이 높은 리쿠토와 어울리지 않았지만 감수성이 풍부

한 시기이니 그럴 수도 있겠다.

리쿠토는 분위기를 바꾸듯 헛기침을 하고 스마트폰을 내밀었다. 얼른 주문하라는 뜻 같았다. 나는 상품을 대강 훑어봤다.

"지요코 씨의 옷은 누가 봐도 노인처럼 수수한 옷으로 주문할게요."

"왜?"

지요코가 곧바로 흥분해 물었다.

"나는 예쁜 색 옷만 입어. 칙칙한 색을 입으면 안색이 안 좋아 보여서 늙어 보인다고."

"차라리 늙어 보이는 게 낫죠. 인터넷에 올라온 지요코 씨의 사진은 화장하고 찍어서 모두 화사해 보이잖아요. 그러니까 그 반대 이미지를 만드는 거예요. 지팡이를 짚고 노인 돌봄 서비스를 받으러 다니는 할머니처럼."

지요코가 불만스러워했지만 아랑곳하지 않고 베이지색 바지와 갈색 카디건 등 무난한 옷을 장바구니에 넣었다.

"하세베 씨는 말쑥해야 인상이 달라 보여요. 패션 안경과 모자, 삼베 재질 재킷으로 지식인 느낌을 내죠."

"그건 내가 지식인과 거리가 멀다는 뜻인가?"

"네. 마스크로 얼굴을 가릴 수 있으니 전체적인 인상을 바꾸면 사람들이 못 알아볼 거예요."

하세베도 불만스러운 듯 부루퉁해졌다.

"너는?"

"나는 사부로의 엄마로 변장할 거예요. 아기띠를 하고 애를 데리고 있으면 자연스러우니까. 내가 가진 안경을 쓰고 헤어 스타일을 바꾸면 괜찮을 것 같아요. 리쿠토는 얼굴을 안 들켰으니까 그대로 있어도 돼. 뭐 원하는 거 있어?"

"혹시 모르니까 보조 배터리. 시내로 나가기만 하면 나는 물건을 사러 평범하게 돌아다닐 수 있으니까."

나는 장바구니에 담은 상품을 확인하고 당일 배송으로 지정해 결제했다.

6

"걸어서 하산하는 데 약 한 시간은 걸려. 빨리 출발하는 게 좋겠어."

하세베의 말에 일제히 고개를 끄덕였다. 우리는 서둘러 점심을 먹고 아기의 기저귀를 갈고 우유를 먹였다. 짐은 최소한 줄였지만 하세베는 애착이 있는지 공구 상자를 들고 가고 싶어 했다. 하지만 그것만 해도 벌써 5킬로그램이 넘기 때문에 포기할 수밖에 없었다.

기분 탓인지 더러워진 하이에스를 어루만지는 하세베의 눈이 촉촉해진 것 같았다. 일터에서 매일 사용했을 테니 우리와 비교도 할 수 없을 정도로 떠나기 힘들 것이다. 지요코는 하세베의 뒷모습을 보며 눈물을 글썽였다. 모두가 잠시 숙연하게 입을 다물었다.

"자, 갈까?"

하세베가 감정을 정리하고 돌아봤을 때 나는 뒷좌석 밑에 손을 뻗고 있었다. 두 번 접은 메모지를 좌석 밑에 숨겼다.

"뭐 해?"

"버스 시간을 메모한 종이예요. 야마나시까지 가는 경로를 적어 놨어요."

그 말을 들은 리쿠토가 크게 웃었다.

"야쿠자를 속이려고?"

"만약 저 사람들이 이 차를 발견하면 우리가 야마나시로 가고 있다고 생각하겠지. 아니, 그렇게 생각해 줬으면 좋겠어."

"부적이냐고."

리쿠토가 놀렸다. 하세베는 반쯤 어이없다는 표정을 짓다가 지요코에게 아기를 받아들고 리쿠토에게 건넸다.

"이 녀석은 네가 안고 내려가. 아직 목을 가누지 못하니 조심하고."

리쿠토가 고개를 끄덕이며 목욕 수건에 싸인 아기를 받아들자 하세베는 다시 지요코를 향해 돌아섰다.

"어르신은 내가 업고 갈게."

"나는 괜찮아. 다리 힘도 좋은 편이고 여긴 경사가 급하지도 않으니까."

"안 돼. 그렇게 큰 장화를 신고 어떻게 제대로 걸어. 택배 수령이나 버스 시간 등 여러 가지로 바빠. 시간이 많지 않아."

지요코는 짐이 되기 싫다는 마음이 강했지만 뒤처지지 않도록 걸을 수 없었다. 결국 모두의 설득에 하세베의 넓은 등에 업혔다. 내가 지요코의 짐까지 안은 뒤 네 사람은 절벽 밑에서 모습이 보이지 않도록 조심하며 산길을 조용히 내려갔다.

이 길을 차로 달릴 때는 30분도 걸리지 않았던 것 같은데 걸어서 내려가니 한 시간이 지나도 출구가 보이지 않았다. 비포장 길인 탓도 있지만 차로 마구 쓰러뜨리며 헤치고 올라갔던 키 큰 참억새가 길을 막았다. 시야를 방해하는 데다 한쪽은 절벽이고 땅이 질퍽거리기까지 하니 발이 묶여 마음대로 걸을 수 없었다. 그리고 가장 큰 문제는 이노구치라는 존재였다. 여기서 그리 멀지 않은 곳에 그가 있다는 생각만으로도 무서워서 몸이 굳었다.

리쿠토에게 안긴 아기는 빨래 망으로 푹 덮여 있어 각다귀의 공격에서 자유로웠다. 온갖 불쾌감이 모인 듯한 이런 환경에서도 씨근씨근 잠든 모습을 보면 완전히 안심한 듯했다.

그때 앞에서 하세베의 고함이 들려 퍼뜩 고개를 들었다. 지요코도 히익 소리를 내며 하세베의 등에 바싹 매달렸다. 하세베는 왼손으로 참억새와 잡초를 거칠게 움켜잡고 어깨를 들썩이며 숨을 몰아쉬었다.

"왜, 무슨 일이에요?"

심상치 않은 기색에 다가가려고 하자 하세베가 소리쳤다.

"움직이지 마! ……바로 옆이 낭떠러지야. 넝쿨을 밟는 바람에 절벽으로 굴러떨어질 뻔했어."

나는 곧바로 벼랑으로 시선을 돌렸다. 빽빽하게 자란 참억새 말고도 넝쿨이 얽혀 있어 어디부터 어디까지가 땅인지 전혀 알 수 없었다. 하세베는 숨을 헐떡이며 자세를 가다듬은 뒤 등에 바짝 매달린 지요코를 다시 업었다.

"이 잡초 때문에 길 폭이 어느 정도인지 감이 안 와. 이 주변은 길이 극단적으로 좁아지거든. 방심하다가는 순식간에 저승행이니까 조심해."

나는 소름이 끼쳐서 어깨를 들썩였다. 지금 와서 생각하면 한밤중에 용케도 이렇게 위험한 길을 차로 달렸다 싶었다. 조금이라도 운전대를 잘못 돌려서 지금쯤 모두 죽었다고 해도 이상하지 않았다.

나는 깊게 숨을 들이마신 뒤 줄 맨 뒤로 돌아갔다.

"지금 몇 시야?"

"1시 지났어."

곧바로 대답이 돌아왔다. 버스 출발 시각은 4시 15분이고 그전에 주문한 물건이 도착할 예정이다. 곧 출구에 도착한다고 치면 국도로 나가 버스 정류장까지 2,30분 정도 더 가야 한다. 시간은 충분하지만 문제는 배송이었다. 발밑을 조심하며 걸으면서 조바심이 났다. 물건이 훨씬 늦게 도착하면 버스를 놓쳐 내일 아침까지 기다려야 한다. 이 지역에 오래 머물수록 이노구치의 눈에 띌 가능성도 커졌다. 어떻게든 오늘 안에 이곳을 떠나고 싶었다.

그렇게 아무도 입을 열지 않고 묵묵히 다리를 움직였다. 습도가 높아서 견디기 힘들 정도로 무더웠고 땀이 멈추지 않고 쏟아졌다. 세 사람은 종종 페트병을 꺼내 물을 마셨고 발밑을 확인하며 조심스럽게 걸었다.

그때 리쿠토가 조심스럽게 아기를 내게 맡긴 귀 허리를 숙여 잡초를 헤치기 시작했다. 그리고 낭떠러지 밑을 살핀 뒤 되돌아왔다.

"사람은 안 보이지만 강 건너편에 검은색 토요타 프리우스가 있어. 역시 이 근처를 샅샅이 뒤질 작정인가 봐. 분명 가까이에 있을 거야."

나는 긴장하며 숨을 들이마셨다. 사각지대인 바로 이 아래에 이노구치가 있다고 해도 이상하지 않았다. 리쿠토의 말을 듣고 있던 하세베는 허리를 약간 굽혀 걸음을 재촉했다.

"좋았어, 보인다. 출구다."

전방으로 고개를 돌리니 고목이 옆으로 쓰러져 있는 모습이 보였다. 그저께 밤에 리쿠토가 추격자의 눈을 피하려고 길을 막아둔 장치였다. 드디어 여기까지 왔다. 다시 물을 머금었을 때 리쿠토가 뒤돌아섰다.

"이 녀석 좀 다시 안고 있어 줘. 상황을 살피고 올게."

리쿠토는 그렇게 말하자마자 잡초가 무성한 길을 나가 국도 쪽으로 돌아 걸어갔다. 잠시 후 출구 부근에서 이쪽으로 오라고 몸짓하자 하세베를 선두로 우리는 겨우 국도로 나왔다. 좁은 이차선 도로는 산을 가로지르듯 나 있었고 아스팔트가 오래되어 갈라져 그 사이로 토끼풀이 자라고 있었다. 대낮인데도 쥐 죽은 듯 조용했고 오가는 차도 전혀 없었다. 언덕 내리막길을 따라 내려가자마자 문을 닫은 소바 가게 간판이 조그맣게 보였다.

리쿠토가 길 끝으로 고개를 돌리며 입을 열었다.

"차로 강변까지 내려가는 길은 다리를 한참 건너가야 해서 야쿠자가 지금 당장 이쪽으로 올 것 같지는 않아요. 서두르는 게 좋겠어요."

"외길이라 숨을 곳이 없네. 차가 오지 않기를 바랄 수밖에. 아무튼 단번에 소바집까지 간다."

하세베가 고개를 흔들어 멈추지 않는 땀을 털어내며 나와 리쿠토에게 눈짓했다.

"미안하네. 무겁지?"

지요코가 하세베의 등에서 민망한 표정을 지었지만 하세베는 히죽 웃었다.

"나는 철공소에서 오래 일했어. 어르신 한 명 업는 건 아무렵지도 않다고."

하세베는 그렇게 말하자마자 성큼성큼 걸음을 옮겼다. 가파른 아스팔트 내리막길을 박차며 달렸다. 나도 아기를 리쿠토에게 맡기고 양손에 짐을 든 채 힘차게 출발했다. 갑자기 숨이 차오르고 다리가 엉켜 아무런 장애물도 없는 길에서 고꾸라질 것 같았다. 마음은 급한데 긴장과 공포로 몸이 말을 듣지 않아 마치 꿈속을 달리는 기분이었다. 뻣뻣하게 굳은 다리로 부자연스럽게 달리는데 뒤에서 익숙한 목소리가 들렸다.

"몸에 힘이 너무 많이 들어갔어. 즐거운 일이라고 생각해 봐."

"이, 이런 상황에서?"

"누나는 뭘 좋아해?"

리쿠토는 변함없이 긴장감 없는 목소리로 물었다. 나는 앞만 바라본 채 달리다가 이내 머릿속에 떠오른 것을 거친 숨과 함께 토해냈다.

"……타피오카*."

뒤에서 리쿠토의 진지한 목소리가 들렸다.

"벌써 유행 끝난 지가 언젠데. 설마 야쿠자한테 쫓기느라 몰랐나?"

---

* 카사바의 뿌리에서 채취한 식용 녹말. 주로 버블 티 등 디저트에 사용된다.

"그냥 순수하게 좋아하는 거야."

바보 같은 대화를 주고받는 사이에 허름한 소바 가게에 도착했다. 리쿠토는 이런 면이 있다. 부지불식간에 사람의 마음을 편하게 해주는 재주. 의도한 행동인지는 모르지만 지금까지 여러 번 구원받았다.

우리가 주변을 살피며 소바 가게 뒤쪽으로 돌아가자 먼저 도착한 하세베와 지요코가 땅바닥에 주저앉아 쉬고 있었다. 특히 하세베는 물벼락이라도 맞았나 싶을 정도로 온몸이 땀에 젖었고 얼굴이 몹시 창백했다.

"하, 하세베 씨, 괜찮아요?"

나는 몸을 기역자로 구부리고 거친 숨을 몰아쉬며 물었다. 하세베는 손을 저으며 괜찮다는 표시를 했지만 체력이 고갈된 것은 분명했다. 그럴 만도 했다. 지요코를 업고 한 시간이 넘도록 험한 산길을 내려왔으니. 급기야 전력으로 달릴 수밖에 없었으니 몸이 비명을 지르는 것이다.

나는 양손에 든 짐 안에서 에너지 보충 음료를 꺼내 하세베에게 내밀었다.

"당장 마셔요. 제대로 먹지도 못한 데다 혈당이 떨어져서 그런 것 같아요."

"됐어. 좀 쉬면 괜찮아져."

"그냥 마셔요. 하세베 씨가 쓰러지면 곤란하니까."

나는 하세베의 손에 음료를 쥐여준 뒤 나머지 음료도 꺼내 리쿠토와 지요코에게 건넸다.

"들고 다니기 무거우니까 음식은 먹어서 없애요."

모두 말없이 고개를 끄덕이고는 쓰레기가 쌓여 있는 가게 뒤에서 빵과 과자 등을 기계적으로 삼켰다. 리쿠토는 한 손에 스마트폰을 들고 주문한 물건의 배송 상태를 조회했다.

"출고는 됐어요. 5시까지 도착 예정인데 버스 시간이 4시 15분이라서……."

"이제 운에 맡겨야 하나."

위에 음식물이 들어가서인지 하세베의 안색이 많이 좋아졌다.

"시간은 여유 있지만 물건이 오지 않으면 여기에 발이 묶여."

"아슬아슬하게 도착한다고 해도 여기서 버스 정류장까지 10분은 더 걸어가야 하잖아요. 옷 갈아입을 시간까지 고려하면 여유롭지도 않아요."

리쿠토의 지적에 지요코의 얼굴에 불안감이 드러났다.

"그 버스가 막차지? 그러면 여기서 하룻밤을 더 지새울 수밖에 없나?"

"그렇죠. 그런데 오늘 밤에 비 예보가 있어요. 게다가 제법 쏟아진다고."

"최악이네……."

나는 중얼거리며 말을 이었다.

"어떻게 밤을 보낸다고 해도 아침 시간대 버스는 안 타는 게 좋아요. 학생들이 제법 있을 테고 지금 인터넷에 난리가 난 사건을 모를 리 없으니. 그러면 또 이 시간까지 기다려야 해요. 버스가 하루에 두 대뿐이라."

"이럴 거면 차라리 하룻밤 더 차에 있는 편이 낫지 않았을까?"

지요코가 견딜 수 없다는 듯 말했지만 리쿠토가 고개를 저었다.

"폭우가 쏟아진 뒤 산길은 위험해요. 특히 저런 길은 빗물이 강처럼 만들어져서 위에서부터 흐르죠. 그러면 이틀 사흘은 못 움직여요."

"그래서 탈출을 서둘렀구나."

하세베가 앓는 소리를 냈다.

"비가 문제이기도 했지만 그게 아니라도 일 초라도 빨리 이 근처를 벗어나고 싶었어요. 야쿠자를 코앞에 둔 접근전이라니 장난이 아니니까."

리쿠토의 말이 맞았다. 어떻게든 오늘 안에 떠나고 싶었다.

그 사이에도 시간은 흘렀고 우리는 숨을 죽이고 택배가 도착하기를 기다렸다. 그러나 3시 30분이 지나도록 물건이 도착할 기미가 보이지 않았고 마침내 3시 45분이 지나고 말았다. 리쿠토는 스마트폰을 노려보면서 입을 열었다.

"알림 내용으로는 아까 거의 도착한 상태인데 거기서 멈쳤어요. 55분이 데드라인인데. 그 안에 오지 않으면 내일까지 여기 있어야 해요."

모두 피로가 극에 달했고 여기 머무는 상황만큼은 피하고 싶었다.

네 사람이 기도하는 심정으로 침묵할 때 바람이 나무를 흔드는 소리에 작은 엔진 소리가 섞여 귓가에 닿았다. 언덕길을 힘겹게 올라오는 모터 소리가 들렸다. 건물 뒤에서 도로 쪽을 살피니 허옇고 작은 원박스카가 언덕을 올라오고 있었다. 네 사람은 택배기사이기를 바라며 숨을 죽였다가 건물 앞에서 브레이크를 밟은 소리가 들리자 기쁜 나머지 함박웃음을 지었다.

그런데 가게 외관을 본 택배기사는 어리둥절했다. 당연하지만 아무리 봐도 영업하는 가게가 아니니 장난 주문일까 의심하는 듯했다. 나가서 물건을 받아야 할까? 나는 신중하게 상황을 살폈다. 여기서 택배기사가 짐을 도로 가져가면 본전도 못 찾는 데다 무엇보다 이렇게 기다리는 시간이 아까웠다.

가자. 엉거주춤하게 일어섰을 때 하세베가 순간 내 팔을 잡았다. 가지 말라는 듯 고개를 흔들었다.

하지만 이제 시간이 없잖아요.

내가 몸짓으로 전달했을 때 차 문이 열리고 짐을 꺼내는 소리가 났다. 가게 옆에 상자를 놓은 듯했다. 그리고 유턴해서 떠나는 엔진 소리가 들리자마자 리쿠토의 스마트폰에 배송 완료 알림이 떴다.

"아따, 심장 멎는 줄 알았네……."

하세베가 이마의 땀을 훔치며 곧바로 건물 앞으로 나가 상자를 들고 왔다. 리쿠토가 상자 테이프를 뜯는데 하세베가 짐을 내려놓으며 말했다.

"이미 카드 결제했으니 물건을 도로 가져갈 리 없지. 쓸데없는 일을 벌이는 것보다 지정된 장소에 물건을 두고 빨리 돌아가는 게 더 현명하니까."

"그렇긴 하지만 만약 들고 돌아갔으면 큰일 날 뻔했어요."

"네가 나가면 더 큰일 날 뻔했어. 그 택배기사가 인터넷에 올리지 말란 법 없잖아."

들고 보니 맞는 말이었다. 내가 마음만 앞서거나 오판할 뻔할 때 반드시 누군가가 만류해 준다. 지금까지 살던 삶에는 없던 환경이 이곳에 있고 이렇게나 든든하다. 처음 맛보는 유대감이었다.

우리는 서둘러 상자를 열고 옷을 갈아입었다. 하세베는 금세 멋스러운 초로의 남성으로 변해서 더러운 작업복 차림일 때와 크게 달라졌다. 지요코는 수수한 할머니로 완벽하게 변신했다. 눈에 띄지 않는 베이지색으로 몸을 감싼 노인다운 실루엣에 핸드 카트. 거기에 꽃무늬 지팡이를 짚자 화제의 주인공과는 무관한 조용한 노인이었다.

지요코는 자신의 복장을 내려다보며 불만스러운 듯 입술이 부루퉁해졌다.

"죄수 같은 노란 옷이네. 노인을 노인으로만 보이게 하려는 제작자의 악의가 엿보이는 옷이야. 도대체 누가 이런 흉한 옷을 사는 거야?"

"후기가 5백 건이나 달린 나름 인기 상품이에요."

지요코는 이해할 수 없다는 표정을 지으면서도 긴 머리를 하나로 묶어 노인 느낌을 조금 더 강조했다. 나도 후드가 달린 회색 원피스로 갈아입고 서둘러 머리를 땋았다. 그리고 아기띠를 멨다. 딱 가슴팍에 아기가 고정되자 뭐라고 표현할 수 없는 기분이었다. 조카조차 안아본 적 없는데 옆에서 보면 자기 자식을 품에 안은 어머니로 보였다. 사부로는 안긴 자세가 바뀐 것을 느꼈는지 팔다리를 움직이며 옹알이하고 내 눈을 똑바로 올려다봤다.

리쿠토는 송장을 떼어내 택배 상자를 해체한 뒤 소바 가게의 부엌문 근처에 있는 플라스틱 맥주 상자 뒤에 밀어 넣었다. 그러고는 곧바로 시간을 확인했다.

"벌써 4시가 다 됐어요. 나는 먼저 출발할 테니 아저씨와 지요코 할머니도 서둘러 와요."

지체하지 않고 뛰어가는 리쿠토의 뒤를 이어 나도 안경과 마스크를 쓰고 서둘러 출발했다. 아기의 기분이 유난히 좋아 보이는데 아기띠로 단단히 고정한 덕분일까? 나는 무의식중에 아기의 포동포동한 다리를 만지며 그 보드라운 감촉을 반쯤 즐기면서 걸음을 옮겼다.

서쪽 하늘에 쥐색 구름이 끼며 점점 어두워졌다. 비가 예보보다 빨리 내릴 것 같다. 리쿠토는 이미 다리 앞에 있는 버스 정류장에 도착에 무심한 척 주위를 둘러보며 살폈다. 이노구치는 불과 몇백 미터 앞에 있으리라. 날씨가 심상치 않아져서 당장이라도 수색을 끝내고 차를 몰고 올 수도 있다.

나는 아기의 무게와 체온을 느끼며 걷다가 뒤를 돌아봤다. 이미 거리가 상당히 벌어졌다. 지팡이를 짚은 지요코를 하세베가 부축하는 자세로 걸으며 두 사람은 어떻게든 버스 출발 시간 전에 도착하려고 애를 썼다.

그 순간 오르막길 너머로 모습을 드러낸 검은색과 흰색 자동차를 보며 나도 모르게 숨을 삼켰다.

경찰차다.

차는 마치 미끄러지듯 소리 없이 달려 두 사람 옆을 지나치려고 했다.

제발 그대로 지나쳐······.

나는 입속으로 중얼거렸다. 하지만 필사적인 기도가 허무하게 경찰차는 속도를 줄여 두 사람 앞에 멈췄다.

맙소사······.

순식간에 온몸에 땀이 솟구쳤고 체포된다는 공포에 사로

잡혀 걸음을 멈출 뻔했다. 그런데······.

"계속 걸어!"

리쿠토의 목소리에 퍼뜩 정신을 차리고 아기를 껴안듯 팔을 둘렀다.

어색하게 억지로 몸을 틀며 고개를 푹 숙이고 한 걸음 내디뎠다. 뒤에서는 하세베가 경찰에게 왜 그러냐고 하면서 필사적으로 빠져나오려고 했다. 그럼에도 "두 분, 신분증 좀 보여주시죠"라는 경찰의 목소리가 들렸고 나는 가슴이 짓눌린 것처럼 아팠다.

뒤를 돌아보고 싶은 충동을 간신히 참아내며 오로지 리쿠토가 있는 버스 정류장만 바라보며 겨우 걸음을 옮겼다. 범죄 조직이 피해 신고와 실종자 신고를 했다는 동영상 속 주장은 사실이었고 신고를 접수한 경찰은 우리를 참고인으로 찾고 있었다. 조금만 더, 앞으로 가면 이 지역을 떠날 수 있었는데 지금 벌어진 사태를 예측조차 못 했다. 아니, 어리석을 정도로 경찰을 만만하게 본 것이다.

아기를 안고 가까스로 버스 정류장에 도착하자 리쿠토는 경찰이 볼 수 없도록 방패처럼 나와 아기를 가로막고 섰다. 지금껏 본 적 없을 정도로 험악한 얼굴이었다. 분노와 공포, 불안과 자책이 한데 뒤엉킨 가운데 입술을 꾹 다물고 있었다.

"아저씨와 지요코 할머니는 여기서 끝이야."

귀로 날아든 말에서 어마어마한 충격이 느껴졌다. 게다가 리쿠토가 믿기 어려운 말을 했다.

"지금 아저씨가 날뛰다가 경찰에게 진압당했어."

"그, 그게 사실이야?"

"지요코 할머니도 지팡이를 휘두르다가 붙잡혔어. 아마 둘이서 일부러 소란을 피워 경찰의 발을 묶으려는 것 같아. 경찰이 우리를 놓치도록."

 울고 싶어졌다. 이렇게나 안타까운 감정을 느껴본 적 없다. 이틀 전 처음 만난 하세베와 지요코는 마음이 맞지 않는 데다 전혀 이해할 수 없는 부류의 사람들이었다. 집단 자살이라는 계기가 없었다면 평생 엮이지 않고 눈도 마주치지 않았을 터였다. 하지만 돕고 싶었다. 리쿠토도 사부로도, 같은 시간을 함께한 다섯 사람은 이유를 알 수 없을 정도로 서로에게 소중한 존재가 됐다.

 한꺼번에 밀려오는 감정을 제어하지 못해 허둥댈 때 우리 앞에서 공기를 힘차게 뿜어내는 에어브레이크 소리가 났다. 야속하게도 그토록 애타게 기다리던 버스가 도착했다. 문이 열린 순간 뒤를 쳐다봤더니 항복을 뜻하듯 두 손을 든 하세베가 티 나지 않게 치켜세운 엄지손가락이 보였다. 그 옆에서 지요코는 몇 번이나 크게 고개를 끄덕이고 있었다. 나는 간신히 고개를 돌려 이를 악물며 버스에 올라탔다.

제4장

유사 가족

1

 멍하니 버스에 몸을 맡기고 반쯤 습관처럼 가토 마도카에게 전화를 걸었다. 밤에 다시 걸겠다는 뜻을 전한 뒤 일방적으로 통화를 끝냈다.
 버스를 탄 지 한 시간이 지나자 창밖 풍경도 시시각각 변했다. 그토록 주변을 압박하던 암녹색 산들이 사라지고 길이 나타나면서 주택 밀집지가 펼쳐졌다. 거리를 달리는 차도 점점 늘어났고 도코로자와역 주변은 놀라울 정도로 붐볐다.
 이제 이 인파에 뛰어들어야 하지만 전혀 두렵지 않았다. 나는 곤히 잠든 아기를 바라본 뒤 떨어진 좌석에 앉아 있는 리쿠토에게 시선을 옮겼다. 귀에 이어폰을 꽂은 채 물끄러미 창밖을 바라보는 리쿠토의 얼굴에는 처음 만났을 때처럼 표정도 감정도 없었다. 버스 안내방송이 흘러나오자 리쿠토는 이어폰을 빼고 살짝 뒤돌아 내게 눈짓했다.

버스는 역 로터리로 들어가 섰고 승객이 차례차례 요금을 내며 내렸다. 우리는 제일 마지막에 말없이 요금을 내고 하차했다. 의외로 시내의 번잡함이 크게 느껴졌다. 고요에 익숙해졌던 귀가 놀랐다는 사실을 깨달았다. 비교적 인적이 드문 구석으로 이동해 리쿠토는 짐을 화단 앞에 내려놓았다.

"아까 버스에서 역 뒤에 있는 비즈니스호텔을 예약했어. 일단 거기로 가서 마음을 가라앉히자."

나는 어수선하고 더러운 역 앞 거리로 시선을 돌렸다. 5시 30분을 지나는 시간이라 하교하는 학생들로 붐볐다. 모두 한 손에 스마트폰을 들고 친구들과 수다를 떨고 있었는데 그 모습을 보고도 위기감을 느끼지 않는 자신을 발견했다. 아무리 치밀한 계획을 세워도 막상 발견될 때는 놀라울 정도로 어이없게 발견된다. 이미 운이 따르지 않고 암울한 상황으로 걸어가고 있는 현실이 뼈저리게 느껴졌다.

리쿠토의 뒤를 따라 사람들로 북적이는 곳을 걷기 시작했다. 파출소 앞에는 험상궂게 생긴 경찰관이 행인들을 멍하니 시야에 담고 있었다. 리쿠토와 간격을 두고 역 뒤 비즈니스호텔에 체크인했다. 카드키를 찍고 방에 들어가는 순간 온몸에 힘이 빠져 휘청거렸다.

리쿠토가 서둘러 충전기 코드를 콘센트에 꽂은 후 트윈 침대에 몸을 던졌다.

"드디어 문명 사회로 돌아왔어. 이대로 열두 시간은 잘 수 있을 것 같아."

눈을 감고 정말로 잠들려는 리쿠토를 내려다봤다.

"이제 어떡하지?"

내가 오랜만에 소리를 내자 리쿠토는 실눈을 뜨고 창문을 바라봤다. 어느새 굵은 빗방울이 떨어지고 있어 해 질 녘으로 향하는 시내가 몹시 을씨년스러웠다. 나는 마스크를 벗고 아기를 침대에 내려놓은 뒤 다시 물었다.

"어떡하지?"

"글쎄."

리쿠토는 몸을 뒹굴어 돌아봤다.

"아저씨와 할머니가 얼마나 붙잡혀 있을지는 모르겠지만 서로 번호를 교환하지 않았으니 풀려나도 연락할 수 없는 상황이야. 앞으로 합류할 수 없다고 보는 게 맞겠지."

나는 욕조에 뜨거운 물을 받고 이틀 전보다 옹알이가 훨씬 늘어난 아기의 옷을 벗겼다.

"우선 아기부터 목욕시키자. 안고 다녀서 땀이 많이 나는 바람에 목에 땀띠가 생겼어. 우유를 먹이기 전에 씻기는 게 좋겠어."

그러자 리쿠토가 반동을 이용해 몸을 일으키더니 체크 셔츠를 벗고 천천히 청바지를 내렸다.

"잘 알겠지만 그런 뜻 아니야."

"알아. 한 명이 욕조에 들어가지 않으면 아기를 씻기기 힘들잖아."

나는 아기를 욕조에 넣었다. 물 온도를 확인한 리쿠토는 욕조로 들어가 엉거주춤한 자세로 아기를 안았다. 그리고 조금씩 물에 담그자 아기가 눈을 동그랗게 뜨고 팔다리를 파닥거렸다. 수건으로 몸을 닦으려고 해도 아기가 가만히 있지 않아 리쿠토는 속옷이 더운물에 잠길 정도였다. 리쿠토는 이미 포기했다는 듯 욕조에 털썩 주저앉았다.

"너, 말이 많아졌구나. '아'나 '우'밖에 못하더니 이제는 좀 더 긴 소리를 내네."

리쿠토는 아기의 얼굴을 마주 보며 익살스러운 표정으로 입술을 삐죽 내밀었다. 그런 평온한 광경을 보자 감정이 격해져서 갑자기 눈물이 쏟아졌다. 스스로도 놀랄 따름이었다. 급히 닦았지만 두 사람의 모습을 보는 사이에 눈물은 계속 흘렀고 급기야 울음소리마저 새어 나왔다. 나는 따뜻한 물로 아기의 팔다리를 깨끗이 닦으면서도 쏟아지는 눈물에 속수무책이었다.

"지, 지요코 씨가 있었더라면 목욕도 훨씬 수월했을 텐데."

나는 코를 훌쩍이며 눈물이 흐르도록 내버려 뒀다.

"어, 어째서 이렇게 타격을 입었지? 다른 사람 따위, 아무렇지도 않게 자, 잘라내면서 살았는데. 누가 죽든 말든 며, 몇 분 만에 잊어버리는 사람이었는데."

나는 흐느끼며 꼴사납게 말을 이었다.

"지, 지금까지 어떻게 사람들과 인연을 맺지 않고 살았는지 기억 안 나. 어, 어떻게 아무렇지 않게 살았는지 모르겠어. 이런 물러터진 마음으로 흉악 범죄자와 맞설 수 없어."

이렇게 한심하고 나약한 소리를 하는 것은 처음일지도 모른다. 별안간 두 사람을 잃은 팀은 기능을 잃었다. 여기서 다시 일어날 수 없을 것 같았다.

리쿠토는 우는 소리를 잠자코 들었고 목욕을 하는 아기는 평소보다 기분이 좋아 보였다. 샤워기로 비누 거품을 닦아내는데 아기가 격렬하게 움직였다. 그런 아기를 챙기며 리쿠토가 입을 열었다.

"팀이란 게 참 신기해. 괜찮은 사람이 빠지면 대체할 사람은 금방 찾을 수 있는데 쓸모없는 구제불능이 빠지면 왜인지 팀 전체 사기가 떨어지거든. 스카우트에서도 그런 일이 자주 있었어. 거추장스러운 짐인 줄로만 알았던 녀석이 실은 팀 분위기를 중화하는 역할을 했더라고. 아저씨가 그런 사람이야."

나는 어깨로 눈물을 닦았다. 리쿠토의 말이 맞을지도 모른다. 하세베도 지요코도 없어지기 전까지는 나에게 이 정도 상실감을 주는 사람이라고 생각하지 않았다.

"그, 그 두 사람은 분명 경찰에 우리 이야기를 한마디도 안 했을 거야. 사부로에 대해서도."

"그렇겠지. 지금은 단단히 각오한 상태일 테니 고문을 당해도 실토하지 않을 거야."

내가 목욕 수건을 펼치자 리쿠토가 아기를 올려놓았다. 혈색이 좋아진 사부로를 재빨리 수건으로 감싸 물기를 제거하고 새 옷으로 갈아입혔다. 리쿠토가 본인이 갈아입을 옷을 사러 간 사이에 나는 아기에게 우유를 먹이고 재웠다.

창밖은 해가 완전히 저물었고 싸늘한 비가 투둑투둑 내렸다. 솔직히 경찰에 출두해 전부 털어놓으면 얼마나 편할까 생각했다. 가토 마도카와 통화한 내용은 모두 녹음해 뒀다. 핵심은 언급하지 않았지만 범죄를 암시한 말이 몇 개 있을 터다.

나는 잠꼬대 같은 소리를 내는 아기를 바라봤다. 그리고 끊임없이 흐르는 눈물을 닦아내며 가늘고 긴 숨을 내쉬었다.

지금 내가 가지고 있는 증거만으로는 아기를 살릴 수 있다고 장담할 수 없다. 범죄자 측은 경찰을 이용하려고 일부러 신고했다. 확실히 빠져나갈 구멍을 마련했을 테고 무엇보다 일본의 법은 믿을 수 없을 정도로 부모에게 관대하다. 이런 어중간한 상황에서 아기를 경찰에 떠넘기면 하세베도 지요코도 죽을 때까지 나를 용서하지 않으리라.

아기의 숨소리를 들으며 두 손으로 얼굴을 감쌌다. 그토록 차고 넘치던 기력이 고갈되고 있다. 머리도 돌아가지 않았다. 모든 계획이 나 때문에 실패로 돌아가지는 않을까? 결국 자신들의 노력이 헛수고가 되고 범죄자들의 시나리오대로 진행될 것 같다는 생각만 자꾸 들었다.

어두컴컴한 방에서 고개를 떨군 채 굳어 있는데 문이 열리는 소리가 났다. 리쿠토가 편의점 봉지를 들고 왼쪽 눈을 비비며 들어왔다.

"이런 상황에 미안한데 어차피 숨겨도 소용없으니까 말할게. 누나의 고등학교 졸업앨범이 인터넷에 올라왔어. 본가도 다 털렸고."

나는 멍하니 그 말을 들었다. 막상 그 순간이 현실이 되면 심한 충격에 정신을 놓을 줄 알았는데 의외로 답답하고 떨떠름한 기분만 맴돌았다.

나는 심호흡을 하고 스마트폰으로 시선을 떨어뜨렸다. 내 이름과 졸업앨범 사진이 시야에 들어왔다. 나는 빠르게 훑었다.

그곳에는 고등학생 시절의 어린 내가 클로즈업되어 있었다. 이름과 생년월일, 주소 등이 자비 없이 올라와 있었고 폐업 전 찍은 본가 정식집 사진까지 실려 있었다. 당연히 나에 대한 악평이 빽빽하게 적혀 있었고 더러운 욕설도 난무했다.

"엄청나네……. 지금까지 한 짓이 몇십 배가 되어 돌아왔어. 게다가 나쁜 일은 겹치잖아. 마치 내 숨통을 끊어 놓으려는 것 같네."

리쿠토는 아무 말 없이 우두커니 있다가 편의점 봉지에서 도시락과 차를 꺼내 탁자에 올려놓았다.

"일단 밥부터 먹자. 배고프면 머리도 몸도 안 따라주니까."

나는 습관적으로 창가에 있는 의자에 앉았다. 보기만 해도 식욕이 사라질 법한 갈색 도시락이 놓여 있었다.

"불고기와 장어, 돈가스가 들어간 스태미나 도시락……."

"요새 영양가 없는 것만 먹었으니 이 정도는 금방 먹을 수 있잖아."

리쿠토는 얼른 뚜껑을 열어 도시락을 먹기 시작했고 나도 젓가락을 들었다. 간이 세고 기름기가 많아 평소라면 절대 내가 고르지 않는 도시락이다. 그런데 막상 따뜻한 음식이 속에 들어가자마자 음식을 먹을 기분이 전혀 아니라고 생각했던 것과 달리 잊고 있던 식욕이 되살아났다. 빗소리가 울리는 방에서 무심히 젓가락질하는 두 사람의 모습이 어딘가 애처로웠다.

화학조미료로 만든 듯한 도시락을 순식간에 해치우고 날이 더워 머리를 하나로 묶었다. 혈색이 좋아진 리쿠토는 페트병에서 차를 따라 마셨다. 나도 차를 마신 뒤 고개를 들고 한숨 돌렸다.

"배를 채우니 머리가 약간은 맑아졌어."

"하지만 아직 의욕은 떨어진 상태에 이대로 둘이서 계속 범인을 추적하기란 어려워. 여기서 해체하는 게 현실적인 선택이야."

최종 확인이라고 말하는 듯했다. 나는 고개를 저었다.

"네가 좀 더 있어 줬으면 좋겠어. 나 혼자서는 이 아이를 구할 수 없어."

"둘이서는 구할 수 있다고 진심으로 생각해?"

"……모르겠어."

리쿠토는 의자 등받이에 몸을 기대고 차가운 비가 내리는 창문으로 시선을 돌렸다.

"지금쯤 아저씨와 지요코 할머니는 가쓰동을 먹고 있을까?"

"유치장에서는 그냥 도시락을 주지. 김에 반찬 조금 들어간 차갑게 식은 기본 도시락 같은 거."

"어떻게 알아?"

리쿠토가 얼굴을 빤히 쳐다보며 물었다.

"혹시라도 체포됐을 때를 대비해 조사했어. 최대 약 4백 엔 정도 되는 도시락이 나온대. 돈도 사식도 없는 사람에게는 경찰이 준비한 정해진 식사를 72시간 동안 반복 제공해. 구류 기간이 연장되면 23일 동안 차가운 도시락을 먹는 셈이야."

그러자 리쿠토는 고개를 숙이고 웃었다.

"갑자기 말이 술술이네. 평소의 누나로 돌아왔다고 생각해도 되나?"

"아직 제 컨디션은 아니야."

나는 도시락 쓰레기를 치우고 가방에서 메모장과 펜을 준비했다.

"어쨌든 지금은 처음 계획대로 진행할 수밖에 없어. 목표는 가토 마도카에게 대표의 이름과 회사명을 알아내는 거야."

리쿠토는 침대로 가 잠든 아기의 손을 만지작거리며 입을 열었다.

"대화 중에 그 여자 입에서 회사명을 끄집어내는 건 꽤 어려울 것 같아. 그 사람은 계속 '사무실'이라고만 하고, 또 굳이 정식 명칭을 말할 이유가 없잖아."

책상다리로 앉아 있는 리쿠토가 연달아 물었다.

"그 여자는 계획대로 아지트를 바꿨대?"

"아까 버스에서 전화할 때 이미 호텔에 있다고 했어."

"아파트도 비었고 연락도 안 되는 상황이니 조직은 여자가 도주한 줄 알 거야."

"당연하지. 거듭된 실수로 보복당할 것 같아 도주했다. 지금 상황은 거의 그런 느낌이니까."

말하는 사이에 머릿속 안개가 걷히기 시작했다. 일면식도 없는 SNS 유저들이 이미 내 성장 과정을 자세히 캐냈으리라.

조금 전에는 머리가 둔해져 사실을 별생각 없이 흘려보냈지만 누가 봐도 중대한 상황이었다. 나는 땀으로 축축해진 손을 꽉 쥐었다.

리쿠토가 통화녹음 설정을 한 뒤 침대 옆 전자시계를 확인했다.

"곧 8시야. 준비됐어?"

나는 숨을 크게 들이마시고 스피커 모드로 설정한 다음 전화를 걸었다. 신호가 두 번 정도 울렸을 때 통화를 종료하고 곧바로 다시 전화를 건 뒤 스마트폰을 탁자 위에 놓았다. 그러자 첫 번째 신호음이 끝나기도 전에 상대방이 전화를 받았다.

"가토 마도카 씨입니까?"

그러자 전화기 너머로 작게 혀 차는 소리가 들렸다.

―드디어 전화하네, 기다리다 지쳤잖아.

"죄송합니다. 아까는 이동 중이었어요. 지금 호텔이죠?"

―응. 한밤중에 택시를 잡아타고 여기까지 왔어. 아마 따라온 사람은 없었을 거야.

여자는 잠시 침묵했다가 의아한 목소리로 물었다.

―이전까지와는 분위기가 다른데 무슨 일 있어? 아까도 낌새가 이상했고.

나는 여자의 예리한 감에 놀라는 한편 쓴웃음이 나왔다. 평소처럼 말했다고 생각했는데 하세베와 지요코가 없는 상실감이 목소리에 묻어난 모양이다.

 차를 한 모금 마시며 머리를 식힌 뒤 당연하듯 말했다.

"지금 있는 호텔 이름과 위치를 알려주세요."

 그러자 여자는 잠시 입을 다물고 상대를 살피려는 듯 말을 돌렸다. 호텔로 몸을 옮겨 여유가 생기면서 거처를 알리는 것은 위험하다고 깨달은 듯했다.

 ―그보다 어제 한 말 뭐야?

"그게 무슨 말이죠?"

 ―전화 끊기 직전에 조심하라고 했잖아.

"말 그대로 조심하라는 뜻인데요."

 감정을 담지 않고 대답하자 여자는 답답한 듯 으르렁거렸다.

 ―시치미 떼는 거야? '여러 의미로 조심하라'라고 했잖아. 여러 의미라는 게 무슨 뜻이야.

 걸려들었다…….

 나도 모르게 주먹을 불끈 쥐었다. 분명 어제부터 이 말이 무슨 뜻일지만 생각했을 테고 동료에 대한 의심으로 머리가 가득 찼겠지.

 나는 냉정을 유지하도록 정신을 가다듬었다.

"아무리 물어도 특별한 의미는 없다는 말밖에 할 수 없군요."

 ―얼버무리지 마. 가쓰우라 씨 이야기를 한 거지? 가쓰우

라 씨나 사무실 인간들을 조심하라는 말이잖아.

그것이 가장 알고 싶은 점이라는 사실을 잘 안다. 나는 일부러 시간을 끌며 가토 마도카를 더 흔들기 위해 침묵했다. 아니나 다를까 무언의 압박을 견딜 수 없는지 여자가 달려들 듯 소리쳤다.

―입 다물고 있지 말고 무슨 말이라도 해! 넌 어제 굳이 안 해도 될 말을 했잖아! 아파트에 계속 있으면 분명 처리당할 거라는 걸 경고한 거잖아!

"가토 씨, 진정하세요."

나는 차분한 어조를 유지했다.

"솔직히 말하면 내가 조직에 속한 사람이 아니라서 자세한 상황은 모릅니다."

―모르는 사람이 조심하라는 말을 해!?

"그건……."

나는 처음으로 머뭇거리는 척했다. 말로 하지 않아도 이미 모든 뜻이 전해졌을 터다. 어차피 여자도 과거에 비슷한 일을 타인에게 저질러왔을 테니까.

분명하지 않은 내 반응에 여자는 욕을 퍼붓다가 결심한 듯 그 이름을 꺼냈다.

―가쓰우라 씨가 나를 치우려는 거야? 그것만 알려줘.

나는 잠깐 생각에 잠겼다가 여기서 세세한 정보를 끌어내기로 했다.

"가쓰우라 씨가 어떻게 생각하는지는 모르지만 대표가 누군가와 통화하는 걸 내가 들었습니다."

그러자 여자가 통화음이 깨질 정도로 소리를 질러서 깜짝 놀랐다.

―빌어먹을! 네 말은 죄다 거짓말이구나! 드디어 알겠네! 어디서 개수작이야!

너무 시끄러워서 침대에서 자는 아기가 몸을 움찔했다. 리쿠토가 곧바로 아기를 가볍게 두드려 달랬다.

―대표는 이름뿐인 사람이라고! 그 여자가 우리 일에 깊숙이 관여할 리 없거든! 그냥 바지사장이니까!

내가 메모장과 펜을 집어 리쿠토에게 건네자 리쿠토는 곧바로 '대표＝여자(바지사장)'이라고 적었다.

―너 도대체 뭐야? 내가 처음부터 이상하다고는 생각했지! 모르는 인간이 파칭코 가게로 전화를 걸다니 말도 안 되잖아!

"의심하는 건 당신 마음입니다. 믿지 않으면 앞으로 무슨 일이 일어나도 본인 책임이죠."

그 반격에 여자는 말을 더듬었지만 쉽게 흥분하는 성격이라 그런지 공격을 멈추지 않았다.

―너 어디 사람이야? 지금 난리 난 틈을 타 염탐하려는 거지! 그 업자냐?

그 업자? 처음 언급한 외부인이다.

지금까지 여자의 말에서 알 수 있는 사실은 세 가지였다. 이전 전화에서 말한 대표는 대표 전화라는 뜻으로 사람이 아니라는 사실, 대표이사는 존재하지 않는다는 사실, 그리고 조직을 파헤치러 다니는 업자가 있다는 사실.

나는 상황을 수습하기 위해 단조로운 목소리로 말했다. 가토 마도카를 놓치면 곤란하다.

"가토 씨, 정말로 진정하세요. 당신이 말하는 대표라는 사람은 이가라시 씨 맞죠?"

―뭐라고? 이가라시?

"네, 이가라시 씨가 대표라고 생각했는데 아닙니까?"

―왜 이가라시가 대표라는 거야? 그 여자는 거의 사무 담당이고 표면에서 일을 처리하는 사람인데.

리쿠토는 이가라시가 여자라는 것과 '표면'에서 사무 일을 한다는 사실을 받아 적었다. 나는 참으로 곤란하다는 목소리로 말했다.

"아, 죄송합니다. 제가 착각했나 보네요. 저는 틀림없이 이가라시 씨가 대표 자리에 오른 줄 알았거든요."

―왜?

고래고래 악을 쓰던 여자가 갑자기 말을 뚝 멈추더니 진지하게 바뀐 목소리로 말했다.

―아니, 잠깐만. 그렇다면 이가라시가 누군가와 전화했다는 말인가? 나를 이렇게 저렇게 한다는 내용이었구나?

나는 대답 없이 대화를 끝냈다. 가토 마도카를 둘러싼 관계가 조금씩 보이는 듯하지만 정작 중요한 일의 내용과 회사명은 아직 모른다. 대화의 흐름을 따라야 하니 그때그때 관련 있는 부분을 캐묻기 어렵고 지금처럼 부주의한 한마디로 의심을 살 가능성도 있었다. 그러면 여자와 오래 대화해도 우리의 허점만 드러낼 뿐이다. 오늘은 이만 통화를 끝내는 편이 좋을 듯하다.

나는 생각에 잠긴 듯한 가토 마도카에게 말했다.

"이제 슬슬 끊겠습니다."

—잠깐만!

곧바로 스피커폰에서 가토 마도카의 고함이 터져 나왔다. 그와 동시에 아기가 다시 움찔해 나는 두 팔을 번쩍 들어 올렸고 리쿠토가 아기를 황급히 안아 올렸다. 하지만 완전히 깨고 말았는지 아기는 불이 붙은 듯 몸을 뒤로 젖히고 새빨개진 얼굴로 울음을 터뜨렸다.

큰일 났네. 지난번과 같은 상황이야······.

리쿠토는 곧바로 화장실로 들어가 문을 닫았지만 아기가 곁에 있다는 사실은 여자에게도 전해졌을 것이다. 차라리 이대로 전화를 끊어 버릴까 하는데 쉰 목소리가 나지막하게 흘러나왔다.

—너를 믿어도 되지?

"네?"

저도 모르게 목소리가 튀어나와 황급히 입을 막았다.

―이가라시가 나를 제거한다는 식으로 말한 전화 상대는 아마 가쓰우라 씨일 거야. 그 사람은 나를 포기하려는 거야. 내가 없어지면 더러운 일 자체를 없던 일로 할 수 있으니까. 나를 죽일 작정이라고.

물론 목소리에 분노도 담겨 있었지만 절망과 괴로운 감정이 훨씬 진했다. 가쓰우라는 그녀가 가장 믿던 존재이며 그녀는 가쓰우라를 위해 모든 범죄행위를 도맡은 것이다. 서로 배신할 수 없는 관계이리라.

가토 마도카는 한꺼번에 터져 나오는 감정을 억제하는 것만으로도 힘에 부치는 듯했다.

―……어쨌든 가르쳐 준 건 고마워. 호텔로 옮기라고 말해준 것도 걔들 지시가 아니라 당신이 날 도우려고 말해준 거잖아? 지금도 상황이 이상한 건 이 대화를 들었기 때문이잖아.

여자는 편할 대로 해석한 뒤 내 대답을 듣지 않고 말을 이었다.

―걸리면 너도 가만두지 않을 거야. 도대체 무슨 이득이 있어서 날 돕는 거야?

"나는 손익으로 움직이는 사람이 아닙니다. 그럼 내일 10시에 다시 전화하죠."

살인자에게 감사를 받다니 우스웠다. 나는 통화 종료 버튼을 누르고 페트병 물을 단숨에 들이켰다.

2

리쿠토는 눈물을 글썽이면서 잠에 빠져든 아기를 화장실에서 안고 나와 살며시 침대에 눕혔다.
"다 끝난 줄 알았어."
리쿠토는 정색하고 툭 내뱉었다.
"거기서 잘도 고비를 넘겼네. 보통은 마음이 급해서 주절주절 말이 많아질 텐데."
"나도 초조했지."
두 손으로 얼굴을 비비고 이마에 맺힌 땀을 닦았다.
"그 여자가 혼자 알아서 해석하고 납득했을 뿐이야. 그만큼 여유가 없겠지."
"우리는 더 여유가 없지만."
리쿠토가 메모장을 내밀었다.
"등장인물의 성별과 일부 담당하는 일을 알아냈어."
대화를 이어가려는 찰나 탁자에 올려놓은 스마트폰 알림음이 울렸다. SNS 알림인가 보다. 리쿠토가 애플리케이션을 실행하더니 눈을 번쩍 뜨고 입을 떡 벌렸다.
무슨 일이 자꾸만 잘도 생긴다. 새롭게 발생한 최악의 상황을 예측하며 마음의 준비를 하는데 귀에 익은 목소리가 흘러나와 서둘러 화면을 들여다봤다.

―야 이 자식, 저리 가! 사람한테 스마트폰을 들이밀다니 뭐 하는 짓이야!

"하, 하세베 씨?"

나는 리쿠토 옆에서 우뚝 섰다.

―길 막지 말라고! 네놈들 도대체 뭐야! 죽고 싶어?

정말 하세베였다. 변장용으로 구매한 고상한 재킷도 모자도 안경도 다 벗겨지고 마스크를 턱까지 내려 검붉은 얼굴이 드러났다. 실시간 방송 같았는데 역 개찰구를 지나는 하세베의 모습을 찍고 있었다.

―도대체 이게 무슨 짓이냐고! 왜 남의 얼굴을 당당하게 찍는데!

나도 모르게 소리를 질렀다. 걸어가면서 고래고래 소리지르는 하세베는 카메라를 피해 도망치듯 왼쪽으로 돌아 좁은 통로로 들어갔다. 그러나 막다른 길인 것을 알고 다목적 화장실 문을 집요하게 몇 번이나 두드렸다. 그러자 카메라를 든 사람이 '도코로자와역에서 하세베 야스오 포착!'이라고 시청자를 향해 방송했다.

―저리 비켜!

하세베가 방향을 바꿔 계단을 올라가려고 하는데 방송인은 빠른 말로 물었다.

―유괴한 아기는 지금 어디 있습니까? 대답해 주세요. 다른 네 명은 지금 어딨습니까? 노인 킬러 데라우치 지요코와 시골 전문 동호회 파괴자 사카자키 나쓰미, 사기 상품을 파는 가토 마도카, 그리고 한 명 더 있죠?

그러자 하세베가 걸음을 멈추고 빙글 돌아봤다.

―사카자키 나쓰미? 네가 그 이름을 어떻게 알아?

―지금 인터넷에 다 떴거든요. 본가에서 하던 정식집이 망했다는 이야기와 졸업앨범도 다 올라왔어요. 안 털린 게 없다고요.

하세베가 핏발 선 눈으로 혀를 찼다. 그 소리가 떨리는 것처럼 들렸다.

―똑똑히 들어. 이건 경고야. 계속 나를 따라오면 끝장이다. 지금 당장 그 카메라 치워!

―끝장은 당신이 끝장이죠. 아기 유괴 혐의를 받고 있으니까. 선량한 시민에게 설명할 의무가 있어요.

―그딴 거 내 알 바 아냐. 아니꼬우면 당장 신고하든지!

하세베는 혈압이 걱정될 정도로 시뻘게진 얼굴로 카메라를 향해 거세게 손가락질했다.

―나는 한노 경찰서에 갔다가 여기 온 거야. 조사받았지만 증거불충분으로 풀려났다고! 용의자도 뭣도 아니야! 멍청한 너희들은 헛소문을 진짜라고 생각하면서 난리법석인 거야! 거짓말 같으면 지금 당장 경찰관을 불러오든지!

―풀려났다고…….

방송인이 의아한 목소리로 중얼거린 뒤 동료들로 보이는 사람들에게 무언가 물었다.

―지금 네가 하는 짓거리는 평범한 시민을 촬영해 인터넷에 유출하는 악질적인 행위다. 누가 봐도 완벽한 명예훼손이지. 너 이 자식 신분증 내놔.

―뭐라고요? 시, 신분증?

―그래. 일단 네놈을 가장 먼저 고소할 테니까. 위자료 준비해 놓고 기다려라. 내가 네 직장에도 편지를 보낼 거거든. 각오해, 난 한번 물면 절대 안 놓으니까.

방송인은 황급히 카메라를 치우며 왜 나한테만 그러냐는 둥 변명을 늘어놓았다. 그렇게 느닷없이 방송이 끊기고 잠잠해졌다. 옆에 있던 리쿠토가 별안간 웃음을 터뜨렸다.

"잠깐 못 본 사이에 아저씨 완전 천하무적이 됐는데."

"아니, 그보다 하세베 씨가 지금 도코로자와역에 있어. 바로 코앞에 있다고. 빨리 가서 합류하자!"

더는 만나기 어려우리라 생각했는데 뜻밖이었다. 서둘러 토트백으로 손을 뻗었지만 당황스럽게도 리쿠토가 말렸다.

"우선 아저씨가 왜 저렇게 눈에 띄는 행동을 했는지 찬찬히 생각해 보자."

"본인이 도코로자와에 있다는 걸 우리에게 알리기 위해서겠지. 그래서 일부러 카메라에 찍힌 거야."

나는 가방 손잡이를 잡았지만 리쿠토는 고개를 저었다.

"아저씨와 지요코 할머니는 우리가 도망칠 수 있도록 자신들을 희생했어. 그런데 사람이 이렇게나 많은 역으로 우리를 불러낼 리 없어. 평소 누나라면 틀림없이 이렇게 말했을 거야."

나는 리쿠토와 눈을 맞췄다. 확실히 간신히 빠져나간 우리를 위험에 노출시킬 것 같지 않았다. 나는 심호흡을 반복하며 마음만 앞서는 감정을 어떻게든 진정시키려고 애썼다.

"그러면 하세베 씨가 하고 싶은 말이 따로 있는 거야……. 재킷과 안경을 벗은 이유는 본인이 지금 화제의 장본인인 하세베라는 걸 주변에 확실히 알리려고."

"연기가 아니라 진짜 짜증 난 것 같던데."

그렇다면 다른 메시지는 무엇일까. 나는 방금 본 방송을 되새기다가 앗 소리를 냈다.

"화장실!"

두 사람이 동시에 소리쳤다.

"어쩐지 갑자기 화장실 문을 몇 번이나 두드리더라니. 그게 무슨 메시지일까?"

"설마 그 화장실에 뭐를 넣어 놨나?"

내가 말하기도 전에 이미 리쿠토는 셔츠를 입고 마스크를 쓴 뒤 방을 뛰쳐나갔다. 나는 마음이 진정되지 않아 방 안을 서성이다가 정신을 차리고 칭얼거리는 사부로를 안아 들었다. 창밖을 바라보면서 마음을 바짝 졸이며 그가 돌아오기만을 기다리는데 리쿠토가 숨을 헐떡이며 다시 들어왔다.

리쿠토는 몸을 기역자로 구부리고는 숨을 거칠게 몰아쉬었고 턱 끝에는 땀방울이 맺혀 있었다. 리쿠토가 기침하며 청바지 주머니에서 갈색 편지 봉투를 꺼내 내밀었다.

"화, 화장실 거울 뒤에 꽂혀 있었어. 뭐야 이 미션."

나는 아기를 침대에 눕히고 서둘러 봉투에서 내용물을 꺼냈다. 그곳에는 구어체 문장이 흐르는 듯한 필체로 적혀 있었다. 금방이라도 목소리가 들려올 것처럼 지요코의 말투가 그대로 담겨 있었다. 나는 편지를 소리 내어 읽었다.

"이 편지를 찾았다는 건 너희 둘이 무사히 암호를 풀었다는 뜻이겠지."

"암호라니."

리쿠토가 옆구리를 누르며 쓴웃음을 지었다.

"세 사람 모두 건강하게 지내고 있지? 이별이 갑작스러워서 인사도 할 수 없었네. 나는 안타까워서 어쩔 줄 모르겠어. 하지만 너희는 머리가 팽팽 돌아가는 사람이잖아. 사부로를 지키고 적을 잘 따돌리고 있으리라 생각한다."

나는 편지를 계속 읽었다.

"일단 우리는 무사하다. 그 소식을 전하려고 이 방법을 떠올렸어. 경찰서에서 조사를 받았지만 비교적 빨리 풀려났다. 경찰도 붙잡아 둘 만한 증거가 없던 게지."

나는 고개를 들고 재빨리 머리를 굴렸다.

"이 신고 건을 경찰이 사건으로 수사하고 있지 않다는 의미인가……. 아니면 두 사람을 일부러 풀어주고 상황을 지켜보는 건가."

중얼거리다가 다시 지요코의 편지를 읽어 내려갔다.

"우리는 이제 도쿄 이케부쿠로로 갈 생각이다. 그 여자가 다니던 파칭코 가게 주변을 조사하고 싶다고 하세베 씨가 그러더구나. 너희는 아직 도코로자와에 있겠지만 가토 마도카를 마음껏 몰아세우려무나. 그리고 사부로 말인데, 우유를 먹인 후 잠시 세워서 안으면 토하지 않을 거야. 토하면 옷을 버리니 조심하도록 해. 그럼 또 다 함께 만날 수 있으면 좋겠구나. 정말 보고 싶다."

코가 찡하고 마음에 거센 파도가 일었다. 특별하지 않은 편지지만 내가 찾던 말과 온기가 담겨 있었다. 편지 끝부분에는 잠시 머무를 예정이라는 이케부쿠로에 있는 호텔 이름과 하세베의 휴대폰 번호가 적혀 있었다. 리쿠토는 곧바로 호텔 위치를 검색해 그 근처에 있는 다른 호텔에 내일부터 묵을 방 두 개를 재빨리 예약했다.

"합류하자. 아저씨가 도코로자와에 있는 영상이 퍼지고 있으니 우리도 여기를 떠나는 게 좋겠어."

맞는 말일지도 모른다. 도코로자와라는 지명이 알려진 이상 재미삼아 이 지역을 찾는 사람도 있으리라. 무엇보다도 분명 이노구치가 이곳을 찾아올 것이다.

나는 리쿠토와 억지로 눈을 맞췄다. 이 말은 어른으로서 꼭 해야 했다.

"내가 하세베 씨, 지요코 씨와 만나면 우리 셋이 사부로를 돌볼 수 있어. 넌 아직 신상이 드러나지 않았으니 안전할 때 떠나는 게 좋을 거야. 이건 내 일방적인 의견이 아니라 상식적인 일반론이라고 생각하고 들어."

그러자 리쿠토가 틈을 두지 않고 되받아쳤다.

"지금은 여기 있는 게 훨씬 중요해. 나도 나 자신을 구하고 싶은 마음이 있다고."

아 그렇구나. 나는 납득했다. 지난 며칠간 절실하게 깨달은 사실은 스스로 만족하지 못하면 타인을 구할 수 없다는 것이다. 우리 네 사람은 사부로를 구한다는 목적으로 매 순간 스스로를 치유했다. 지금까지 찾지 못한 다시 살 기회를 탐욕스럽게 잡으려 하는 것이다.

우리는 각자 방에서 잠이 들었다가 아직 어두운 새벽에 일어났다. 새벽 4시 10분. 사부로의 기저귀를 갈아주고 우유를 다 먹였을 때 리쿠토가 내 방으로 왔다. 직접 구해온 듯한 어두운 남색 후드티를 입고 같은 색 야구모자를 깊숙이 눌러썼다.

"세이부 이케부쿠로선의 첫차는 4시 59분이야."

리쿠토가 스마트폰을 보며 말했다.

"5시 30분경 이케부쿠로 도착. 이른 아침이지만 아기가 있으니 특별히 일찍 체크인할 수 있게 해준대."

"잘됐네."

나는 사부로를 침대에 눕히고 추가로 구매한 물건을 가방에 넣었다. 아기를 데리고 외출하는 것이 매우 힘든 일이라는 사실을 뼈저리게 느꼈다. 기저귀, 갈아입힐 옷, 수건, 우유 등 어쨌든 짐이 많아서 정신이 없었다.

화장실에 가서 머리를 하나로 묶고 검은 뿔테 안경을 썼다. 어제 내 개인정보가 거의 유출됐다. 다행히 요즘 찍은 선명한 사진은 없지만 졸업앨범을 수정한 사진이 여러 장 나도는 상황이었다. 이노구치는 당연히 인터넷을 주시하고 있을 테니 누군가에게 몰래 찍히기라도 한다면 잡힐 가능성이 치솟는다. 나는 거울 속 자신과 눈을 맞추고 턱을 바짝 당기고 "괜찮아"라고 여러 번 반복했다.

호텔을 체크아웃하고 밖으로 나왔을 때는 동쪽 하늘이 밝아져 있었다. 춥다. 계절이 되돌아간 듯했다. 흐린 하늘을 까마귀 몇 마리가 선회했고 전선에 나란히 앉은 참새들이 정신없이 지저귀었다. 우리는 인적이 드문 역까지 종종걸음으로 달려 곧바로 이케부쿠로행 플랫폼으로 향했다.

나는 아기띠로 고정한 아기를 팔로 감싸고 짐을 어깨에 멘 사람들이 줄지어 서 있는 탑승구 부근에 멈춰 섰다. 리쿠토는 옆 칸에 줄을 섰다. 첫차는 타본 적 없지만 플랫폼에는 연령층이 다양한 사람들이 전철을 기다리고 있었다.

그때 전철 도착 안내방송이 흘러나왔고 곧바로 굉음을 내며 푸른색 선이 칠해진 열차가 미끄러져 들어왔다. 사부로는 강한 빛에 눈을 떴고 시끄러운 소리와 먼지 같은 공기를 느끼는 듯했다. 나는 앞 사람의 뒤를 따라 전철에 올라타 빈 좌석에 앉았다. 좌석이 꽉 찰 정도로 붐비지는 않았지만 그렇다고 텅텅 빈 것도 아니었다. 출발한 전철은 바로 다음 역인 아키쓰역에서 정차했고 탑승한 승객이 내 바로 옆에 앉았다.

나는 본능적으로 시선을 내리깔았다. 좌석이 얼마든지 비어 있는데 왜 하필 내 바로 옆자리에 앉았을까. 최대한 떨어지려는데 옆에서 갑자기 손이 뻗어 나오는 바람에 순간 나는 사부로를 감쌌다.

"아기가 참 귀엽네요. 남자아이인가? 몇 개월 됐어요?"

나는 옆으로 시선을 돌려 앞머리 사이로 확인했다 백발이 눈에 띄는 숏커트 여자가 생글생글 웃으며 사부로의 뺨을 찌르고 있었다. 나는 마스크를 눈 밑까지 끌어올리고는 고개를 숙이다시피 하며 대답했다.

"저기, 3개월이요."

"3개월? 어머나 그럼 아직 많이 작나? 우유는 잘 먹어요?"

뭐야, 이 여자.

나는 옆을 훔쳐봤다. 나이는 50대 중반쯤 될까. 화장기 없는 얼굴은 칙칙하고 주름이 눈에 띄며 큰 잡티가 여기저기 도드라졌다. 맨투맨 티에 청바지를 입은 편한 차림으로 모서리가 닳은 루이뷔통 가방을 들고 있었다.

"우리 애들은 잘 먹고 잘 움직였어요. 아이들은 이 시기가 가장 중요하니까. 영양과 애정을 제대로 주지 않으면 성장 속도에 차이가 나."

"그래요?"

"그건 그렇고 처음 보는 얼굴이네. 이 칸에 처음 타요?"

질문의 의미를 몰라 나는 머뭇거렸다.

"첫차 여섯 번째 칸은 늘 같은 사람들이 타거든. 저 사람은 택시 운전사고, 저쪽에 있는 여자는 술집 호스티스, 연결부에 서 있는 사람은 이케부쿠로의 슈퍼마켓 점장."

여자는 승객들을 손가락으로 가리키면서 목소리를 낮추고 설명했다.

"매일 같은 사람들이 타니까 자연스럽게 얼굴을 외우게 되더라고. 아기를 데리고 탄 엄마는 드물지."

그렇게도 눈에 띌 수 있나……. 나는 이상할 정도로 친하게 구는 여자를 경계하며 안경을 밀어 올렸다.

"어디까지 가? 나는 이케부쿠로에 있는 배달 요리점으로 출근해요."

여자는 당연하다는 듯 물었다. 호감 가는 미소지만 상대를 관찰하는 듯 탁한 눈빛에 소름이 돋았다. 다음 역에서 내려야겠다고 생각한 그때 여자가 돌연 얼굴을 갖다 대며 작은 소리로 말했다.

"저기요. 지금 인터넷에서 난리 난 그 사람 알아요? 아기를 유괴했대."

온몸이 굳었지만 애써 아무렇지 않은 척했다.

"당연히 알죠. 우리 아이와 비슷한 개월 수 같아서 걱정되더라고요."

"그러니까 말이야. 유괴범의 이름과 얼굴에 본가까지 떴더라고. 심지어 범인 중 한 명이 도코로자와에 있었다던데. 우리 동네와 가까워서 깜짝 놀랐지 뭐예요."

여자는 수다스럽게 떠들어대면서도 사부로와 내 얼굴을 연신 번갈아 살폈다. 단순히 소문을 좋아하고 참견하기 좋아하는 사람이 아니다. 말투에서 악의가 느껴졌고 내가 유괴범 일당이기를 진심으로 바라는 듯한 표정이었다. 그 소동을 낱낱이 확인하고 진심으로 즐기는 부류였다. 운 나쁘게도 잘못 걸리고 말았다.

나는 속도를 늦추는 전철의 창밖을 바라보며 가방을 어깨에 메고 인사했다.

"이번 기요세역에서 내려요. 친정에 볼일이 있어서."

"어머, 친정이 가까워서 좋겠네요. 그럼 아기 잘 키워요."

여자는 사부로의 손을 잡고 "바이 바이"라며 인사했다. 나는 전철이 멈추자마자 쏜살같이 내렸다. 여자가 그 모습을 끈질긴 시선으로 뒤쫓는 것이 느껴졌다. 충동적으로 내렸는데 그 모습을 리쿠토가 봤을까. 엘리베이터가 있는 쪽으로 걸어가는데 출발 신호음이 울리고 전철이 천천히 떠났다.

"진짜 기분 나쁘네……."

나는 가방에서 살균 티슈를 꺼내 여자가 조몰락거리던 사부로의 뺨과 손을 정성스럽게 닦았다. 아기는 간지러운 듯 소리를 내며 팔다리를 움직였다. 그때 들려온 리쿠토의 목소리에 뒤돌아봤다.

"그 아줌마, 전철 안에서 스마트폰으로 누나를 찍고 있었어."

"말도 안 돼!"

나는 이미 떠난 전철을 향해 시선을 돌렸다.

"뒷모습이지만 동영상으로 찍혔을지도 몰라."

믿기지 않는 추측에 침을 꿀꺽 삼켰다. 사람들의 눈을 피하려고 첫차를 탔는데 하필 저런 여자한테 걸려들 줄이야. 리쿠토는 스마트폰으로 곧바로 SNS에 올라온 짧은 동영상을 찾아냈다.

"역시 찍었네. '첫차 세이부 이케부쿠로선에서 수상한 모자 발견! 이 사람, 사카자키 나쓰미 맞나요? 여러분의 판단을 기다립니다!'라고 썼네."

나는 스마트폰 화면을 본 뒤 있는 힘껏 혀를 찼다.

"그 아줌마 미친 거 아니야? 자기도 자식이 있다면서 이렇게까지 한다고? 도촬까지 하고. 내가 사카자키 나쓰미가 아니어도 상관없다는 식이잖아. 무조건 뭐라도 떡밥을 던져서 자기 현시욕을 충족할 뿐이라고."

"인터넷 세상이 원래 그런 곳이잖아. 새 화젯거리를 제공한 사람이 신이 될 수 있는."

나는 초조해하며 숨을 크게 들이마셨다. 몰래 촬영한 동영상은 얼굴을 알아볼 정도는 아니었기 때문에 들킬 리는 없었다. 하지만 눈앞에서 벌어진 이 비정상적인 사건은 한동안 떨치기 힘든 혐오감을 불러일으켰다. 도시로 나오면서 온 사방이 적이라는 사실을 실감했다. 이 소동은 내 생각보다 훨씬 더 사회에 깊숙이 침투한 상태였다.

"일단 이동하자. 아까 만난 여자 같은 사람이 사방팔방에 있다고 생각하고 행동할 수밖에 없어."

리쿠토의 말에 고개를 끄덕인 뒤 곧바로 도착한 후속 전철에 올라탔다. 문 앞에 서서 창밖을 향한 채 주변 분위기를 살피며 아기를 꼭 안았다.

그로부터 30여 분만에 이케부쿠로역에 도착했다. 그러나 지나치게 신경을 곤두세운 바람에 온몸에서 계속 땀이 흘렀다. 아직 아침 6시 전인데도 역내는 인파로 넘쳐났고 잰걸음으로 걷는 사람들과 스쳐 지나갈 때마다 상대가 알아보지 않았을까 하는 두려움이 치솟았다.

"이 앞에서 오른쪽 계단으로 올라가."

리쿠토가 낮은 목소리로 중얼거렸다. 나는 달리고 싶은 마음을 가까스로 억누르며 계단을 올라갔다. 완전히 해가 뜬 하늘에 회색 뭉게구름이 드리워 몹시 음울하고 으스스한 날씨였다. 배기가스 냄새가 코를 찔렀다. 가방에서 숄을 꺼내 사부로를 감싸듯 두르고 리쿠토의 뒤를 따라가며 혼잡한 거리로 섞여들었다.

3

리쿠토가 예약한 비즈니스호텔은 큰길에서 한 블록 떨어진 곳에, 오랜 세월이 느껴지는 누추한 상가건물 사이에 끼어 있듯 서 있었다. 그곳은 소란스러웠던 역 앞과 달리 행인도 없이 한적했다. 우리는 리쿠토의 어머니 명의 카드로 체크인한 뒤 조심스럽게 3층 방으로 들어갔다.

"말도 안 되게 피곤해……."

아기띠를 풀고 사부로를 침대에 눕혔다. 어느새 잠이 든 듯 힘이 빠진 사부로는 어느 때보다 무거웠다. 나도 침대 끝에 걸터앉아 한동안 움직일 수 없었다. 정신적 피로 때문에 스트레스가 이만저만이 아니었다.

"아까 그 아줌마는 상관도 없는 사람을 찍어서 유출하지 말라며 대중들에게 두드려 맞고 있어."

느릿느릿 고개를 들고 마스크를 벗자 새삼 분노가 솟구쳤다.

"그 여자만큼은 절대로 용서 못 해. 친절을 베푸는 척 사람을 모함하는 인간이야. 분명 여기저기서 문제를 일으키고 그것을 지켜보면서 즐기는 최악의 부류라고. 그 히죽거리던 면상이 머릿속에서 떠나지를 않아."

잔뜩 분노해 쏟아냈지만 대단한 일도 아니었다. 내가 타인에게 해 온 짓과 같았다. 당한 사람은 그저 추악하다고 느끼며 분노로 점철된 기억만 뇌리에 새겨진다. 단지 그뿐이었다.

"잠깐 나갔다 올게."

골똘히 생각에 잠긴 나를 물끄러미 바라보던 리쿠토가 갑자기 방을 나갔다. 홀로 남겨진 나는 싫든 좋든 지금까지 살아온 인생과 마주할 수밖에 없었다. 첫차에서 마주친 중년 여자와 자신을 겹쳐 보고는 구역질이 날 정도로 불쾌감을 느꼈다.

혐오감이 밀려와 심각한 우울감에 빠져 있는데 방 문 전자 잠금장치가 풀리는 소리가 들려 흠칫 놀랐다. 연이어 익숙한 목소리가 들려와 눈이 휘둥그레졌다.

"정말이지, 같은 호텔에서 묵으면 좋았을 거 아냐."

"하, 하세베 씨!"

나도 모르게 소리쳤다. 패션 안경에 모자를 쓴 멋쟁이 하세베가 마스크를 벗고 씨익 웃었다.

"아아, 기다렸지?"

하세베의 뒤에서 광채를 잃은 지요코도 얼굴을 내밀었다. 놀란 나머지 말문이 막혔는데 지요코가 바로 다가와 주저 없이 두 팔로 나를 안았다.

"다시 만나서 반가워. 둘이서 잘 해냈구나."

갑작스러운 포옹에 당황한 나는 몸을 비틀어 한발 물러섰다.

"나, 나는 딱히 잘 해냈다고 할 만한 게……."

"아니, 너희들이 살아 있다는 것 자체가 잘 해낸 거야. 지금 상황에서는 더더욱 그렇고."

지요코는 침대 쪽으로 시선을 돌렸다. 곤히 잠든 사부로를 보고 눈을 가늘게 떴다.

"사람이 아무 일 없이 무사할 수 있다는 것은 그 자체로 기적이야. 이번 일로 뼈저리게 깨달았어. 그래서 나 때문에 죽은 손님들에게 진심으로 미안해. 왜 그때는 당장 눈앞에 보이는 일만 생각했을까."

지요코의 꽉 다문 입술 끝이 떨렸다. 나와 마찬가지로 자신이 일으켰던 일이 얼마나 중대했는지 깨달은 것 같았다. 예전처럼 말로만 뉘우친 것이 아니라 지금은 과거와 똑바로 마주하고 있었다.

"아무튼 우리 일은 아직 끝나지 않았으니까."

그 한마디에 나는 비로소 긴장이 풀렸다. 이 네 사람이라면 분명 사부로를 죽이려 한 인간이 누군지 밝혀낼 수 있다. 더는 의심하지 않았다.

그리고 지요코는 사부로를 보살피고 싶어 견딜 수 없었다는 듯 혼자 능숙하게 기저귀를 갈고 우유를 먹였다. 아기도 지요코를 기억하는 듯 가만히 얼굴을 바라봤다. 상황이 최악인 것은 변함없지만 우리는 재회를 순수하게 기뻐했고 리쿠토가 사 온 아침밥을 먹었다.

"빨리 풀려났네요."

내가 쓰레기를 치우며 말하자 침대에 책상다리로 앉아 있던 하세베가 한쪽 눈썹을 요령 좋게 올렸다.

"그때는 초조했지. 어르신과 말을 맞출 틈도 없었으니까. 솔직히 유괴로 체포될 수도 있겠다 싶었어. 그런데 나와 어르신의 증언이 일치한 거야. 나도 놀랐다니까."

"무슨 말을 어떻게 하면 사부로와 너희 두 사람을 지킬 수 있을지 조사실에서 진지하게 고민했어. 그런데 우리 둘 다 똑같은 대답을 한 거야."

득의양양하게 턱을 치켜든 지요코에게 하세베는 엄지손가락을 치켜세웠다.

"경찰에게 자살하려고 이와쿠니야마산에 갔다고 솔직하게 말했어. 하지만 죽지 못하고 돌아가는 길에 정비공 일행이 난폭 운전을 했다고 진술했지. 산길에서 무리하게 추월하려는 동영상이 나도니까 경찰도 금방 납득했어."

"나도 어르신도 사부로 이야기는 한마디도 안 했어. 아기 같은 건 모른다고 끝까지 주장했어. 영상에도 안 나오잖아. 우리가 아기를 데려갔다는 증거가 없잖아?"

나는 팔짱을 끼고 의자 등받이에 기댔다. 확실히 아기를 유괴당했다고 호소한 사람은 아기엄마를 자칭한 여자뿐이고 정비공들은 사부로를 봤지만 영상으로 찍지는 못했다. 하세베와 지요코는 공장 도산과 막대한 빚이라는 죽을 이유가 있었기 때문에 자살하려 했다는 주장도 앞뒤가 맞았다. 적어도 두 사람을 유괴 혐의로 구속할 수 없었으리라.

"대단하네요. 증언이 엇갈리지 않았어. 두 사람의 진술이 조금이라도 어긋났다면 더 늦게 풀려났을 거예요."

나는 하세베와 지요코를 번갈아 보며 감탄했다. 아기를 살리고 싶다는 일념 때문에 오히려 경찰에게 모든 일을 사실을 그대로 털어놓으리라 생각했다. 특히 지요코는 미주알고주알 다 이야기할 줄 알았는데 어디까지나 내 착각이었다. 지요코는 직업 특성상 협상 능력이 뛰어났고 내가 생각하는 것 이상으로 상황을 적절히 분석했다.

하세베는 면도하고 남은 수염을 만지며 조사받던 순간을 떠올리는지 한 지점을 말없이 응시했다.

"음, 나는 가토 마도카 이야기를 할지 말지 끝까지 망설였어. 그 여자를 지금 경찰에 넘기면 혹시 고구마 줄기 엮듯 나쁜 놈들이 줄줄이 딸려 나올 수 있지 않을까 해서. 하지만 아직 확실하지 않잖아. 어르신도 그렇게 생각했기 때문에 말하지 않았지."

"그 결단력과 판단력이 있었다면 공장이 망하지 않았을지도 모르겠네요."

리쿠토가 쓸데없는 말을 툭 내뱉었지만 하세베는 껄껄 웃어넘겼다.

"네 말이 맞아. 과거의 내게 말해주고 싶네. 그건 그렇고 그 여자 쪽은 어떻게 되어가? 어젯밤에 통화했지?"

나는 고개를 끄덕이고 전화로 얻은 정보를 대략 설명했다. 대표이사는 실체가 없고 관련 업자가 있다는 사실, 그리고 입막음 당할 것이라고 압박한 일.

"명의 대여자가 이사라고······."

하세베는 미간에 주름을 잡았다.

"명의를 빌려주기만 해도 매달 돈을 받을 수 있다는 감언이설에 넘어가 아르바이트처럼 생각하면서 빌려주는 인간이 너무 많아. 그 여자의 말처럼 이름만 있을 뿐 없는 사람인 셈이지. 내 지인 중에도 세금 때문에 도매사를 만든 놈이 있어. 뭐, 반쯤 사기 같은 거야."

"그럼 딱히 범죄자만 쓰는 특유의 수법은 아니구나."

"그렇긴 한데 명의뿐이라고는 해도 이사니까 만약 도산하면 부채를 짊어지거든. 게다가 실무자가 야반도주라도 하는 날에는 모든 책임을 이사가 져야 해. 명의를 쉽게 빌려주면 안 되지만 매달 수만 엔에서 수십만 엔이 들어온다는 건 확실히 매력적이야."

하세베는 이 방면에 정통한 것 같았다. 나는 계속 물었다.

"그럼 가토 마도카가 속한 조직에는 형식적인 이사만 있다는 말이네요. 그리고 본인은 죄를 짓고 있다는 자각도 없고 자신의 이름이 이사에 오를 리스크도 모르고요."

"그럴 거야. 아마 회사 홈페이지에 실린 이름이 명의를 빌려준 사람이겠지. 그러니까 사무 담당이라고 한 이가라시라는 놈은 표면적인 회사의 회계사 같은 것 아닐까? 법적으로 정당한 조직을 만들어 놓고 뒤에서는 몰래 살인을 저지르는 거지."

그러자 침대 끝에 걸터앉아 있던 지요코가 말했다.

"겉으로는 누가 봐도 평범한 회사라는 뜻이야?"

"네. 하세베 씨가 말했듯 무슨 일이 생기면 재빨리 도망쳐서 명의를 빌려준 여자만 궁지에 빠지는 구조 같아요."

"그것까지는 확정이라 치고, 그럼 이 녀석들이 하는 일이 도대체 뭘까?"

결국 그 문제에 다다르게 된다. 나는 메모장을 바라보며 받아 적은 내용을 처음부터 다시 살폈다. 이대로 차근차근 가토 마도카와 나눈 대화를 반추하면 새로운 길이 열릴지 모른다. 자신이 살해당할 수도 있다고 생각하게 만드는 데 성공했으니 나와 통화할 때 입이 가벼워질 것이다. 그러나……. 나는 몇 번이고 메모장을 훑어봤다. 어제부터 계속 중요한 사실을 놓치고 있는 기분이었다.

가만히 멈춰서 생각을 거듭할 때 갑자기 아기가 칭얼대서 지요코가 곧바로 안아 올렸다.

"왜 그래? 어디 불편해?"

가로안은 아기를 달래면서 지요코는 요람처럼 팔을 흔들었다. 사부로는 잠이 덜 깬 목소리를 내며 자꾸만 꼼지락거렸다. 곰곰이 생각하면 아기는 우는 것이 당연하다. 자연스럽게 그렇게 생각하던 그 순간, 내내 머리 구석에서 모락모락 연기를 피우던 위화감의 정체를 깨달았다. 등줄기가 서늘해 어깨를 흠칫 떨었다.

맞다. 아기다. 대답은 바로 거기 있었는데 일을 어렵게 생각했다. 나는 보고 들은 정보가 하나로 연결되는 것을 느끼고는 손끝을 희미하게 떨었다.

"왜 그래? 추워?"

"……아뇨, 아니에요."

나는 의아하게 쳐다보는 세 사람을 바라봤다.

"가토 마도카는 아기 울음소리에 아무 반응도 보이지 않았어요. 첫날도 어제도 마치 들리지 않는 사람처럼 그냥 지나쳤죠."

내 말에 세 사람은 서로 얼굴을 마주 보면 그것이 무슨 문제냐는 듯 고개를 갸웃했다.

"나는 말을 많이 하지 않으려고 직장에서 전화한다고 했어요. 만약 곤란한 질문을 하면 어물쩍 넘기려고요. 그런데 직장에서 몰래 전화한다는 사람 곁에서 아기 울음소리가 들리면 이상하지 않아요?"

"그야 이상하다고 생각했겠지. 하지만 아기 울음소리는 딱히 상관없지 않나."

"본인이 죽느냐 사느냐 하는 마당에 아무래도 상관없는 일은 하나도 없을 거예요."

나는 단언했다. 가토 마도카에게 느낀 묘하게 기분 나쁜 안정감의 정체는 이것이다.

"어제도 그래요. 사부로가 울어도 그 여자는 신경도 안 썼어요. 내가 그 입장이었다면 이런 위화감 하나로 상대를 의심했을 거예요. 그런데 가토 마도카는 오히려 나를 믿는다고 했죠."

힘주어 말하는 내게 조금 당황한 기색으로 리쿠토가 고개를 들었다.

"그러니까 직장에 있는 누나의 곁에서 아기가 우는 상황을 그 여자는 당연하게 받아들인 셈이네. 직장이 보육 시설이거나 소아병동일 수도 있지. 그런 곳이라면 아기 울음소리가 들려도 이상하지 않다…… 라고 여자는 빛의 속도로 이해한 거야."

"그래, 바로 그거야. 너무 빨리 납득했어. 궁지에 몰린 상황이면 더더욱 그렇게까지 머리가 돌아가지 않거든."

"즉 멍청한 여자인 줄 알았는데 의외로 아닐 수도 있다는 말이야?"

나는 고개를 저은 뒤 물을 마시고 마음을 가라앉혔다.

"가토 마도카는 아기가 있는 환경에 익숙한 사람이야. 그 여자가 더러운 일을 혼자 맡았던 이유도 처리할 대상이 힘없는 아기니까. 언제나 죽일 대상은 아기뿐이었던 셈이지."

내 말을 듣자마자 세 사람의 안색이 변했다.

"아마 아기와 관련된 일을 하고 있을 거야. 명의를 빌려준 여자를 이사로 만들어 겉으로는 아이 관련 회사처럼 보이는 곳에 다니겠지. 어쩌면 우량기업인 척하는 회사일지 몰라. 하지만 뒤에서는 어떤 이유로 아기를 죽이고 있어."

"아니, 잠시만 잠시만. 이야기가 너무 멀리 가는 거 아니야?"

하세베가 두 손을 들어 말리는데 리쿠토가 팔짱을 끼며 말했다.

"너무 멀리 간 이야기가 아닐 수도 있어요. 누나의 추측은 어떻게 봐도 논리적이에요. 놈들이 살인청부업자가 아닌 것 같은 이유는 그 여자가 너무 멍청한 탓도 있고 사람 한 명을 없애는 것은 여러 가지로 힘들기 때문이에요. 하지만 죽일 상대가 아기라면 어른을 죽이는 것보다 훨씬 쉽죠."

"너, 너무 끔찍한 이야기야."

지요코는 아기를 품에 꼭 안고 증오에 물든 눈빛으로 입술을 일그러뜨렸다.

"자칭 아기 엄마인 여자의 동영상을 바로 올린 이유도 경찰이 개입하면 이와쿠니야마산을 수색할 위험이 있어서라고 추측했잖아요. 하지만 그뿐만이 아니었어요. 범인한테는 분명 사부로 일을 고발할 수 없는 어떤 이유가 있어요."

나는 지요코에게 안겨 있는 아기를 바라봤다. 아기는 아직 기분이 나아지지 않았는지 금방이라도 울음을 터뜨릴 것 같은 얼굴로 팔다리를 휘저었다. 그때 이야기를 차분히 곱씹던 하세베가 반박했다.

"아기에게는 당연히 부모가 있어. 아이가 없어지면 난리가 나지. 죽이는 데 수고가 덜 드는 건 맞지만 어른보다 문제 되기는 쉬워."

"아저씨 말도 정설이에요. 결국 살인으로 돈을 버는 건 난도가 높아요."

"돈 때문에 죽이는 게 아닐지도 몰라."

끈질긴 내 주장에 하세베가 곧바로 물었다.

"돈도 안 되는데 위험한 다리를 건너면서까지 아기를 죽이는 의미가 뭐야?"

"필요 없어져서……?"

"그건 부모한테나 통하는 논리야."

나는 입을 다물었다. 그러나 추측의 흐름은 틀리지 않았다는 확신이 들었다. 사부로는 학대당한 흔적이 없고 오히려 몇 달 동안 적절한 환경에서 자란 것 같았다. 그러나 어떠한 이유로 존재를 지워야 했다······.

나는 다시 메모장을 넘겨 리쿠토가 적어둔 포인트를 살폈다. 분명 가토 마도카의 행동 어딘가에 힌트가 숨겨져 있으리라. 그곳에 진상으로 향하는 실마리가 반드시 있을 것이다.

나는 인터넷에 올라온 정보와 그녀의 입에서 나온 말을 손가락으로 짚으며 차례로 확인했다. 폭로된 목격 정보는 대부분 매일매일 놀고먹는 기록 같았다. 파칭코 가게가 문을 열자마자 입장해서 온종일 그곳에서 시간을 보냈다. 짬이 나면 단골 라멘집에 가서 식사했겠지. 과거의 자신처럼 타락하고 방탕한 생산성 없는 삶이었다.

나는 고개를 들고 모두에게 물었다.

"가토 마도카의 정보에서 뭔가 이상하다고 느낀 점은 없어요?"

이제 핵심 근처에 있다고 느꼈다.

"까닭 없이 마음에 걸리거나 부자연스럽다고 느껴지는 점, 눈치챈 사람 없어요? 뭐든 좋으니 거슬리는 점이 있으면 알려줘요."

모두 말없이 생각에 잠겼다. 그러나 아무리 생각해도 가토 마도카의 이상함에 정신이 팔려 작은 의문점은 지워져 버렸다. 생각이 번뜩 떠오르기를 답답한 마음으로 기다리는데 아기를 안고 있는 지요코가 갑자기 입을 열었다.

"나는 파칭코가 마음에 걸려."

내가 재촉하자 지요코는 유달리 난감한 표정을 지었다.

"그 여자는 파칭고 가게가 문을 열기도 전에 줄을 서 있다가 들어갈 정도니까 아마 본인이 앉는 기계도 정해져 있을 거야. 매일 다녀서 얼굴도 알 테고."

"지요코 씨도 파칭코 하나 봐요."

"옛날이야기지. 젊었을 때 푹 빠진 적 있었어."

지요코는 마침내 잠이 든 아기를 내려다보며 말을 이었다.

"그 여자는 일주일에 나흘이나 라멘집에 갔지? 게다가 전철을 타고 이케부쿠로까지. 나라면 상상할 수 없는 일이야. 잠깐이라도 파칭코 가게를 떠나면 다른 사람이 내 기계를 차지하니까. 일부러 오픈하자마자 들어가서 기계를 차지했는데 오후에 라멘을 먹으러 이케부쿠로까지 간다고? 파칭코 가게에 다시 돌아와도 좋은 기계는 이미 다른 사람들이 차지했을 거야."

"그만큼 라멘을 좋아하나 보죠."

"아무리 좋아해도 일주일에 나흘이나 가다니 파칭코에서 돈 따는 걸 포기하는 격인걸. 나는 그 점이 내내 마음에 걸리더라고. 그 여자에게 파칭코가 단순히 시간 때우기라면 굳이 아침부터 줄을 서지 않을 거야."

과연. 나는 보지 못하는 관점이다. 지요코가 말하는 위화감의 의미도 이해했다.

"그럼 지요코 씨라면 어떨 때 기계를 떠날 것 같아요?"

"그야 돈이 다 떨어졌을 때지. 아니면 바꿀 수 없는 선약이 있거나."

"바꿀 수 없는 선약? 예를 들면?"

"일이지."

그 말을 듣자마자 사고회로가 소리를 내며 바뀌었다.

"나는 내 가게의 오픈 시간이 정해져 있었으니까 구슬이 나오든 대박 찬스가 오든 그만할 수밖에 없었어."

"지요코 씨!"

나는 벌떡 일어나서 지요코의 어깨에 손을 얹었다. 역시 지요코는 상황을 예리하게 포착하고 분석하는 사람이다. 갑작스러운 내 반응에 지요코는 주춤거리며 기묘한 것이라도 본 듯 시선을 돌렸다.

"지요코 씨 덕분에 답을 찾을 수 있을 것 같아요!"

나는 입을 떡 벌린 리쿠토를 돌아봤다.

"가토 마도카가 간다는 '쓰케멘 하야테'. 이케부쿠로 어디에 있어?"

리쿠토는 스마트폰으로 검색해 주소를 알려줬다.

"이케부쿠로보다는 지하야 쪽에 있어. 지하야 6번가."

"지하야? 역에서 멀어?"

"이케부쿠로역에서 도보 20분 넘게 걸려. 도쿄메트로 역에서도 거리가 어중간한 곳이야."

"접근성 나쁜 곳에 있는 유명 가게라……."

그렇게 말하자마자 리쿠토는 가게 정보를 다시 한번 확인했다.

"아니, 잠깐만. 평가가 안 좋은데. '멸치 육수 국물은 짜고 직접 만든다고 주장하는 차슈는 완제품을 사온 것 같다. 점원이 세 명인데 몹시 불친절하고 요즘 같은 시대에 SNS에 손님 뒷담화를 적는 비상식적인 가게. 별점 1점도 주기 싫다. 두 번 다시 안 간다'……라는데."

"그렇군."

역시, 가토 마도카의 정보를 인터넷에 올린 사람은 이 가게 점원 같았다. 그때 잠자코 귀를 기울이던 하세베가 갑자기 한 사람 한 사람 눈을 마주쳤다.

"이 라멘집 근처에 직장이 있는 거 아닐까?"

"나도 거기에 한 표."

리쿠토가 손을 들며 말했다.

"이 가게는 위치도 평가도 나빠요. 아카쓰카에서 일부러 찾아갈 곳은 아니에요. 파칭코를 멈추고서라도 이곳에 가는 이유는 일 때문이에요. 그게 가장 앞뒤가 맞아."

맞는 말이다. 가토 마도카에게는 이곳에 가야만 하는 이유가 있고 심지어 같은 시간대에 일주일에 나흘이나 갔다. 일 때문이라고 판단하는 것이 타당했다. 그렇다면 다음으로 할 일은 하나다.

"우선 아기가 관련된 직종으로 검색해 봐. 놀이방이나 베이비 시터나 아기용품점. 또 뭐가 있지?"

"스포츠 클럽에도 유아 수영 같은 게 있어. 소아과도 있고."

리쿠토는 말하면서 생각나는 것들을 스마트폰에 검색했다. 그러나 지하야 6번가에는 이 모든 것이 존재하지 않았다. 범위를 넓혔더니 금세 몇 군데 떴지만 대부분 대기업이 운영하는 체인점으로 명의 대여자가 연관될 만한 개인 운영 시설은 없었다.

그때 하세베가 벌떡 일어나 손가락을 우두둑 꺾으며 히죽 웃었다.

"이게 바로 인터넷의 한계야. 너희 젊은 녀석들은 스마트폰에서 좀 벗어나 거리로 나가야 해. 이제 다리로 승부할 차례야."

"그래, 맞아. 스마트폰은 자세도 눈도 나빠지니까."

지요코가 엉뚱한 말을 하며 나를 내려다보는 하세베와 시선을 마주쳤다.

4

 평가가 최악인 쓰케멘 가게는 세이부선과 도쿄메트로 역 두 군데에서 모두 먼 곳에 있었다. 주변은 맨션과 아파트가 즐비한 주택지로 왜인지 자동판매기가 과잉 공급된 어수선한 곳이었다. 큰길에서도 먼 곳이어서 차로도 적었고 행인도 별로 보이지 않았다. 가토 마도카의 직장은 아마 맨션의 집 중 하나이리라. 근처에 편의점도 없어서 짧은 시간 내에 식사를 해결할 수 있는 곳이 이 라멘 가게밖에 없는 환경이었다.

 "용케 안 망했네."

 마스크를 쓴 하세베는 걸걸한 목소리로 말했다. 골목을 돌자마자 바로 앞에 라멘집의 검은 노렌*과 입식 현수막이 보였는데 곧 점심시간이지만 손님은 보이지 않았다. 그 대신 점원들의 경박한 웃음소리와 품위 없는 대화가 끊임없이 들려왔다. 주위에 진한 간장 냄새도 감돌았다.

 "딱 봐도 글러 먹은 가게네. 맛이나 있으면 또 몰라."

 "뭐, 인터넷 정보를 다 믿을 수는 없으니. 그건 그렇고 주위에 회사 같은 건 없는데."

 하세베는 모자챙을 조금 올리며 주위를 둘러봤다.

---

* 상점 입구에 걸린 천.

"맨션을 빌려서 사무실로 쓸 텐데 여기서부터 알아내는 건 힘들어 보여."

"맨션 입구가 자동잠금장치 문이면 우편함에 이름이 붙어 있지 않을 경우 조사할 수 없으니까요."

나는 그렇게 말하며 쓰케멘 가게를 엿보는 리쿠토에게 시선을 돌렸다. 남색 후드티에 야구모자를 쓴 리쿠토의 눈이 아까부터 반짝반짝 빛났다. 나는 그 뜻을 알아차리고 가게를 향해 턱짓했다.

"리쿠토, 네가 나설 차례야. 쓰케멘 먹고 와."

"염탐이 특기니까 맡겨만 줘. 스카우트에서 수많은 단원을 밀고해 제물로 바친 적 있거든."

리쿠토는 가게를 빤히 쳐다보며 말하더니 마스크를 끌어올리고 종종걸음으로 달려갔다. 가게 앞에 있는 발권기에서 식권을 사 곧바로 손님인 척 들어갔다. 나는 후우 하고 숨을 내쉬었다.

"지요코 씨는 좋겠네요. 사부로와 방에 있으니까."

"한번 떨어지고 나면 더 애틋해진다고 하잖아. 하지만 그 덕분에 아기를 지켜낼 결심도 더 단단해졌지. 너는 리쿠토와 이야기해 봤어?"

리쿠토의 뒷모습을 눈으로 좇던 하세베가 유료 주차장의 콘크리트 울타리로 몸을 숨기며 물었다.

"우리 세 사람의 신상은 누구나 아는데 리쿠토에 대해서

만 아직 모르는 게 많잖아."

"개인적인 이야기는 거의 안 했어요."

"그래······."

하세베는 조금 진지한 표정으로 말했다.

"나는 이 일이 다 끝나고 리쿠토가 또 자살하려고 할까 봐 걱정돼. 지금은 잠시 잊고 있겠지만 나중에 오는 후폭풍이 더 무섭거든."

진심으로 마음을 졸이는 하세베의 말에 동의했다.

"리쿠토는 불안정한 것 같아요. 자살 욕구가 사라졌나 싶은 말도 하지만 가만히 무언가 생각에 잠길 때도 많죠. 그럴 때는 무서울 정도로 공허해 보여요."

"네가 보기에도 그래?"

하세베는 한숨을 쉬었다.

"리쿠토는 어리지만 똑똑해. 괜히 어설픈 말을 하면 역효과가 날 수도 있지. 어르신도 걱정하더라고. 도무지 종잡을 수 없다고."

사춘기 소년, 하물며 죽고 싶어 하는 섬세한 소년을 어떻게 돌봐야 하는지 알 길이 없다. 그러나 우연히 모인 네 사람이 불행해지는 미래는 상상하고 싶지 않았다. 할 수만 있다면 미래를 향해 나아가는 계기 정도는 만들어 주고 싶었다.

"뭐, 그거야. 사부로의 목숨은 당연하고, 어떻게 보면 리쿠토의 목숨도 우리에게 달렸어. 그렇게 생각하면 맞을 거야."

하세베가 기합을 넣듯 턱을 당겼을 때 가게의 노렌을 걸으며 리쿠토가 나타났다. 그 바로 뒤에서 덩치 큰 남자도 나타났다. 쓰케멘 가게 점원답게 머리에 수건을 두르고 가게 이름이 새겨진 티셔츠를 입고 있었다.

우리는 반사적으로 뒤로 물러나 얼굴을 조금만 내밀고 상황을 살폈다. 점원은 손가락으로 가리키며 무언가 말했지만 리쿠토가 고개를 꾸벅 숙이자 가게 안으로 들어갔다. 리쿠토가 어슬렁어슬렁 걸어 우리가 있는 쪽으로 다가왔고 순간 뒤를 돌아본 뒤 유료 주차장 부지로 들어왔다.

"고생 많았어. 저 점원 가게 밖까지 나와서 손님을 배웅하던데. 제대로 된 가게잖아."

하세베의 평가에 리쿠토는 손을 한 번 흔들었다.

"전혀 아니에요. 손님이 있던 말던 점원끼리 계속 수다를 떨던데, 인터넷에 올라온 리뷰가 맞았어요. 그런데 맛은 그렇게까지 나쁘지는 않은 것 같기도 하고."

리쿠토는 이마에 맺힌 땀을 닦고 야구모자를 다시 썼다.

"내가 초보 유튜버라고 했거든요. 조회수를 늘리고 싶으니까 가토 마도카에 대해 아는 것 좀 알려 달라고 솔직하게 부탁했죠. 그랬더니 세 점원이 재미있어하면서 이런저런 정보를 알려줬어요."

"그래서, 아지트가 어딘지 알았어?"

하세베가 다급하게 묻자 리쿠토는 고개를 살짝 끄덕였다.

"하여간에 맨날 무뚝뚝하고 말을 걸어도 반응이 없다. 단골이라 서비스를 줘도 귀찮다는 듯 혀를 찬다. 휴대폰 게임을 하면서 먹는다. 김과 멘마를 싫어해서 꼭 남긴다."

"쓸모 없는 정보잖아."

하세베가 코를 찡긋하자 리쿠토가 길 끝을 손가락으로 가리켰다.

"가토 마도카는 밥을 먹고 나면 꼭 저쪽으로 걸어갔대요. 30미터 정도 앞에서 오른쪽으로 돌았다고. 점원이 여러 번 봤대요."

나는 뒤를 돌아 리쿠토가 가리킨 방향으로 눈을 돌렸다. 이 길에는 공동주택이 많아 회사로 보일 법한 건물은 여기서 보이지 않았다.

우리는 어설픈 정보에 의지해 걸으면서 우회전할 수 있는 길이 나오면 반드시 돌아서 확인했다. 어느 길에나 맨션이 있었고 자그마한 부지에도 새 맨션을 짓기 위한 공무소 간판이 걸려 있었다. 여러 회사가 입주한 듯 보이는 상가건물도 없었고 대부분 주택이었다.

나는 마스크 때문에 뿌얘진 안경을 벗어 손수건으로 닦은 뒤 다시 썼다. 흐린 날씨 때문에 기온이 낮았지만 걷다 보니 땀이 흘렀다. 하세베와 리쿠토는 어디에서 났는지 잉어가 그려진 부채를 얼굴에 부치고 있었다. 셋이 뭉쳐 있으면 사람들의 눈에 띌 위험이 커서 각자 나누어 길을 조사했다.

맨션의 우편함에 회사 명패가 붙어 있으면 무조건 확인했다. 창문에 회사명 스티커가 붙어 있나 확인하려고 위를 올려다보며 돌아다녔다. 수색에 몰두하던 그때 리쿠토가 스마트폰을 들고 다가왔다.

"인터넷에서 조사한 바로는 이 주변에 회사로 등록된 곳은 극히 적어. 그 대신 개인이 운영하는 에스테틱이나 교습소 같은 곳들이 여기저기 흩어져 있어."

"거기에 아이들이 연관될 만한 곳은 없었지?"

"없어. 대부분 맨션이고, 무슨 표시가 없으면 이 동네에서 회사 하나 찾기란 거의 불가능할 것 같아."

그것이 문제였다. 마지막 수단은 가토 마도카의 입을 여는 방법이었지만 쉽지 않을 터다. 이미 지척에 와 있는데 한 걸음을 내딛지 못한다는 사실에 속이 탔다.

그때 뒤에서 리쿠토의 목소리가 들려 돌아봤다. 리쿠토는 초조해 보이는 모습으로 모퉁이 끝을 손가락으로 가리켰다. 나는 재빨리 리쿠토에게 다가가다가 모퉁이 끝에 보이는 모습에 놀라 갑자기 멈췄다. 하세베가 유모차를 미는 젊은 아이 엄마 셋을 불러 세운 것 아닌가. 손에는 수첩과 펜을 들고 무언가 받아 적고 있었다.

"아니, 뭐 하는 거야……."

나는 믿을 수 없다는 듯 중얼거렸다. 젊은 사람들은 틀림없이 우리를 알 텐데, 특히 아이 엄마라면 유괴 정보를 놓칠 리 없다. 그런데도 하세베는 환하게 웃으며 주부들을 막아 세운 것이다.

정색하며 리쿠토를 쳐다보고 있는데 하세베가 주부들에게 손을 흔들고는 우리를 향해 걸어왔다. 나는 다짜고짜 하세베를 전봇대 뒤로 끌고 갔다. 내가 비난의 눈초리를 보내자마자 하세베가 일단 이야기를 들어 보라는 듯 손으로 막았다.

"아기는 아이를 낳은 엄마가 제일 잘 알잖아. 그래서 탐문한 거야."

"그럼 얼굴을 들키지 않게 리쿠토에게 맡겼어야죠!"

"딱 봐도 중고등학생 같은 애가 말을 걸면 오히려 경계하잖아."

"그건 하세베 씨도 마찬가지예요. 지나가던 덩치 큰 남자가 말을 거는 게 더 무섭다고요."

나는 화를 냈지만 "다들 웃고 있었어"라며 리쿠토가 태평하게 끼어들었다. 조급한 마음으로 리쿠토를 돌아봤을 때 하세베는 재킷 안주머니에서 뭔가를 꺼내 내밀었다.

명함 한 장이었다. 명함에는 주식회사 생활공방, 무료신문 '엄마와 할아버지' 편집부, 데라야 사부로라고 적혀 있었다. 머릿속이 물음표로 가득 찼을 때 하세베가 부채를 펼치면서 자신만만한 표정을 지었다.

"이케부쿠로역에 명함 자판기가 있더라고. 거기서 만든

거야."

"아니, 만들었다는 게 무슨 뜻인지 모르겠는데요."

"앞으로는 탐문이 중요해질 거라고 예상했지. 인터넷은 편하긴 하지만 정말 알고 싶은 정보는 쉽게 얻을 수 없잖아. 범죄에 얽힌 정보는 더더욱 그렇고."

리쿠토가 내 손에서 명함을 빼앗아 인쇄된 내용을 보고 갸웃했다.

"'엄마와 할아버지'는 누구를 대상으로 하는 무료신문이에요? 왠지 수상해 보이는데."

"어디가 이상한데?"

하세베가 리쿠토를 노려봤다.

"이건 어르신이 생각한 거야. 가게에 무료신문을 놓게 해달라는 사람이 여러 명 있었대. 나는 신문기자 명함을 만들려고 했는데 어르신이 무료신문으로 하라고 조언했지. 그래야 더 친근하게 느껴서 입이 가벼워진다고."

확실히 과장되지 않은 것은 맞지만 이 정도로 대담하게 신분을 사칭한 사실이 들통나면 훌륭한 먹잇감이 된다. 그리고 범죄자 측에서 알아차릴 가능성도 커졌다. 내가 깊은 한숨을 내쉬자 하세베가 어깨를 두드렸다.

"걱정하지 마. 이래 봬도 내가 영업 능력이 있거든. 우리 작은 마을 공장을 몇십 년이나 운영할 수 있던 이유는 다 내가 거래처의 사랑을 받았기 때문이라고."

"본인 입으로 잘도 그런 말을 하네요."

내가 날카롭게 말했지만 하세베는 시원하게 무시하고 말을 이었다.

"옛날부터 만나는 사람마다 나보고 재밌다고 했어. 특히 여자한테는 더 쉬웠지. 초면인데도 대체로 좋은 인상을 심어줬다고."

내가 느낀 하세베의 인상은 남존여비 사상에 찌든 최악의 인간 말고 아무것도 없었지만 왜인지 미워할 수 없고 내버려 둘 수 없는 기분이 들게 하는 것도 사실이었다. 나는 말을 되돌렸다.

"그래서 아까 세 사람과 무슨 이야기했어요?"

"아기 관련 특집을 기획 중이라 정보를 모으고 있다고. 현지인만 아는, 인터넷에 뜨지 않는 회사나 가게가 없냐고 물었지."

제법 좋은 착안점이었다. 하세베는 엄지손가락을 핥은 뒤 메모장을 넘겼다.

"맨션에서 할 법한 사업으로 여러 가지가 나왔어. 아기 조기교육 동아리, 또래가 모이는 아기 모임, 아기 피부 관리, 아기 힐링, 자장자장 모임."

"죄다 잘 모르겠는데요."

리쿠토가 불쑥 말했다.

"뭐, 사업이라기보다 대부분 동호회지. 회비가 1,2천 엔 정도 되는 소소한 모임이야."

하세베는 승리를 확신하듯 힘차게 웃었다.

"그런데 그중에서 한 가지만 성격이 다른 모임이 있어. 그 주부들도 무료신문에 올릴 만한 건 아니라고 했는데 말이야. 'NPO 법인, 건강하게 쑥쑥'. 이른바 입양, 아기 알선 단체야."

그 말을 듣는 순간 등줄기에 소름이 돋았다. 입양……. 아기를 중심으로 움직이는 단체다. 아니, 무엇보다 아기가 없으면 성립되지 않는 단체였다. 그리고 리쿠토가 그 자리에서 검색해 스마트폰을 들이밀었다.

"가까워요. 여기서 두 블록만 가면 돼. 맨션을 빌려 사무실로 쓰나 봐."

소름이 멎지 않아 팔을 문질렀다.

"지금 당장 가토 마도카에게 증거를 얻어내자. 이 NPO가 살인자 집단이라는 확신이 필요해."

리쿠토에게 스마트폰을 빌려 시간을 확인한 뒤 우에노에 있는 소규모 비즈니스호텔을 검색했다. 나는 녹음 기능을 켜고 발신 번호 표시 제한 설정을 한 뒤 가토 마도카의 번호를 눌렀다. 그리고 몇 초 만에 종료했다가 다시 걸었다. 그러자 첫 번째 신호음이 끝나기도 전에 전화를 받았다.

"여보세요, 저입니다. 아직 10시 전인데 미안합니다."

그러자 여자가 쉰 목소리로 말했다. 담배를 피우는지 길게 숨을 내쉬는 소리가 들렸다.

─뭐야? 무슨 큰일이라도 났어?

"맞습니다."

그 대답에 여자의 숨이 콱 막혔다. 나는 목소리에 감정이 드러나지 않도록 아랫배에 힘을 줬다.

"지금 지하야에 있는 '건강하게 쑥쑥'에 다녀오는 길입니다."

분명하게 그 이름을 입에 올린 뒤 가토 마도카의 반응을 기다렸다. 여자가 담배를 재떨이에 비벼 끈 듯 무언가 부딪히며 달그락거리는 소리가 났다. 그리고 헛기침을 몇 번 한 뒤 스마트폰에서 목소리가 흘러나왔다.

─그래서, 사무실에 일어난 큰일이 뭔데?

그 한마디를 듣자 온몸이 뜨겁게 달아올랐다. 귀를 기울이던 리쿠토는 흥분해 주먹을 치켜들었고 하세베는 너무 충격을 받은 나머지 머리를 감쌌다. 이제 '건강하게 쑥쑥'이라는 NPO 법인이 범죄의 거점이라는 사실이 확정됐다. 하세베의 무리수가 성공했다는 사실에 전율이 일었지만 들키지 않도록 일부러 목소리 톤을 낮췄다.

"잘 들어요. 가쓰우라 씨 일당이 도쿄 내 호텔에 닥치는 대로 전화를 걸어 당신을 찾고 있습니다. 설마 실명으로 체크인한 건 아니죠?"

그 순간 잠시 침묵이 흘렀다.

―저, 저기, 주소는 가짜지만 이름은 실명으로 체크인했어. 카드 명의자와 이름이 다르면 이상하니까.

마치 어린아이 같은 반응이었다. 나는 후우 하고 숨을 내쉰 뒤 심각한 분위기를 조성했다.

"지금 당장 그곳을 나와 우에노에 있는 호텔 뉴 사쿠라에 몸을 숨겨요. 이 호텔은 안전합니다. 그런 곳이거든요."

나는 함의가 있는 듯 말했다.

―저기, 놈들이 누구를 보낼 생각인 거야?

"그건 모르겠습니다. 당신이 더 잘 알지 않을까요?"

여자는 침을 꿀꺽 삼켰다.

"아무튼 바로 이동하세요. 또 연락하겠습니다."

나는 일방적으로 통화를 끊었고 리쿠토가 평소답지 않게 목소리를 높였다.

"진짜 대박이다! 우리가 역전승했어!"

"아직 이긴 거 아니야."

그렇게 대꾸하면서도 마음이 들떠 아직도 떨림이 멈추지 않을 정도였다.

"아저씨도 뭐라고 말 좀 해봐요! 왜 갑자기 가만히 있어요."

리쿠토가 흥분해 하세베의 등을 두드리자 그가 마스크와 패션 안경을 벗고 얼굴을 북북 문질렀다.

"……믿기지 않아. 역사에 남을 만한 흉악 범죄자들의 아지트를 알아냈다고. 심지어 상대에게 우리 정보는 하나도 주지 않았어. 어떻게 이런 일이……."

나는 허리를 펴고 두 손으로 얼굴을 두드린 뒤 기함을 넣고 두 사람을 향해 돌아섰다.

"아직 멀었어요. 적을 재기 불능 상태로 다 몰아넣고 나서 기뻐하자고요."

"맞는 말이지만 분명 출구가 보이잖아. 그건 그렇고 그 여자에게 왜 호텔을 바꾸라고 한 거야? 애초에 우에노역에 있는 호텔을 어떻게 알아?"

하세베의 질문에 대답은 간단했다.

"대충 검색해서 나온 곳이에요. 그 여자가 어디에 있는지 알아야 여러모로 편리하니까요."

두 사람은 잠시 어리둥절해했지만 내 수완에 어이없으면서도 감탄스럽다는 듯 복잡한 표정을 지었다.

제5장

우리의 나를

1

그 후 우리는 호텔로 돌아와 앞으로의 계획을 다시 세웠다. 자세한 내용을 들은 지요코는 놀라서 할 말을 잃었고 이내 심한 혐오감으로 얼굴을 일그러뜨렸다. 당연했다. 설마 입양지원단체에서 살인을 할 줄이야, 심지어 아기를 주저 없이 죽이다니 상상의 범위를 완전히 뛰어넘었다.

하세베가 침대에 책상다리를 하고 씁쓸한 표정을 지었을 때 리쿠토가 모두에게 보이도록 스마트폰 화면을 돌렸다. NPO 법인, 바로 건강하게 쑥쑥 홈페이지였다. 파스텔 색상 페이지에는 아기를 안고 있는 엄마 사진과 그림 등이 실려 있었다. 입양 절차가 이해하기 쉽게 도표화 되어 있으며 경계심을 자극할 만한 요소는 전혀 없었다. 그러나 아이를 넘기는 민감한 부분을 다루는 단체인데 어딘가 꺼림칙한 기분이 드는 이유는 진상을 알기 때문만은 아닐 것이다. 하세베도 같은 부분이 마음에 걸리는 듯 눈썹을 모으고 손가락으로 가리켰다.

"뭐야, 이 스피드 온라인 입양은."

"대충 읽었는데 말 그대로예요. 인터넷 등록으로 간편하게 입양하는 것 같은."

리쿠토의 표정도 어두웠다.

"아동상담소나 공공 기관이 하는 특별 입양은 실습이나 면담을 받고 부모로 인정받기까지 일 년 이상이 걸린다고 들었어요. 게다가 도쿄에서만 수백 명이 입양 대기 중이니 한없이 기다려도 차례가 돌아오지 않죠."

"당연하지. 아이의 평생이 결정되는데."

하세베가 정론을 말했다.

"관공서 일 처리가 늦어서 수요가 있는 것 같아요. 이 단체는 연봉 같은 개인정보만 인터넷에 등록하면 되잖아요. 온라인 면담만 한 번 하고 나머지는 대부분 SNS로 소통하죠. 그렇게 연수 동영상 몇 편 찍어 올리면 끝."

"아니, 그렇게 끝이라고? 아무리 그래도 그렇게 간단하게 아이를 넘겨준다고?"

"그런 것 같아요. 마지막에는 가정법원의 결정이 있어야 입양이 성립하지만 그 전에 해야 하는 귀찮은 절차를 대폭 줄이고 속도를 높이는 거죠. 그것이 이 단체의 세일즈 포인트예요."

그 말을 들은 지요코가 완전히 잠든 아기를 침대에 눕히며 말했다.

"정말 싫다. 뭐, 그런 비정상적인 불법단체도 있다니."

"아니 합법이에요. 후생노동성과 도쿄도의 허가를 받은 알선기관이거든요."

리쿠토는 스마트폰으로 도쿄도 복지보건국 홈페이지를 보여줬다. 거기에는 허가 번호, 허가 일자와 함께 '건강하게 쑥쑥'이라는 단체명이 적혀 있었다. 지요코는 스마트폰 화면에 얼굴을 대고 소리쳤다.

"도대체 이게 무슨 일이야! 나쁜 놈들이 나라의 허가를 받고 아기를 죽이고 있다니!"

전혀 모르던 세계인 만큼 경악스러웠다. 나는 스마트폰 화면을 스크롤하며 다른 알선업체도 확인했다. 현재 도쿄도의 허가를 받은 단체는 다섯 개뿐. 영리 사업이 아니기 때문에 수익은 기대할 수 없으니 거의 봉사활동에 가까웠다. 그러나 범죄자들은 이 틀 안에서 폭리를 취하는 시스템을 구축했다.

나는 건강하게 쑥쑥의 홈페이지로 돌아가 세세하게 기재된 개요를 훑었다. 그리고 더욱 놀라운 내용을 발견했다.

"아기를 양자로 보내는 사람에게 생활지원금 최대 350만 엔을 지급한다……. 뭐야, 아기 값이야? 완전 인신매매잖아."

설명을 읽으며 내용을 더욱 파고들었다.

"임신과 출산으로 일을 못하게 되거나 집세를 낼 수 없는 등 사정이 어려운 임산부를 보조한다는 명목이지만 이 돈이 아기를 보내는 데 결정적 요인이 되는 사람이 있을 거예요. 가난한 환경에서 아이를 낳은 사람에게 350만 엔을 준다고 하면 여러 가지로 제대로 판단하지 못하겠죠."

원치 않는 임신으로 일을 할 수 없게 된 사람에게 이 지원금은 틀림없이 목숨줄이다. 그러나 어떻게든 자식을 낳고 싶어 하는 어머니의 마음에 찬물을 끼얹을 수도 있었다.

생각이 따라가지 못할 정도로 충격받았다. 내 윤리관이 무너지고 있었고 아기 입양 알선이라는 분야의 위화감은 대단했다. 세 사람도 할 말을 찾지 못하며 당혹감을 넘어 분노로 얼굴이 경직됐다. 나는 일단 물을 마시고 마음을 가라앉혔다.

"일단 이 내용은 나중으로 두죠. 여기서 논의해 봤자 소용없잖아요."

리쿠토가 스마트폰을 집어 들고 다른 페이지를 클릭했다.

"책임 총괄자가 이노 미치코. 이 사람의 경력 같은 건 안 올라왔어요. 직원으로 보이는 사람의 이름도 없고."

리쿠토는 곧바로 대표 이노 미치코의 이름을 검색했다. 그러나 관련 정보는 뜨지 않았다. 이어서 '건강하게 쑥쑥'이라는 회사명으로 검색했다. 아기 입양 알선 단체라는 특수성 때문인지 이용자의 게시글은커녕 악평 같은 것도 찾아볼 수 없었다.

"이 단체가 범죄를 위한 눈가림용이라는 건 확실한데 그럼 뒤에서 무슨 짓을 하는 거지?"

내가 자문자답하듯 말을 꺼내자마자 리쿠토가 솔직한 의견을 말했다.

"이 흐름을 따라가보면 출생 신고를 하기 전에 아기를 뒤에서 파는 것 아닌가 싶어. 뉴스에 자주 나오는, 집이나 화장실에서 아이를 낳고 죽이는 것처럼. 내 선배 중에도 있었어, 고등학생 때 임신한."

"역시 그런 그림이 떠오르지. 병원에서 낳으면 기록이 남지만 그렇지 않으면 아무도 모르잖아. 그렇게 태어난 아기를 몰래 사들여 되파는 장사를 하는 거야."

그 말을 듣자마자 지요코는 몸서리쳤다.

"그게 사실이라면 끔찍하게 악독한 짓이야. 그런데 어떻게 아무에게도 들키지 않고 그렇게까지 할 수 있지?"

"하려면 할 수 있겠지만 문제는 어떻게 그렇게 알맞게 아기를 조달할 수 있느냐지."

지당한 의문이었다. 돈이 되기 때문에 살인을 저지르는 집단이다. 분명 아기를 손에 넣었을 때만 팔아넘기는 소극적인 집단은 아닐 터다. 상품으로서 아기를 일정하게 수급할 수 있는 루트가 있을지 모른다. 혹은 단순히 판매가가 고액이라면 수급량에 구애받을 필요가 없다.

그때 리쿠토가 스마트폰 화면을 내밀었다.

"이 NPO는 인터넷을 귀신같이 활용해. 아기를 키울 수 없는 환경에 처하신 분은 무엇이든 상담해 드립니다. 고민을 덜어드리겠습니다. 언제든 메시지를 기다립니다. 꼭 답장할게요. 대충 보니 온갖 SNS 계정을 운영하네요."

리쿠토가 말을 이었다.

"단체와 맞지 않는 SNS에도 계정이 있어요. 중고생들이 주로 이용하는 그런 SNS요."

역시. 나는 중얼거렸다. 이 단체의 타깃은 미성년자인 셈이다. 임신 사실을 누구에게도 상담할 수 없는 아이를 먹잇감으로 삼고 있다. 미간에 주름을 잡은 하세베는 착잡한 얼굴로 고개를 저었다.

"인터넷이 없어도 아이는 계속 착취해온 것 같은데."

리쿠토는 감정 없이 말했다.

"그런데 고생해서 조달한 아기를 죽이는 이유는 뭘까요?"

"병이 있거나 팔 수 없는 상태겠지."

내 입으로 말하면서도 혐오감이 들었다. 지요코가 이를 악물고 나지막하게 말했다. 눈은 분노로 물들었고 얼굴은 인상이 바뀔 정도로 일그러져 있었다.

"……구역질이 나, 지옥에 가서 심판받아야 할 놈들이야. 그런데 사부로는 아파 보이지 않아. 안색도 좋고 식욕도 정상이거든. 위도 튼튼하고."

"나쁜 놈들 나름대로 이유가 있겠죠."

나는 모호하게 얼버무리고 입을 다물었다. 병약한 아기는 거래되기 어려운 것처럼 외모나 개월 수, 심지어 핏줄 등도 가격에 반영되는 것은 아닐까. 돈이 되지 않으면 곁에 둘 이유가 없다.

그때 하세베가 곰곰이 생각하며 말했다.

"그러면 자칭 아기 엄마라는 여자의 동영상을 왜 올렸는지 모르겠군. 수색해서 뼈가 수북하게 나오든 말든 애초에 출생 신고를 안 한 아기라면 신원이 밝혀질 염려가 없는데."

"분명 사부로 때문일 거예요."

나는 잠든 아기에게 시선을 돌렸다.

"물론 산을 수색해도 곤란하겠지만 가장 큰 이유는 사부로가 아닐까 싶어요. 예를 들면 DNA라거나."

나는 단호하게 말했다.

"이 아이의 DNA를 검사하면 부모가 누군지 알려지는 상황일 수도 있어요."

그런 이유라면 범죄자가 경찰에 신고한 것도 수긍이 간다. 일찌감치 피해자라는 입지를 다져 놓지 않으면 과학수사로 넘어갈 가능성이 있었던 것이다.

"사건의 윤곽이 점점 보이네. 하지만 파헤칠수록 지금부터는 경찰이 아니면 조사할 수 없을 것 같아."

하세베의 말에 분노로 얼굴이 굳은 지요코가 아기를 내려다보며 말했다.

"경찰은 아직 일러. 나는 말이야, 사부로를 깨끗한 세상에서 살 수 있게 해주고 싶어. 조금이라도 불안의 씨앗이 있는 세상에 내팽개치지 않을 거야. 어차피 적은 치가 떨릴 정도로 잔혹한 나쁜 놈들이야. 내가 확실히 그놈들 숨통을 끊어 놓을 때까지는 죽는 한이 있어도 이 아이를 숨길 거야."

지금의 지요코라면 비록 혼자라도 그렇게 행동하리라. 나는 리쿠토에게 스마트폰을 받았다.

"경찰이 즉시 들이닥칠 수 있을 만큼 확실한 증거는 분명 가토 마도카가 쥐고 있어요. 지금이라면 끄집어낼 수 있을 것 같아요."

마도카와 최소한의 신뢰 관계를 구축했으니 분노나 절망을 활용해 복수심을 자극하면 된다. 이 방법에는 기세가 필요하다. 기회는 은신처를 옮긴 지 얼마 되지 않은 데다가 궁지에 몰렸다는 착각에 빠진 지금뿐이었다.

나는 숨을 크게 들이마시고 스마트폰으로 손을 뻗었다.

―호텔 옮겼어. 우에노 뉴 사쿠라. 여기는 안전하지?

통화를 시작하자마자 가토 마도카는 상대의 기색을 살피지도 않고 갑자기 본론으로 들어갔다. 상당히 불안정한 상태인 것이 느껴졌다.

"가토 씨, 번번이 죄송합니다. 호텔을 옮겼다니 안심이네요. 지금까지 그곳에 몸을 숨긴 사람은 없었으니까."

―지금까지? 그게 무슨 말이야. 내가 모르는 인간이 조직에 관여한 적은 없다고.

"그런데 당신은 나를 몰랐잖습니까."

그 반격에 마도카는 금세 입을 다물었다.

"건강하게 쑥쑥에는 여러 사람이 얽혀 있습니다. 나는 아기를 데려온 소녀들의 뒤를 감시하는 역할을 맡습니다."

즉흥적으로 꾸며낸 이야기에 여자는 의심도 없이 덥석 물었다.

―정말이야? 그런 사람이 있다는 이야기는 못 들었는데.

"이번 일이 일어나기 전까지 내 존재는 가쓰우라 씨밖에 몰랐을 겁니다. 무엇보다 나는 가쓰우라 씨가 개인적으로 고용한 사람이거든요."

가토 마도카가 경계심을 품지 않도록 신중하게 다음 말을 기다렸다. 나 혼자 앞질러 가면 대화가 크게 빗나가 되돌리지 못할 수도 있다. 여자의 반응을 인내심 있게 기다리는데 마도카가 담배에 불을 붙이는 소리가 났다.

―그 사람은 옛날부터 비밀주의니까. 어디에 사는지 가족이 있는지도 몰라.

"나도 모릅니다. 하지만 위험한 인물인 건 알죠. 가토 씨도 안다고 생각하는데요."

일부러 말을 돌리자 마도카는 수화기에 대고 후 하고 숨을 내쉬었다.

"그 사람은 무슨 생각을 하는지 모르겠어. 학력이 아주 높고 돈도 썩어날 정도로 많잖아. 그런데도 늘 위험한 다리를 건너더라고."

"가토 씨는 가쓰우라 씨에게 도움을 받았다고 들었습니다."

―그러게. 내가 처음 임신한 건 중학생 때고 집에서 혼자 아기를 낳았어. 태어난 아기는 바로 죽였지. 그걸 세 번 반복했어.

세 번……. 할 말을 잃었다. 사람을 죽이는 행위에 대해 너무 둔감하다. 죄책감이나 후회도 없었다. 지요코와 사람들은 입술을 부들부들 떨었다.

―중학교 3학년 때 가출하자마자 또 임신했는데 그때 처리한 아기가 쓰레기더미에서 발견됐지 뭐야. 그런데 동거하던 남자의 아파트에 경찰이 오는 바람에 나는 순간 창문으로 도망쳤어. 그리고 어느 장소로 갔지.

마도카가 재떨이에 담배를 비벼 껐다.

―그곳에 있던 사람이 가쓰우라 씨야. 가출 소녀를 구하는 활동을 하고 있었어. 나는 그곳에 오랫동안 숨어 지냈어. 그러다가 이제 다른 회사를 차리려고 하는데 같이 일하지 않겠냐고 제안을 받았지. 장래가 기대된다면서.

여자는 40대 초반으로 보였는데 실제로는 훨씬 젊을지 모르겠다.

—가쓰우라 씨는 NPO를 만들어 입양을 알선하는 사업을 시작했어. 처음에는 국제 입양 전문이었는데 법이 바뀌었다나 뭐라나. 너도 알지? 민간 알선업은 국내로 한정됐어.

"가쓰우라 씨가 내게 제안한 게 그 무렵입니다."

—그렇구나. 뭐, 여러 가지로 바꿔야 해서 고생은 죽도록 하고 돈은 못 벌었지. 해외 입양은 쉬운 장사였거든. 우리가 부르는 값에 사주니까.

상상했던 것보다 훨씬 더 흉악한 범죄자 집단이었다. 세 사람도 예상을 훌쩍 뛰어넘은 듯 얼굴이 창백하게 질린 듯했다. 나는 어떻게든 호응하려고 머리를 굴렸다.

"그 후 일도 궤도에 올라 순조롭게 진행된다고 생각했는데 얼마 전에 아기를 산에 유기한 일 때문에 상황이 바뀌었죠. 조직도 혼란에 빠졌고."

그러자 마도카는 크게 혀를 찬 뒤 다시 쯧쯧거렸다.

—나는 처음부터 반대했어. 뒤에서 알선만 해도 충분히 돈을 만질 수 있었거든. 고객도 끊이지 않았고 아기 조달도 순조로웠어. 그런데 가쓰우라 씨와 구마다가 욕심을 내자마자 이런 꼴이 된 거야. 아기 장기에 손을 대다니.

'장기?'

나는 눈을 부릅뜨고 소리가 새어 나올 뻔한 입을 서둘러 손으로 막았다. 하세베도 사레가 들린 듯 베개에 얼굴을 파물었다. 나는 충격받은 기색이 느껴지지 않도록 애써 냉정한 목소리로 말했다.

"신규 사업에 대해서는 자세히 듣지 못했습니다. 아기를 산에 유기한 건 폐, 폐기하기 위해서였죠?"

스스로 생각하는 것 이상으로 사부로에게 정을 붙였나 보다. 이 말을 꺼내는 것조차 불결해서 견딜 수 없었다. 마도카는 다시 담배에 불을 붙였다.

—그 아이는 경찰의 자식이야.

"⋯⋯경찰?"

—그래. 경시청 2과 형사가 원조 교제하다가 고등학생을 임신시켰거든. 여자는 그 사실을 숨기고 아이를 팔아넘겼고 우리는 터무니없는 하자품을 입수한 셈이야.

역시 DNA 감정을 경계하고 있었다. 만약 우리가 보호한 아기를 경찰에 신고할 경우 경찰은 아기의 신원을 확인하려고 DNA 검사를 할지도 모른다. 그때 아기의 아버지가 형사라고 밝혀지면 어머니인 여고생까지 찾아낼 가능성도 있었다. 최악의 상황을 피하려고 피해 신고하는 강수를 두었고 과학수사를 막기 위해 선수를 쳤다.

여기까지는 내 추측과 맞아떨어졌다. 그러나 한 가지 풀리지 않는 의문이 있었다. 나는 나불대는 마도카에게 물었다.

"그날 밤 당신은 왜 산으로 돌아갔습니까?"

그러자 가토 마도카가 소름 끼치는 웃음소리를 흘렸다.

―다른 의뢰가 들어왔거든. 그날 밤 갑자기 혈액형이 O형인 아기가 필요해졌어. 정확히는 O형인 아기의 심장. 거절할 수 없는 의뢰였고 앞으로의 활동을 좌우할 거라더라고. 그래서 돌아갈 수밖에 없었지. 그런데 그 빌어먹을 새끼들 때문에 엉망진창이 됐어.

말하는 사이에 감정이 고조된 마도카의 쉰 목소리가 점점 커졌다.

―이상하지 않아? 어떻게 생각해도 내 잘못이 아니잖아! 심장이 필요한 손님이 타이밍이 나빴을 뿐인데 왜 내가 그 하이에스 패거리와 한패라고 떠드는 거야! 인터넷에 모인 쓰레기들이 신나서 떠드는 걸 왜 내가 책임져야 하냐고!

그런 차원의 이야기는 아니지만 이미 살인이 너무 당연해져서 아침 식사를 하는 수준의 감정만 느끼는 듯했다. 이렇게 가벼운 인식이 조직 전체에 만연한 분위기다. 속이 울렁거리면서도 크게 이해했다. 튼튼하게 쑥쑥은 비정상에 너무 익숙해진 탓에 일을 엉성하게 처리하고 만 것이다.

하세베는 노성을 지르고 싶은 마음을 필사적으로 억제하며 이를 악물고 주먹을 불끈 쥐었다. 지요코도 분노한 나머지 눈이 충혈되고 촉촉하게 젖었다. 리쿠토는 표정은 변하지 않았지만 펜을 쥔 손에 힘이 실렸다. 나도 몹시 동요했지만 지금이야말로 온 힘을 다해 마도카의 장단을 맞춰야만 한다.

"나는 가토 씨를 버리면 안 된다고 생각합니다. 그렇게 제안했지만 기각됐어요. 그래서 더는 가쓰우라 씨를 따를 수 없습니다. 지금 방식대로라면 모든 게 드러날 겁니다."

─그렇게 된 거구나……. 그래서 너는 가쓰우라 씨를 배신하고 나를 놓아주려고 했구나. 너도 도망칠 생각이지? 이제야 다 알겠어. 가쓰우라가 내게 보낸 사람들, 캄보디아 놈들이잖아.

캄보디아? 갑자기 등장한 나라 이름에 당황했다. 무엇을 암시하는 단어일까 생각하는데 여자가 밉살스럽게 말했다.

─정말 미친놈들이라니까. 가쓰우라가 놈들과 손잡고 장기를 팔려고 하지만 반드시 실패할 테고 까딱하면 놈들 손에 죽을 거야. 나도 그렇게 생각해.

"잠시만요."

나는 대화의 흐름을 따라가지 못해 말을 막았다.

"아까도 말했지만 장기매매에 대해서 저는 아무 이야기도 듣지 못했습니다. 캄보디아 사람이 관련된 건가요?"

마도카는 숨을 크게 내쉬었다.

─캄보디아에서는 인신매매가 기승을 부리고 있어. 배후에 중국인 마피아가 있다는데 그건 확실치 않아. 여하튼 그 동네는 사람을 납치해 장기를 빼내는 일이 쌔고 쌨어.

"그런 이야기는 금시초문이군요."

─얼마 전 홍콩이랑 대만에서도 난리 났잖아. 캄보디아에

서 돈 되는 일자리가 있다며 사람을 모아서 데려갔는데 다시는 돌아오지 못했다고.

마도카는 진심으로 무서운 듯했다. 목소리를 죽이고 말을 이었다.

―가쓰우라는 국제 입양 일을 할 때 쌓은 인맥이 있어. 아기는 어쨌든 비싸게 팔리고 찾는 사람도 많으니까. 우리는 거기랑 연결됐지. 아기는 엄마 역할 하는 사람만 있으면 출국하기도 쉽고 경찰도 법무성 입국 관리국도 아무도 몰라.

너무나도 처참한 이야기에 오싹했다. 가토 마도카는 대화에 굶주린 데다 도주하는 신세라는 스트레스까지 겹쳐 한번 말을 시작하자 멈추지 않았다.

―오메시 그 깡촌에 아기 저장소가 있잖아? 동영상에서 엄마 역할을 한 여자는 거기서 아기를 돌보는 여자야. 이와쿠니야마산은 가까운 처리장이었는데 이번 난리 때문에 더는 쓸 수 없겠어.

"오메에 아직 아기가 있습니까?"

―네댓 명 있을 텐데 지금은 어떻게 됐을지 모르지. 아기는 너무 자라면 여러모로 거래하기 어려워지니까. 우리가 재고 관리를 할 수 있는 건 기껏해야 일 년이야.

"당신은 끔찍한 일을 하고 있다는 자각이 없습니까?"

무의식중에 말이 튀어나왔다. 그러나 여자는 나를 바보 취급하듯 비웃었다.

―우리한테 오는 아기들은 대부분 태어나는 순간 제 엄마 손에 죽을 운명이었어. 우리는 그런 목숨을 재활용하는 것뿐이지. 끔찍하고 말고 할 것도 없어.

이제야 비로소 깨달았다. 이렇게까지 선악이 뒤틀린 사고방식을 교정하기란 불가능하다. 가토 마도카를 불쌍하다고 생각하다 못해 자수를 권하려고 생각한 나는 화가 치밀 정도로 모자란 인간이다. 이 여자는 사회에서 확실히 뿌리 뽑아야 할 부류다.

2

이 전화를 계기로 우리 사이에 흐르는 분위기가 완전히 달라졌다. 지금까지는 아기를 구하는 것을 삶의 목적으로, 바꿔서 말하자면 자신이 다시 일어서기 위한 과정으로 이용했다. 다들 말은 하지 않아도 살아갈 계기를 갈망하고 있었다. 하지만 이제는 다르다.

네 사람은 한동안 입을 다물고 통화가 끝난 스마트폰만 노려봤다. 이윽고 하세베가 입을 열었다.

"이런 처죽일 놈들과 엮이면 나까지 정신이 이상해지나 봐. 지금 이 여자와 NPO 패거리를 모조리 잡아다 죽이고 싶어서 열불이 터져."

하세베는 쥐어짜는 목소리로 말하면 검붉은 얼굴을 비비며 말을 이었다.

"방금 통화녹음은 경찰에 제출할 증거라고 해도 어디까지 진위를 파악할 수 있을지 몰라. NPO 쪽은 여자와 연락이 끊긴 시점부터 어느 정도 증거 인멸을 시도하고 있을 거야."

"아마 아기들을 다른 곳으로 옮겼겠죠."

나는 입가에 손을 대며 말했다. 증거 인멸에는 가토 마도카를 살해하는 것도 포함되어 있으리라. 지금까지는 그렇게 심각하게 생각하지 않았는데 사건과 조직의 전체상을 알고 나니 여자의 말로는 죽음뿐이었다. 증언을 위해서도 지금은 반드시 살려두어야 한다.

나는 세 사람의 얼굴을 빤히 쳐다보며 제안했다.

"증거를 하나 더 모은 뒤 경찰에 신고하려고 해요. 지요코 씨가 말한 대로 사부로가 확실히 살아남을 수 있도록 쐐기를 박고 싶어요."

"증거를 하나 더?"

내 말을 되풀이한 리쿠노에게 고개를 끄덕였다.

"내가 임신한 척을 하고 변장해 NPO와 접촉해 볼게. 가쓰우라라는 사람을 실제로 만나 금전적인 거래로 이어지는 과정을 몰래 찍으면 돼."

그러자 하세베가 곧바로 반대했다.

"아니야, 그 함정 수사는 너무 위험해. 사람을 죽이는 데 아무런 거리낌 없는 놈들인 데다 지금은 꽤 경계 태세일 거야. 혹시라도 들키면 그 자리에서 살해당해도 이상하지 않아."

"그래. 방금 그 통화녹음으로도 충분할 거야."

지요코도 진심으로 말렸지만 리쿠토만은 고개를 저었다.

"아니, 하는 게 좋겠어요. 통화녹음만으로는 피라미들만 꼬리 자르기 당하고 주범은 도망칠 수 있어요. 이런 놈들은 한번 놓치면 다음에는 더 교묘하게 움직여서 잡기 힘들어요. 기회는 지금뿐이에요."

나는 싱긋 웃었다. 공포와 초조함으로 얼굴이 굳었는데 리쿠토는 냉정하게 미래를 내다보고 있었다. 나도 두렵고 관여하고 싶지 않지만 이쯤 되면 철두철미하게 해야 한다.

나는 어깨에 힘을 빼고 험악한 얼굴을 한 세 사람을 바라봤다.

"애초에 나는 남을 위해 움직일 사람이 아니에요. 타락할 대로 타락했고 타인을 속이는 걸 즐기면서 누군가가 불행해져 우는 모습을 보며 뒤에서 웃었죠. 지금도 본성은 크게 변하지 않았어요. 그런데도 왜인지 이번에는 꼭 행동으로 옮기고 싶어요."

단숨에 고백하자 지요코는 한숨을 쉬면서 나를 힐끗 쳐다봤다.

"정말 고집이 세네. 이왕 잠입할 거면 여고생으로 꾸미는 편이 상대를 방심하게 만들기 좋을 거야."

"그건 좀 아니지 않아요?"

리쿠토가 곧바로 대꾸하자 지요코는 턱을 치켜들며 히죽 웃었다.

"여자란 나이가 들어도 다른 여자가 될 수 있단다. 30대 여자도 그리 어렵지 않게 묘령의 여인으로 둔갑할 수 있다고. 나쓰미는 동안인 편이고 마스크로 하관을 가리면 어떻게든 되겠지. 당신 입가는 벌써 노화가 시작됐어."

맞는 말이지만 왜인지 심경이 복잡했다.

"아무튼 이왕 할 거면 꼭 성공해. 그게 널 보내는 조건이야."

나는 어느새 눈을 뜬 사부로와 지요코에게 눈빛을 보냈다.

가토 마도카 실종으로 내부는 혼란스럽겠지만 '건강하게 쑥쑥'의 대응은 빨랐다. SNS로 메시지를 보내니 당장이라도 만나서 사연을 듣고 싶다고 답장이 왔다. 밖에서 만나는 편이 안전했고 상대도 그렇게 제안했지만 나는 에둘러 말했다. 지하야에 있는 사무실로 찾아가겠다고 직접적으로 말하지는 않았다. 남의 눈이 무섭다고 절절하게 호소하고, 안 되면 다른 단체를 찾겠다는 압박도 가했다. 상대의 홈그라운드에서 상대를 방심하게 해 증거를 최대한 수집하고 싶었기 때문이다. 메시지를 몇 번 주고받은 뒤 NPO 단체는 사무실에서 이야기하는 것을 마지못해 승낙했다.

"아무튼 위험하다는 생각이 들면 크게 소리쳐. 우리가 사무실 근처에서 대기하고 있을 테니."

하세베는 몇 번이나 당부했다. 나는 고개를 끄덕이며 배에 수건을 둘러 허리 라인을 둔하게 만들고 임신에 대한 기본 지식을 대략 머릿속에 집어넣었다. 그리고 마스크와 안경으로 얼굴을 가린 뒤 호텔을 나섰다.

정오가 조금 지났을 무렵부터 계속 가랑비가 내렸고 바깥 공기는 생각보다 차가웠다. 곧 오후 4시. 어둑어둑하고 추운데도 내 등에는 땀이 배어났고 긴장해서인지 목도 바짝 말랐다. 인적이 드문 거리에서 한 걸음 나가자마자 압도당할 정도로 많은 인파가 나타났다. 모든 세대가 거리로 쏟아져 나오는 토요일 오후였다.

나는 마음을 다잡고 사람들이 내뿜는 훈김에 휩싸인 역으로 걸어가 모퉁이를 돌았다. 그 순간 뒤를 돌아보니 상당한 거리를 두고 세 명이 따라오고 있었다. 지요코와 아기는 호텔에 남는 게 맞았지만 막상 사부로를 보살피면서 항상 범죄자의 낌새를 느낀 사람은 바로 그녀였다. 지켜볼 의무가 있었다. 지요코는 사부로를 등에 업고 머리를 바짝 묶은 뒤 똑바로 정면을 응시했다.

거리에서 택시를 잡아타고 지하야 6번가에 있는 NPO의 주소를 말했다. 기사는 곧바로 내비게이션에 주소를 입력한 뒤 출발했다. 달리는 차 뒤로 세 사람이 택시를 세운 모습이 보였다. 나는 무릎 위에 놓은 가방에 손을 넣고 리쿠토가 고정한 스마트폰의 녹화 버튼을 눌렀다. 영상이 제대로 찍히는지 재빨리 확인했다. 체크 무늬 원단에 구멍을 뚫었기 때문에 무늬에 묻혀 렌즈는 보이지 않으리라. 나는 가방 겉모습을 세세히 살핀 뒤 최종 확인을 마쳤다.

그 후 10분이 채 안 됐을 때 지하야에 도착했다. 차에서 내린 순간 재스민 향이 바람을 타고 날아와 양 갈래로 묶은 머리를 흩날리며 지나갔다.

이곳이 아기를 팔아치우는 장소…….

나는 하얀 타일을 붙인 맨션을 올려다봤다. 5층 건물로 집은 열여섯 개 정도일까. 아담하게 생긴 맨션의 출입구에는 새빨간 샐비어가 꽃을 피웠고 청소가 잘 되어 있어 청결한 느낌이었다. 살인을 심심찮게 저지르는 패거리가 아닌 척 시치미를 떼고 이곳을 드나드는 모습을 떠올렸다.

긴장한 탓인데 그다지 두렵지 않았다. 맨션 안으로 들어가 우편함 앞에 멈춰 섰다. 201호 우편함에 'NPO 법인, 건강하게 쑥쑥'이라는 이름표가 붙어 있었다.

"드디어 찾았다…….."

싸늘한 공기를 가슴 가득히 들이마시며 중얼거렸다.

그때 등 뒤에서 누군가 말을 걸었다.

"사카자키 나쓰미 씨?"

나는 무의식중에 뒤돌아봤다가 아차 하며 혀를 찼다. 그곳에는 스마트폰을 들고 촬영하는 여자가 일그러진 미소를 띠고 서 있었다.

"역시 당신이었네. 내 눈은 정상이었어. 오늘은 혼자? 아기는?"

눈이 휘둥그레졌다. 백발이 성성한 숏커트에 목덜미가 늘어난 추리닝. 팔에는 옷차림과 어울리지 않는 구형 루이비통 가방을 들고 있어 그 언밸런스한 차림새가 섬뜩함을 자아냈다. 전철에서 끈질기게 말을 걸던 여자였다.

"나, 퇴근할 때마다 저기 쓰케멘집에 꼭 들르거든. 당신과 한패인 가토 마도카가 단골인 가게니 또 나타날지 모르니까."

중년 여자는 여전히 스마트폰을 들이대고 있었다. 라이브 방송은 아닌 것 같았지만 분명 이 동영상을 인터넷에 올릴 것이다. SNS에 퍼지는 것은 이제 아무래도 좋다는 심경이지만 범죄자들이 보면 내 신상이 탄로 나고 만다. 고작 이런 여자 때문에 지금까지 쌓아온 노력을 무너뜨릴 수는 없었다.

나는 여자의 눈을 똑바로 마주 봤다.

"저리 비켜요. 당신이 하는 행동은 살인을 돕는 짓이야."

"어머나 무서워라. 유괴범이 협박까지 하는 거야? 아이고 무서워라. 세상 참 말세야."

"같잖네, 정말. 당신 계속 참견하면 죽어."

나는 발길을 돌려 입구를 지나 인터폰에 호실을 입력해 호출했다. 그때 뒤에서 "야" 하는 눌러 죽인 목소리가 들려 흘긋 돌아봤다. 분노로 불타는 하세베였다. 목소리를 낮추며 중년 여자에게 바짝 다가왔다.

"너 뭐야! 꺼져! 왜 자꾸 개나 소나 나대는 거야."

"어머나! 뭐야! 하세베 야스오잖아! 왜 여기 나타났지? 설마 데라우치 지요코도 왔나? 가토 마도카도? 자, 잠깐, 설마 나 특종 잡은 거야? 촬영 분량 엄청나겠다!"

"분량 같은 소리 하네. 아무한테나 카메라 막 들이대지 마."

나는 하세베 일행을 흘긋 본 뒤 자동 잠금 장치가 해제된 문으로 들어가 그대로 계단을 뛰어 올라갔다. 201호 문 앞에는 키가 큰 여자가 서 있었다.

3

"안녕하세요, 가나 씨예요?"

흰 셔츠에 남색 바지를 입은 여자가 불쾌감을 주지 않는 미소를 지었다. 나이는 40대 중반쯤일까? 부스스한 긴 머리를 얼굴 옆에 가지런히 정리한 매우 화려한 인상이었다. 갸름한 얼굴에 홑꺼풀 눈에서 차분한 분위기가 느껴져 경계심을 자극할 만한 점이 없는 여자였다. 아기를 쓰레기처럼 처리하는 잔학한 면은 조금도 느낄 수 없었다.

"안 피곤해요? 괜찮아요? 이런 곳까지 와줘서 고마워요."

"……아니에요."

나는 소곤소곤 대답했고 배 언저리를 감싸며 안으로 발을 들여놓았다. 전형적인 방 세 개짜리 맨션 구조인 듯했다. 슬리퍼로 갈아신고 복도를 지나자 밝은 거실에 조금 뚱뚱한 여자가 서 있었다.

"안녕하세요. 비가 그쳐서 다행이네요. 하지만 오늘부터 다시 기온이 떨어진대요."

여자는 고개를 갸웃하듯 움직이며 나를 향해 미소 짓고는 안쪽에 있는 베이지색 소파로 손짓했다. 사이즈가 맞지 않는 회색 정장이 꽉 끼어 불편해 보였고 빨간 뿔테 안경을 종종 밀어 올렸다. 묘하게 촌스러운 단발머리에 나이는 쉰 살 넘어 보이는 사람이었다.

거실 겸 사무실은 다섯 평쯤 됐다. 흰색을 강조한 단순한 공간에 벤저민 등 관엽식물이 감각적으로 놓여 있었다. 차분하면서도 아늑한 공간이었지만 흉악한 살인자와 대비돼 저속한 영화를 보는 것처럼 속이 울렁거렸다. 나는 소파에 털썩 앉았다. 최대한 불안해 견딜 수 없어 하는 소녀를 연기하며 무릎 위에 올려놓은 토트백을 꼭 끌어안았다. 맞은편에 앉은 두 여자가 확실히 앵글에 잡히도록 카메라 방향을 조심스럽게 조정했다.

"우리 가나 씨는 오렌지 주스와 물 중에 뭐가 좋아요?"

"……저기, 물이요."

나는 시종일관 겁먹은 듯 고개를 숙이고 불안하게 흔들리는 시선을 연기했다. 당연하지만 내게 해를 가할 기색은 보이지 않았다. 그러나 다른 방에 폭력적인 인간이 숨어 있을 수도 있기에 재빨리 퇴로를 확인했다. 제삼자가 있다면 숨어 있을 곳은 현관 쪽에 있는 방 중 하나뿐이다. 도망쳐야 할 상황이 닥치면 창문을 열고 베란다로 나갈 수밖에 없어 보였다.

머릿속으로 도주 경로를 여러 번 시뮬레이션한 뒤 어떻게든 될 것 같다고 판단하고서 시선을 돌렸다. 주도권을 쥔 키 큰 여자가 가쓰우라일까? 그리고 옆에 앉아 있는 뚱뚱한 중년 여자가 구마다 매니저? 가토 마도카에 의하면 가쓰우라와 구마다 두 사람이 앞장서서 장기매매에 손을 댔다. 위험 부담보다 돈벌이에 혈안이 된 여자들이다.

풍성한 머리를 옆으로 묶은 여자는 긴장한 내게 웃어 보였다.

"오늘 와줘서 정말 고마워요. 그리고 용기 내서 상담해 줘서 고맙고요. 저는 스즈키라고 합니다. 이쪽은 사사키예요."

옆자리로 손짓하자 생수와 잔을 준비해 준 뚱뚱한 여자도 미소 지으며 고개를 끄덕였다.

"가나 씨라고 불러도 될까요? SNS 이름이 그렇던데."

"네."

나는 작은 소리로 대답했다. 이곳에 있는 모두가 가명이다. 정상적인 단체라면 명함을 줄 텐데 그럴 기색도 없었다. 아무것도 모르는 미성년자라고 얕잡아 본다는 증거였다.

자신을 스즈키라고 소개한 여자는 허리를 펴고 앉아 가볍게 헛기침했다.

"우선 가나 씨에게 부탁이 있어요."

부탁? 내가 눈을 치뜨자 여자가 생긋 미소를 던졌다.

"미안한데 스마트폰을 테이블 위에 올려놨으면 좋겠어요."

그 말에 움찔했다. 설마 몰래 촬영하는 것을 들켰나? 내가 경직되자 여자는 익숙하다는 듯 말을 이었다.

"왜 이런 부탁을 하냐면 전에 우리 대화를 녹음한 아이가 있었거든요. 앞으로 가나 씨와 나눌 대화는 사적인 이야기고 조직으로서 기업 비밀도 섞여 있는 중요한 내용이라 녹음하면 곤란해요. 아, 가나 씨를 의심하는 건 아니에요. 그냥 서로 숨기는 게 없는 상황을 만들자 이거예요."

조직이니 기업 비밀이니 그럴듯한 말을 늘어놓으면 세상 물정 모르는 아이들을 쉽게 주무를 수 있다고 생각하는 것일까?

나는 머뭇거리며 토트백에서 오래전에 전원을 끈 내 스마트폰을 꺼냈다. 가지고 있어서 정말 다행이었다. 땀에 젖은 손으로 테이블 위에 올려놓자 여자는 다시 그린 듯한 미소를 보였다.

"이해해줘서 고마워요. 이 서류도 작성해 주세요."

여자는 A4 크기 종이를 테이블 위에 내밀었다. 주소, 성명, 전화번호 기입란이 있었다. 나는 망설이는 기색을 보이며 가짜 주소와 전화번호를 적었다.

"그럼 곧바로 본론으로 들어가죠. 가나 씨는 지금 열여덟 살이고 고등학생입니다. 현재 임신 6개월이고요. 맞습니까?"

"네……. 대략 그런 것 같다고 추측한 거지만."

"병원에서 진료받은 적이 한 번도 없군요?"

확인하듯 묻는 말에 고개를 끄덕이자 두 여자의 눈이 번뜩였다. 산부인과 진료를 한 번도 받지 않은 고등학생, 게다가 이미 낙태할 수 없는 기간에 접어들었다. 범죄자에게 이토록 완벽한 호구는 없으리라.

그러자 가쓰우라로 짐작되는 여자가 눈썹을 과장되게 치켜올렸다가 잠시 침묵하더니 이내 입을 열었다.

"가나 씨, 많이 힘들었죠? 누구에게도 상의하지 못하고 혼자 괴로웠겠어요."

"네……."

"이제 걱정할 필요 없어요. 우리에게 의지해서 고마워요.

가나 씨에게 가장 좋을 방법을 함께 생각해 봐요."

 나는 입술을 꾹 다물고 어깨를 들썩이다가 얼굴을 가리고 울음을 터뜨렸다. 정확히는 거짓 울음이었다. 흐느껴 울며 가방에서 손수건을 꺼내 얼굴을 묻었다. 한동안 감정이 격해진 연기를 한 뒤 더듬더듬 말을 꺼냈다.

 "아, 아무한테도 말 못 했어요. 부모님한테도, 당연히 친구들한테도요. 어떻게 해야 좋을지 몰라서……."

 "그래요, 그래요. 하지만 괜찮아. 안심해요. 가나 씨가 용감하게 우리를 의지하게 됐으니 이제 걱정할 필요 없어요."

 정말 임신해서 누구에게도 말할 수 없는 상황이라면 이 말에 안도해 매달릴지도 모른다. 그만큼 자연스럽고 포용력이 넘쳤다.

 나는 고개를 숙이고 손수건으로 눈가를 훔쳤다. 창밖에서 옥신각신하는 목소리가 어렴풋이 들렸다. 그 중년 여자는 아직 물러나지 않은 듯 꽥꽥거리며 귀에 거슬리는 목소리로 뭐라고 지껄여댔다.

 나는 두 사람이 바깥에 정신이 팔리지 않도록 황급히 기대감 섞인 목소리로 물었다.

 "저, 저는 이제 어쩌면 좋을까요?"

 "우선 순서대로 이야기할까요? 아이의 아버지가 누구인지 아나요?"

 나는 고개를 저었다.

"실은 뭐, 원조교제로 알게 된 사람인 것 같아요. 임신한 것 같다니까 저를 차단하더라고요. 그게 끝이었어요."

"너무하네요. 그 남자와는 연락이 전혀 안 되나요?"

"안 돼요. 이름도 가명 같고……."

여자는 씁쓸한 표정으로 고개를 끄덕였고 뚱뚱한 여자는 노트에 메모했다.

"부모님께 사실을 털어놓지 않았다고 했는데 가나 씨 몸 상태나 체형 변화에 대해 뭐라고 하시지는 않던가요?"

여자는 내 배 언저리를 노골적으로 살폈다.

"가나 씨는 말라서 언뜻 보면 임신한 사람 같지 않네요. 하지만 엄마는 딸의 작은 변화도 알아차릴 수 있으니까요."

"아무 말도 안 했어요. 우, 우리집은 부모님이 이혼해서 아빠가 안 계세요. 엄마는 일 때문에 바빠서 내게 관심이 없고요. 얼굴도 거의 안 마주쳐요."

이 점은 꼼꼼하게 확인하고 싶은 내용이리라. 특히 부모 자식 관계는 멀수록 좋겠지.

여자는 고개를 끄덕이며 계속 질문했다.

"가나 씨는 지금 고등학교 3학년인데 생각해 둔 진로는 있나요?"

"네. 미용사가 되고 싶어서. 전문학교에 가려고 자료를 모으고 있어요. 하지만 사, 상황이 이래서 안 될 것 같아요. 아르바이트하면서 학교에 다니기로 결심했는데 아기를 낳으면 그럴 수도 없고."

나는 또다시 우는 연기를 했다.

"현실적인 꿈이 있네요. 그런데 냉정하게 들리겠지만 지금 상황으로는 어려울 것 같아요. 어머님에게 솔직히 모든 사실을 터놓고 함께 고민하는 게 중요할 것 같아요."

나는 얼굴을 파묻은 손수건 너머로 여자를 노려봤다. 그야말로 도덕적이고 올바른 제안을 거듭하며 정말로 안전한지를 가려내려는 심산이다. 나는 의심을 사지 않도록 경직된 몸으로 세차게 고개를 저으며 한껏 흥분한 척했다.

"어, 엄마한테 이런 이야기 절대 못 해요! 친구에게도 당연히 못 하죠. 돈 때문에 원조교제를 하다가 임신했다는 말은 죽어도 못 해요!"

"가나 씨, 잠깐 진정해요. 괜찮아요, 우리는 가나 씨 편이니까. 가나 씨의 마음이 가장 중요해요. 억지로 뭘 시키거나 하지 않을 거예요."

가쓰우라로 짐작되는 여자는 무릎에 팔꿈치를 대고 몸을 앞으로 조금 기울였다.

"우리가 해줄 수 있는 일이 몇 가지 있어요. 그걸 설명할게요. 첫 번째는 가나 씨가 낳은 아이를 입양하는 것. 입양이 뭔지 알아요?"

"……대충은요."

"가나 씨 같은 상황이라면 이 방법이 최선이겠지만 당연히 어머님께 비밀로 진행할 수는 없어요. 가나 씨는 이걸 원치 않은 거죠?"

나는 고개를 여러 번 끄덕였다.

"두 번째는 조금 특수해요. 우리가 소개한 분만센터에서 출산하고 아기를 그냥 두고 떠나는 방법."

"그냥 두고 떠난다니…… 그게 무슨 뜻이죠?"

"즉 아기가 태어나는 순간부터 평범한 고등학생의 삶으로 돌아갈 수 있다는 뜻이에요. 어머님께 출산 사실이 알려질 일도 없고 미용사를 꿈꾸며 공부할 수도 있어요. 엄마가 될 권리를 우리에게 양도한다고 생각하면 이해가 갈까요? 가나 씨를 대신해 아기를 소중하게 길러줄 다정한 사람에게 맡길 거예요."

범죄행위를 그럴듯하게 포장해 설명했지만 이쯤 되면 설령 미성년자라도 뭔가 이상하다고 깨달을 법했다.

내가 뭐라고 대답해야 할지 망설이는데 여자가 다그치듯 말했다.

"우리도 가나 씨의 멋진 꿈을 응원할 거예요. 아기를 낳는 날 가나 씨에게 백만 엔을 드리려고 해요."

"배, 백만 엔이요?"

나는 눈을 동그랗게 뜨고 쳐다봤다. 분명 정규 입양할 경우 생활보조금 350만 엔을 준다고 하지 않았던가. 너무 후려친 금액 아닌가. 하지만 미성년자라면 대부분 백만 엔이라는 말을 듣고 당황할 것이다.

여자는 내가 의심할 틈을 주지 않고 쉬지 않고 말했다.

"가나 씨가 없으면 아기도 태어나지 못하는데 그 감사의 의미에서라도 적은 돈이나마 보탬이 되고 싶어요. 우리는 온 힘을 다해 가나 씨를 응원할 거예요."

나는 갑작스러운 제안에 놀라고 당황한 여고생을 필사적으로 연기했다. 아이가 본 적도 없을 법한 거금을 내비치며 도덕심으로 판단할 겨를도 없이 밀어붙일 심산이었다. 원치 않는 임신을 한 여고생은 주변 사람에게 발각되는 것을 가장 두려워한다. 부모를 실망시키고 학교는 퇴학당하고 친구를 잃을지도 모른다. 당연히 꿈꾸던 미래는 사라진다고 생각하리라. 사회를 모르기 때문에 자신이 살아가는 세상이 무너질 것 같다는 공포에 휩싸인다.

나는 녹화하고 있는 가방을 품에 안으며 질문했다.

"아기는 어떻게 되나요?"

"아까도 말했듯 친절한 분께 맡길 겁니다. 세상에는 아기를 갖고 싶어도 갖지 못하는 사람들이 많거든요. 그런 분들이 잘 키워 주실 거예요."

"저, 저 말고도 더 있나요? 저 같은 사람이요."

"네."

"여러 명이요?"

여자는 고개를 크게 끄덕였다.

"지금은 다들 평범한 일상으로 돌아갔어요. 물론 아기도 행복하게 자라고 있고요. 대부분 부유한 분들이 맡아 주셨거든요."

원래라면 이식을 받으려면 오랫동안 기다려야 한다. 그 순서를 건너뛰고 장기를 사는 것이니 거래 상대는 부자로 한정된다. 자식을 구하기 위해서 공여자가 될 아이의 생명을 빼앗기를 선택한 부모들이었다.

그러자 자신을 사사키라고 소개한 뚱뚱한 여자가 노트에서 고개를 들며 상냥하게 말했다.

"저도 질문 좀 할게요. 가나 씨는 지병이 있나요? 예를 들면 천식이나 희귀한 병 같은 거요."

"아뇨, 없어요."

"그렇군요. 가족 중에 난치병을 앓는 분이 계시나요? 미안해요, 이런 걸 물어서. 하지만 가나 씨가 아기를 낳을 때 건강상 문제가 생길까 봐 걱정돼서 묻는 거예요. 나중에 자세한 검사를 받겠지만 이미 알고 있는 병이 있다면 알려줘요."

여자는 거듭 질문했다.

"개인적인 이야기를 듣고 싶은데, 가족 중 죄를 지어 체포된 사람이 있는지도 알려 주세요. 부모님의 직업도요."

"이건 모두에게 묻는 형식적인 질문이니 안심해요. 그리고 가까운 친척 중 경찰이 있는지도요. 나중에 저희가 따로 조사하니까 그 전에 솔직하게 말해줘요."

가쓰우라 같은 여자는 갸름한 얼굴에 다소 위압적인 미소를 지었다. 가족 중에 DNA가 등록된 사람이 있는지, 이 부분은 분명 자세히 조사하리라. 내가 신중하게 말을 골라 대답을 마치자 여자는 눈을 치뜨며 내 얼굴을 살폈다.

"지금까지 나눈 이야기 중 궁금한 점 있나요?"

"……아뇨, 좀 혼란스러워요."

"그렇죠. 일단 진정하고 궁금한 점이 생기면 뭐든 물어봐요. 앞으로 면담을 여러 번 할 테니까요."

여자는 손목에 찬 작은 시계를 확인한 뒤 나를 똑바로 쳐다봤다.

"가나 씨는 앞으로 어떻게 할지 잘 생각해 보고 답해줘요. 자신이 원하는 미래가 무엇인지, 어머니가 무엇을 원하는지. 우리가 가나 씨 편이라는 사실을 잊지 말아요. 언제든지 도우러 달려갈 테니까. 그런데 이곳에서의 일은 다른 사람에게 발설하면 안 돼요."

그 말을 하는 가쓰우라의 얼굴은 무서울 정도로 싸늘했다. 조금의 정도 없었고 나를 돈벌이 도구로밖에 보지 않는 얼굴이었다. 아이를 제공한 소녀들은 그 후 어떻게 되었을까. 나는 어색하게 스마트폰을 집으며 문득 생각했다. 소녀들을 방치하면 언젠가 고발당해 범죄가 드러날지 모른다. 이 사업을 하는 데 가장 큰 위험부담은 바로 그 점이다. 따라서 이렇게 교묘하게 위협하는 것이다.

나는 겁먹은 연기를 하며 자리에서 일어나 가쓰우라의 얼굴을 훔쳐봤다. 가느다란 눈에는 빛이 없었고 꾸며낸 웃음을 지은 채 내 동작을 쫓고 있었다.

무서워…….

나는 무의식중에 팔로 몸을 감았다. 사람을 바라보는 눈이 아니다. 감정이 전혀 보이지 않았다.

온몸에 소름이 돋았을 때 아기 울음소리가 들려 반사적으로 문 쪽으로 시선을 돌렸다. 이미 익숙해진 갓난아이 특유의 보채는 소리였다.

"아기 소리 귀엽죠?"

천천히 일어선 여자가 끈적한 목소리로 말했다.

"누구보다 무구하고 사람에게 최고의 행복을 선사하죠. 세상에 이보다 가치 있는 존재는 없을 거예요."

나는 돌아서서 여자와 눈을 마주쳤다. 눈이 텅 빈 사람처럼 시커멓고 다정한 미소에는 꺼림칙한 기운이 서려 있었다.

사람의 체온이 느껴지지 않는 무기질 같은 여자에게 인사하고 몸을 돌려 현관으로 이어지는 복도로 걸음을 내디뎠다. 서둘러 밖으로 나가고 싶었다. 들려오는 갓난아이의 울음소리가 머릿속에서 웅웅 울려서 미칠 것 같았다. 그런데 현관과 가까운 방에서 어떤 존재를 보자마자 다리가 저절로 멈췄다. 살짝 열린 문틈으로 움푹 파인 눈에 초췌한 여자가 슬쩍 보였다. 충혈된 눈에는 두려움과 광기가 혼재해서 보는 이의 불안을 부추기는 모습이었다. 동영상에서 본 아기 엄마인 척 연기한 여자였다.

시선이 못 박히려는 찰나 뒤에서 뻗어 나온 손이 쾅 하고 문을 닫아 흠칫 놀랐다.

"미안. 여기는 아기 방이에요. 베이비 시터가 아기를 돌봐 주죠."

마치 내 몸을 휘감듯 키가 큰 여자가 허리를 굽혀 얼굴을 들여다봤다. 나는 주춤거리고 비틀거리면서도 현관으로 향했다. 오메시에 아기 저장소가 있다고 가토 마도카는 말했다. 마도카의 도주로 위험을 직감하고 일시적으로 아기를 이곳으로 옮겼다는 말인가.

나는 뻣뻣하게 굳은 몸으로 슬리퍼를 벗고 현관 바닥에 놓인 운동화에 발을 넣었다. 그런데 문손잡이로 손을 뻗은 순간 초인종이 울려 멈칫했다.

"아, 잠깐 기다려요."

가쓰우라는 안쪽에 있는 뚱뚱한 여자에게 눈짓했고 여자는 곧바로 인터폰에 응답했다. 그런데 "네, 누구세요"라는 물음에도 대답은 돌아오지 않았다. 그러자 키가 큰 여자가 내 옆을 스쳐 지나가 도어스코프로 밖을 확인했다. 한참을 들여다보다가 고개를 갸웃했다.

"호수를 착각했나?"

그렇게 말하면서 문손잡이를 돌린 순간 별안간 문이 열리고 여자는 손잡이를 잡은 채 나동그라졌다.

4

"정말로 있잖아."

뚱뚱한 사람 특유의 그르렁거리는 목소리……. 나는 눈동자만 위로 굴렸다. 마치 작은 산처럼 커다란 덩치가 두툼한 근육과 지방으로 감싸여 있었다. 헐렁헐렁한 검은 티셔츠에 빛바랜 청바지를 단정하지 못하게 골반에 걸쳐 입었다. 이노구치가 어떻게 여기에 있지……?

나는 순간 몸을 돌려 창가로 달려가려고 했지만 흙발로 달려 들어온 남자에게 어이없게 어깨를 잡혔다. 이노구치가 내 마스크를 억지로 벗기고 등을 벽에 밀어붙였다.

"유명인사 다 됐네. 인터넷에서 난리가 났던데."

오랫동안 잊고 살던, 알아듣기 어려운 도호쿠 지방 사투리였다. 나는 완전히 주저앉았지만 나를 덮친 이노구치에게서 눈을 떼지 않았다. 티셔츠 옷깃에서 어지러운 문신을 보고 쫓기던 공포가 순식간에 되살아났다.

그때 상황 파악이 되지 않은 가쓰우라가 소리쳤다.

"저기요, 당신! 뭐예요! 지금 당장 나가요! 경찰 부르겠습니다!"

거구의 남자는 가쓰우라의 경고에도 아랑곳하지 않고 싸늘한 시선만 던졌다. 습한 바람이 불어오는 현관을 보니 덩치가 작은 남자 두 명이 여자를 밀치고 들어왔다. 이노구치와 항상 같이 움직이는 남자들이었다. 한 명이 곁눈질도 하지 않고 거실로 들어와 뚱뚱한 여자가 귀에 대고 있던 스마트폰을 잡아채 주저 없이 짓밟았다. 나머지 한 명도 가쓰우라의 옆에서 노려보고 있었다.

"좋아. 이제 가야지."

"자, 잠깐만 기다려."

"기다리긴 뭘 기다려. 너 고물 하이에스에 함정을 심어놨지. 감쪽같이 속아서 야마나시까지 갔잖아."

그 때문에 분노도 배가 됐다. 나는 침을 꿀꺽 삼켰다.

"너는 옛날부터 그렇게 치밀하고 성가신 여자였어. 남의 행동을 읽고 확실하게 덫을 놓지. 너무 자연스러워서 주변 사람들은 바보처럼 굴고. 3년이나 지나서 그런지 까맣게 잊고 있었네."

"조금만 더 시간이 필요해. 아직 해야 할 일이 남아 있어."

나는 도망갈 길을 모색하며 호소했지만 이노구치는 근육에 파묻힌 작은 눈을 억지로 마주쳐왔다. 무슨 생각을 했는지 내 왼손을 거칠게 잡았다. 아무런 예고도 없이, 그리고 표정 하나 바꾸지 않고 새끼손가락을 꺾었다. 순간 정수리를 뚫고 지나갈 것 같은 통증이 온몸을 덮쳤다. 겪어본 적 없는 극심한 통증이었다.

"잘 생각하고 말해. 다음에 또 거역하면 이 자리에서 반쯤 죽은 목숨이니까. 마을에 일이 산더미처럼 많은데 원야상법 하는 쥐새끼가 여기 숨어들었다기에 친히 잡으러 왔지."

나는 반대쪽으로 꺾인 새끼손가락을 만지지도 못한 채 어금니를 꽉 깨물었다. 눈물이 핑 돌면서 구역질이 치밀어 올랐다. 마치 잔가지라도 꺾듯 아무런 망설임도 없이 괴롭혔다. 그래, 이 남자는 본래 이런 사람이다. 본인과 마을의 적이라고 판단한 자에게는 인정 따위 눈곱만큼도 보이지 않는다. 나는 이 남자를 얕봤다. 아직도 내게 호의를 품고 있으리라 무의식중에 만만하게 생각했다.

이노구치는 고통스러워하는 나를 내려다보며 담담하게 말했다.

"너 원야상법이 뭔지 알아?"

"몰라……."

나는 남자의 심기를 건드리지 않도록 쥐어짜듯 대답했다.

"노인에게 처치 곤란인 황무지나 잡목림을 비싸게 파는 사기야. 조사하고 정지한다는 명목으로 돈을 뜯어내는 하급 사기인데 속는 노인이 많거든. 슬슬 제정신 차릴 때 됐지."

무감정하게 말하는 이노구치의 분위기를 살피며 나는 다른 공포에 사로잡혔다. 가에데무라에서 만난 노인들은 이 남자를 마을의 자랑이라고 했다. 반사회적인 활동을 하는 듯하고 전과도 있지만 진심으로 마을을 사랑하고 헌신하는 점은 대단하다고 칭찬했다. 고향을 사랑한다는 이름의 광기가 서린 마을에서 나는 지역의 존엄성을 더럽히는 가장 큰 금기를 건드린 것이다.

몇 번이나 머리를 스치는 '대가'라는 두 글자에 부들부들 떨렸다. 그것은 분명 내가 생각할 수 있는 최악을 훨씬 뛰어넘은 것이리라.

그때 현관에 버티고 선 가쓰우라가 나를 꿰뚫어 보았다. 눈앞에서 사람이 해를 입든 말든 상관없다는 듯 싸늘한 말투였다.

"가나 씨, 아는 사람들이에요? 설명해요."

난데없이 들이닥친 이노구치에 놀라기는커녕 겁먹은 기색도 없었다. 이 여자는 동류다. 상황이 너무 복잡해져서 지금 내가 어떻게 해야 할지도 판단이 안 선다. 이노구치는 설명을 요구하는 가쓰우라를 쳐다보지도 않고 내게 시선을 고정한 채 입을 움직였다.

"불과 몇십 분 전에 SNS에 네 동영상을 올린 놈이 있거든. 잠깐이지만 맨션 이름도 찍혔지. 이런 상황에 잘도 태평하게 싸돌아다니는군."

나는 고통을 참으면서도 입구에서 마주쳤던 중년 여자를 속으로 욕했다. 하세베도 동영상 게시는 막지 못한 모양이다. 이노구치는 웃지도 화내지도 않는 얼굴로 내 어깨를 움켜쥔 손에 아플 정도로 힘을 줬다.

"마을 변두리에 있는 대나무 숲 기억해? 논밭 끝에 있는. 거기 있는 흙으로 만든 광을 고쳤지. 목수 할아버지에게 부탁해서. 네가 앞으로 살 곳이다."

나는 소리도 내지 못했다.

"네가 어떤 대가를 치르게 할지 줄곧 생각했어. 경찰에 데려가도 벌을 받지 않을 테고 무릎을 꿇려도 그때뿐이지. 뭇매질이나 고문 같은 것도 생각했지만 그러면 금방 죽잖아? 그러니 그 광에 가두기로 했어. 그 대숲에는 사람이 들어가지 않으니까."

협박이나 농담이 아니었다. 이 남자라면 분명 그렇게 하고도 남았다. 나는 타지 사람이 들어갈 수 없는 마을 변두리에 감금되어 설령 죽어서 썩어도 밖으로 나가지 못할 것이다.

이노구치는 억양 없이 계속 말했다.

"네 도주를 도운 다카히로 기억하지? 바보 같은 짓을 한 탓에 그놈은 마을에서 추방됐어. 이제 다시는 마을로 돌아올 수 없지. 그 면상 또 보이면 죽일 거야."

나는 상상을 초월하는 두려움을 참지 못하고 깊이 머리를 숙였다. 남자가 용서하지 않는다는 것은 알았지만 당장은 다른 생각이 떠오르지 않았다. 이대로 차에 태워지면 끝장이다. 도망갈 기회는 두 번 다시 찾아오지 않는다.

"……죄, 죄송합니다. 진심으로 사과드립니다. 그때 내가 미쳤나 봐요. 사람을 농락해야만 마음이 채워졌어요. 답 없는 인간이었습니다."

"목숨을 구걸하는 건 나중에 해."

"목숨을 구걸하는 게 아닙니다. 구하고 싶은 사람이 있습니다. 내가 해야 해요. 이제 조금만 더 가면 구할 수 있으니 시, 시간을 조금만 주세요."

무심코 튀어나온 말에 이노구치가 콧방귀를 뀌며 어깨를 끌어당겼다.

"한때 너를 믿었지. 하지만 착각하지 마. 야쿠자가 말하는 신용과 네가 생각하는 신용은 달라. 우리에게 신용은 대가를 치르는 것과 같지. 믿는 조건은 대가다. 너를 놓아줄 일은 없다는 말이야."

이노구치는 딱 잘라 말하더니 그제야 내내 무시하던 가쓰우라에게 시선을 돌렸다.

"소란 피워서 미안해. 뭐, 당신이 일반인은 아니라는 건 알았어. 여기서 이 인간을 때려죽이거나 경찰을 부르면 안 돼. 어쨌든 보고 들은 건 다 잊어. 알겠어?"

여자는 재빨리 손익계산을 하는 듯 말없이 이노구치에게 눈을 떼지 않았다. 가쓰우라가 거부하지 않을 것이 분명했다. 배후에 흉악한 범죄조직이 있다고는 하지만 지금 상황은 너무 불리하고 무엇보다 나를 도울 이유가 없었다.

나는 찌릿찌릿 아픈 왼손을 감싸며 비명을 질렀다. 이제는 이런 자포자기식 저항밖에 떠오르지 않았다.

"잠깐만! 이 NPO는 아기를 팔고 있어! 미성년자를 속여서 아기를 사들여 장기를 매매해! 저 방에는 아기가 다섯 명 있을 거야! 출생 신고를 하지 않은, 누구도 존재 자체를 모르는 아이들이라고!"

내가 그렇게 외친 순간 가쓰우라가 눈을 부릅뜨고 경악했다. 이노구치는 천천히 내게 시선을 돌리며 "뭐라고?" 되물었다. 나는 필사적이었다. 모두가 살아남을 수 있는 길을 찾고 싶었다. 사부로를 보호하게 된 경위를 빠르게 떠들어대며 이와쿠니야마산에서 시체 유기를 한다는 사실을 토해냈다. 가쓰우라의 창백한 얼굴은 흉측하게 일그러졌고 안쪽에선 뚱뚱한 여자를 책망하는 듯한 눈빛으로 쳐다봤다. 이노구치는 내 고발에 귀를 기울이다가 갑자기 흥미를 잃은 듯 말을 끊었다.

"그래서 그런 거예요."

나는 과호흡이 올 것처럼 숨이 차 기침을 토해내면서 남자를 바라봤다.

"설마 나한테 뭔가를 기대하는 거야?"

"왜, 왜냐하면, 아기가……."

"아기 따위 어떻게 되든 알 게 뭐야. 여기서는 아기가 돈벌이 수단일 뿐이야. 위험한 다리를 건너는 길을 나름대로 개척했겠지. 아기는 어찌저찌해서 돈이 되고."

가쓰우라는 뜻밖의 옹호에 표정이 약간 풀어져 살의를 숨기지도 않고 핏발이 선 눈으로 나를 쳐다봤다.

"우리 일 어디서 들었는지 말해요."

"……가토 마도카."

가쓰우라는 알고 있었다는 듯 혀를 차며 가증스러운 기색으로 두 손을 꽉 움켜쥐었다. 그리고 이노구치에게 눈길을 주기도 귀찮다는 듯 내뱉었다.

"이 여자는 내가 맡지."

아기는 여전히 울고 있었고 그 울음소리가 비명처럼 들려 귀를 막고 싶었다. 진정한 악의에는 빈틈이 없었다. 도저히 파고들 수 없었다. 하지만 나는 결국 여기까지 왔다. 모두 힘을 합쳐 한 생명을 구하기를 포기하지 않았다. 눈물이 흘렀지만 온 힘을 다해 눈앞에 선 남자와 여자를 노려봤다.

"다, 당신들은 쓰레기야! 나도 쓰레기지만 그렇게까지 바닥까지 추해질 생각은 없다고! 반드시 막겠어! 죽으면 너희를 길동무를 삼아서라도 가만 안 둬!"

"그러시든지. 그건 그렇고 너희는 나한테 줄 게 있잖아?"

이노구치가 가쓰우라에게 턱짓하자 여자는 초조함을 숨기지도 않은 채 내뱉었다.

"그게 무슨 소리야. 갑자기 소란을 피운 건 그쪽인데, 그쪽이야말로 내가 그냥 넘어갈 줄 알아? 아무튼 그 여자는 넘길 테니 얼른 나가. 우리도 여러 가지로 뒷수습할 일이 많다고."

"계산을 정확히 하자는 말이잖아."

이노구치가 재빨리 말을 잘랐다.

"아마추어도 아니고 설마 이대로 조용히 돌아가겠거니 생각하는 건 아니지? 아기 장기매매란 말이야. 국내에서 처리하기는 힘들 텐데 아시아권 마피아랑 엮인 건가? 이런 데서 이렇게 좋은 이야기를 들을 줄이야. 앞으로 잘 부탁해."

"계산? 무슨 소리야."

"돈 말이야, 돈. 이치를 따져 보자고. 네 마음대로 하세요 하고 입 다물지 않는 놈들이 많다고."

"당신이야말로 주제를 모르네. 말단 양아치 주제에 어딜 끼어들려고. 내일도 살고 싶으면 설치지 말고 조용히 돌아가. 당신 같은 건 전화 한 통만 해도 치워 버릴 수 있으니까."

이번에는 더러운 돈 싸움인가. 나는 하하 소리 내어 웃었다. 부러진 손가락이 식은땀이 날 정도로 아팠지만 그래서 오히려 냉정함을 유지할 수 있었다.

지금이야말로 머리를 써야 할 때야. 상황을 파악해. 빈틈은 반드시 있어. 내 특기는 바로 그것을 찾는 것이잖아.

나는 웃음을 토해냈다.

"좋네, 쓰레기끼리 치고받고! 이대로 다들 지옥으로 떨어져! 서로 죽이는 거야! 앞으로 야쿠자와 마피아의 전쟁을 시작하는 거야!"

"닥쳐. 벌써 미치면 어떡해, 재미없게."

"내가 이 정도 일로 미치겠어? 너희가 얼마나 비참하게 끝나는지 볼 때까지는 절대 안 죽어."

"이게 진짜 미쳤나."

멱살을 잡고 목을 조이는 이노구치를 똑바로 쳐다봤다. 현관 밖에 하세베를 비롯한 세 사람이 있다. 확실히 기척이 느껴졌다. 이노구치가 맨션으로 들어오는 모습을 보고 진작에 신고한 것이 분명하다. 이 자리에서 모든 것을 끝낼 것이다.

나는 이노구치를 똑바로 쳐다보며 히죽거렸다.

"당신은 강하고 무서워. 내뱉은 말은 반드시 실행하는 부류지. 하지만 약한 서민을 만만하게 봤다가는 인생 종 치는 수가 있어."

그렇게 말한 뒤 크게 숨을 들이마시고서 소리 질렀다.

"지금이야!"

그와 동시에 현관문이 열리며 새된 소리가 울려 퍼졌다.

"여, 여러분! 여기가 아기를 거래하는 악의 본거지입니다! 드, 들리세요? 아기가 안에서 울고 있어요! 도대체 몇 명이나 갇혀 있을까요?"

추리닝 차림의 중년 여자가 마치 리포터처럼 생중계했다. 완전히 흥분한 여자는 숨 돌릴 틈도 없이 말했다.

"이, 이 상황을 주목하고 기억해 주세요! 인터넷을 뜨겁게 달군 이번 사건의 진상은 살해당할 뻔한 아기를 용기 있는 네 사람이 구했다는 것입니다! 우리는 헛소문에 휘둘렸다고요! 믿기세요? 여기 평화로운 일본에서 아기를 파는 흉악한 범죄가 일어나고 있습니다! 경찰은 도대체 뭘 하는 걸까요?"

이노구치의 부하가 여자의 스마트폰을 빼앗으려 했다. 그러나 하세베가 현관 앞에 나타나 여자를 지키듯 멋진 모자를 휙 던지고 고함쳤다.

"나쓰미! 살아 있었구나!"

"하, 하세베 씨, 나이스 타이밍……."

겨우 팔을 들어 무사하다고 알리자 하세베는 덩치가 작은 남자의 멱살을 움켜잡았다.

"이 자식들! 이제 끝이다! 경찰이 잔뜩 몰려오고 있다고! 포기하고 나쓰미를 놓아줘!"

하세베는 큰 체격을 살려 덩치 작은 남자를 마구 휘둘렀다. 그런데 그때 남자가 손에 든 칼이 보여 나는 소리를 질렀다.

"하세베 씨!"

그 순간 이노구치가 현관으로 뛰어가 칼을 휘두르는 남자의 팔을 붙잡았다.

"멍청한 새끼! 라이브 방송 중에 연장을 꺼내는 새끼가 어딨어!"

그러자 이번에는 지요코가 현관에 나타나 주위에 소리가 울려 퍼지도록 소리 질렀다.

"누구 없어요? 도와주세요! 살인이에요! 여기 사람을 죽이는 놈이 있어요! 노인과 아이가 습격당했어요!"

지요코는 팔을 힘차게 움직이는 사부로를 업고 아우성치면서도 가쓰우라에게서 시선을 떼지 않았다. 마침내 숙적을 찾았다는 표정이었다.

"여, 여러분! 엄청난 소동입니다! 저는 지금 생명의 위협을 느낍니다! 하지만 도망가지 않겠습니다! 비열한 범죄자를 용서할 수 없으니까요! 여러분, 힘을 주세요! 지금이야말로 하나가 될 때입니다!"

나는 왼손 새끼손가락을 감싸며 현관 옆에 있는 방문을 힘차게 열어젖혔다. 안에는 이불이 깔려 있고 갓난아이 다섯 명이 아무렇게나 눕혀 있었다. 방구석에는 볼이 움푹 파인 초췌한 여자가 멀뚱히 서서 겁먹은 듯 시선을 헤맸다.

나는 방으로 들어가 가장자리에 누워 있는 아기에게 손을 뻗었다. 울다 지쳐 옹알거리는 소리에는 힘이 없었다.

"이제 괜찮아."

갓난아이를 안아 올려 눈물로 젖은 볼을 닦아줬다. 가쓰우라가 그 모습을 보고 당장이라도 붙잡을 것처럼 허리를 숙였다. 탁한 눈으로 나를 잡아먹을 듯 노려보며 저주의 말을 쏟아내려고 했지만 내가 선수를 쳤다.

"이 방은 사형대와 이어져 있어. 각오는 됐겠지?"

머리를 흩뜨린 가쓰우라는 거실로 달려가려고 했지만 그 순간 이노구치에게 등을 걷어차여 허공을 날며 넘어졌다.

"너는 짭새가 들이닥칠 때까지 여기서 움직이지 마. 우리를 끌어들이기만 해봐, 죽여 버릴 테니까."

이노구치는 나지막한 목소리로 말하고는 내게 시선을 돌렸다. 그대로 말없이 멈춰서서 땅을 기어가는 듯 쉰 목소리로 말했다.

"매분 매초 나를 기억해. 죽어서도 너를 쫓을 테니."

증오와 집착, 그리고 집념에 불타는 눈빛이었다. 이 남자는 다시 찾아올 것이다. 이노구치는 내게서 시선을 떼며 앞을 막는 자들을 떨쳐버리고 밖으로 뛰쳐나갔다. 하세베는 "거기 서!"라고 소리치며 쫓아가려고 했지만 지요코가 재빨리 팔을 잡으며 "이제 그만해!"라고 타일렀다.

그때 중년 여자가 아기가 자는 방 문 앞까지 다가가 눈을 부릅뜨고 소리를 질렀다.

"여, 여러분! 아기들이에요! 다섯 명의 아기가 포로로 잡혀 있습니다! 우, 우리는 지금 범죄 현장을 목격하고 있습니다! 오늘 일어난 일을 잊어서는 안 됩니다! 우리는 뜻이 있는 사람들을 그저 재미로 마녀사냥해 이상한 사람으로 만들었습니다! 하지만 그들은 자신을 희생해서라도 아기들을 지켜내는 길을 선택했습니다! 우, 우리는 부끄러운 줄 알아야

합니다! 저는 부끄럽습니다!"

여자는 절규하며 방송했고 일종의 황홀경에 빠졌다. 하세베는 도망치려는 가쓰우라와 구마다의 팔을 단단히 붙잡고 지요코는 가까이 있는 여자들을 더욱 사납게 노려봤다. 그리고 경찰차 사이렌 소리가 들리는 순간 몹시 무거웠던 어깨의 짐이 모두 사라지는 것을 느꼈다.

5

나는 부러진 새끼손가락을 응급처치 받고 구급차 뒷문에 기댔다. 사건 현장인 맨션은 경찰차와 수많은 경찰에게 포위됐고 규제선 밖에서는 취재진이 촬영하고 있었다. 결정적인 순간을 인터넷으로 생중계했기 때문에 구경꾼들도 많았지만 전혀 눈에 들어오지 않았다. 해가 진 하늘은 뿌옇게 흐리고 별 하나 빛나지 않았다.

"손, 괜찮아?"

지요코와 하세베가 언론에 찍히지 않는 사각지대인 구급차 뒤로 찾아왔다. 지요코의 등에서 사부로가 만족스러운 얼굴로 잠들어 있었다. 나는 불안한 듯 팔자 눈썹을 한 지요코에게 웃어 보였다.

"뼈가 부러지면 이렇게나 아프네요. 처음 알았어요."

"그래도 그만하길 다행이지."

심각한 얼굴로 말하는 하세베에게도 미소로 화답했다. 모두가 반드시 구하러 와주리라 믿었기 때문에 끝까지 마음이 변하지 않을 수 있었다. 하지만 지금 생각하면 목숨을 구한 것은 기적에 가까웠다. 이노구치라면 그 자리에서 나를 죽이는 것도 고려했을 테니.

"방금 형사님한테 혼났어. 수사 방해라고, 위험한 행동을 했다고."

"당연하지. 아기들이 인질로 붙잡힐 수도 있는 상황이었으니."

"맞아. 하지만 경찰을 기다렸으면 최악의 사태가 됐을 거야. 놈들은 영장이 있어야 움직일 수 있는 조직이고 두세 명이 와 봤자 소용없으니까."

그것도 알았다. 긴급사태로 경찰이 집 안으로 진입할 수 있도록 하세베 등 세 사람이 미리 소동을 벌인 것이다. 그리고 중년 여자를 끌어들여 생중계하게 해서 범죄를 전국에 알렸다. 이는 틀림없이 리쿠토의 전략이었으리라. 나는 주위를 둘러봤다.

"리쿠토는요? 계속 안 보이는데."

"그 녀석은 돌려보냈어. 이런 곳에 있으면 앞날에 영향을 미칠 테니."

"……그렇구나."

나는 고개를 숙였다. 리쿠토에게 계속 도움을 받았으니 감사 인사 한마디라도 전하고 싶었다. 그리고 듣고 싶었다. 이제는 스스로 목숨을 끊으려 하지 않겠다는 말을.

상실감이 밀려오는데 옆에서 누군가 어깨를 툭 쳤다.

"누나, 야쿠자가 손가락 부러뜨렸다면서?"

"리쿠토!"

나도 모르게 엉덩이를 들썩였다. 야구모자를 깊게 눌러 쓰고 마스크로 얼굴을 완전히 가렸다. 옆에서는 하세베가 요란하게 혀를 찼다.

"돌아가랬잖아. 왜 돌아온 거야."

"차 사진 찍고 타이어 펑크 냈어."

리쿠토는 하세베의 것으로 보이는 스마트폰을 꺼내 사진을 보여줬다. 자동차 유리를 선팅한 검은색 프리우스의 타이어가 공기가 빠져 축 가라앉아 있었다.

"바보야! 이건 그 야쿠자의 차잖아!"

"야쿠자가 열받은 모습을 보고 싶어서요."

나는 입술을 삐죽거렸다. 인터넷 방송에 얼굴이 노출되고 차는 펑크 나고 나를 잡으려는 목적도 실패했다. 열받은 정도가 아닐 것이다.

나는 후 하고 숨을 내쉬었다. 어쨌든 지금은 살아서 다시 만난 것을 기뻐하자.

"리쿠토, 고마워. 내가 지금 이렇게 무사한 건 아마 네 전략 덕분이겠지."

"뭐, 기브 앤 테이크지. 그 아줌마는 인플루언서가 되고 싶었고 우리는 사건을 빛의 속도로 퍼뜨려야 했으니까."

"역시 상황 판단력이 좋네."

리쿠토는 솔직한 감사 인사를 받고 쑥스러워했다.

"하세베 씨도 지요코 씨도 고마워요. 여러분이 있어서 내가 강하게 나갈 수 있었어요. 사건도 수면 위로 끌어올렸고 처음 세운 목표를 달성할 수 있었어요."

이로써 사부로가 범죄자의 손에 넘어갈 가능성은 사라졌다.

그때 리쿠토가 물었다.

"야쿠자는? 일단 도망쳤지만 또 언제 습격할지 몰라. 앞으로 계속 따라다닐 불안 요소라고 생각해."

나는 고개를 끄덕였다.

"계속 고민했는데 피해를 끼친 곳을 찾아다니며 사과하려고."

"그만 둬. 아까 그 나쁜 놈은 사과한다고 해결될 놈들이 아니야. 이번에야말로 살해당할 거라고."

"물론 그렇게 되지 않도록 치밀하게 계획을 세울 거야. 애초에 경찰이 가만히 있을 리 없지. 야쿠자가 현장에 있었으니 인신매매의 공범으로 추궁할 거야. 당연히 그 패거리도 그냥 넘어가지 않을 테고. 이노구치는 궁지에 몰릴 거야."

그렇기에 나에 대한 증오는 더욱 커지리라. 인생을 걸고 쫓아올 것이다. 나는 숨을 크게 들이마시고 고개를 들어 리쿠토와 눈을 마주쳤다.

"난 절대 안 죽어. 그러니 너도 죽음을 선택하지 않으면 좋겠어."

리쿠토는 갑작스러운 말에 움직임을 뚝 멈추고 야구모자를 만지면서 모호하게 눈을 피했다. 리쿠토에게 가장 듣고 싶었던 '죽지 않겠다'는 한마디가 지금에 와서도 입 밖으로 나오지 않았다. 네 사람의 목적을 달성한 지금, 리쿠토가 세상을 더 살아갈 원동력이 사라진 것이다. 무엇보다 리쿠토는 왜 죽고 싶을까. 우리는 아직도 그 이유를 모른다.

주위에는 경찰의 고함과 지시가 난무했고 같은 내용을 반복해 중계하는 언론의 목소리가 들렸다. 어떻게 하면 리쿠토의 마음으로 들어갈 수 있을까. 그 답을 찾지 못하고 지지부진한 시간만 흘러갈 때 하세베가 아무 예고도 없이 리쿠토의 뺨을 찰싹 때렸다. 리쿠토는 진심으로 놀란 듯 얼굴을 치켜들었다.

"뭐 하는 거야. 아이를 때린다고 뭐가 해결돼."

곧바로 지요코가 나무랐지만 하세베는 리쿠토를 내려다본 채 조금도 움직이지 않았다.

"너, 왼쪽 눈이 불편해 보이는데."

뜻밖의 말과 동시에 리쿠토가 뒤로 조금 물러났다.

"장애인 고용 정책 때문에 시력이 약한 사람을 채용한 적이 있어. 그 녀석의 행동과 네 행동이 비슷해. 잘 보이지 않는 눈을 자주 비비거나 보이지 않는 눈은 늘 사람들에게서 먼 쪽에 두지. 무의식중에 나오는 행동이겠지만. 너는 필사적으로 왼쪽 눈을 보호하고 있어. 지금도 내 손이 전혀 안 보였지?"

하세베는 확신하는 투로 조용히 말했다. 전혀 눈치채지 못했지만 리쿠토가 눈을 비비는 모습을 자주 본 것 같다. 갑작스러운 일갈에 부정하지 못하는 리쿠토를 하세베가 몰아붙였다.

"그 눈 때문에 죽으려 한다면 너는 세상 물정 모르는 아이라는 걸 증명하는 것과 같아. 이런 일을 해냈는데 자신의 좁은 가치관에 갇혀서 나오지 못하는 꼴이라고."

그러자 리쿠토는 하세베를 꿰뚫을 기세로 쳐다보며 쉰 목소리를 쥐어 짜냈다.

"……다 아는 척 말하지 말아요. 아저씨는 이런 눈으로 살아가는 게 어떤 의미인 줄 몰라요. 열여섯 살에 모든 것이 끝난 의미를."

"그러니까 시야가 좁다는 거야. 내가 너에 대해 생각을 좀 해 봤어. 엘리트 육상자위대 집안에 태어나 장래는 약속된 것이나 다름없지. 머리도 좋고 열여섯 살짜리 꼬마의 머릿속에서 나왔다고 보기 어려운 전략도 아주 잘 세워. 그런데 지금 네 모습을 보지 않잖아. 본질에 발을 들여놓으면 흐물

흐물 무너지니까."

"그러니까 아는 척 떠들지 말라고요."

리쿠토가 불안한 듯 말했지만 하세베는 멈추지 않았다.

"알다시피 내 성격상 가만히 못 있어. 네 눈 선천적인 거 아니지? 내 생각에는 부상 때문에 갑자기 시력을 잃은 것 같은데. 그러면 자위대 대원이 된다는 목표는 좌절돼. 분명 시력 규정이 있을 테니. 대대로 이어져 온 자위대 엘리트 가족은 네 대에서 끝나겠지."

리쿠토는 피가 희미하게 배도록 입술을 깨물고 굵은 눈물을 흘렸다.

"그, 그러니까 입 다물라고요. 멋대로 상상하지 말라고."

"상상하는 건 내 마음이니까. 자위대의 꿈이 좌절된 것이 그렇게 큰일인가? 자위대 가문의 체면을 지키는 게 그토록 중요한가? 그런 교육을 받고 자랐다고 해도 우리가 겪은 일로 그 어린 고집을 꺾지 못했어? 너는 도대체 무엇을 듣고 무엇을 봤냐는 말이다."

그러자 리쿠토가 하세베에게 달려들었고 지요코가 당황한 듯 그 사이를 막으려고 했다. 그러나 하세베는 한 발짝도 물러서지 않고 잡힌 멱살을 떨치려고 하지도 않았다.

"내, 내가 산에서 미끄러져 왼쪽 눈을 잃었을 때 우리 부모가 뭐라고 했는지 알아? 조상님께 죄송하다. 이게 첫마디였어. 그런데 나도 그렇게 생각했거든. 어, 어릴 때부터 열심히 쌓은 노력이 한순간에 물거품이 됐어. 내 시간을 깎아 만든 노력이라고."

리쿠토는 거칠게 눈물을 닦고 하세베를 노려보며 말을 이었다.

"나는 온갖 것을 얕잡아 봤어. 보, 보이스카우트에서 쓸모없는 놈을 얕보고 진심으로 바보 취급했지. 노력할 줄 모르는 놈을 철저히 경멸했어. 그, 그런데 그 바보 취급하던 놈이 나를 감싸며 함께 미끄러져 떨어지는 바람에 목 아래가 마비돼 움직일 수 없게 됐어."

리쿠토는 후드티 소매로 눈가를 닦았지만 그래도 흘러나오는 눈물에 떨리는 목소리로 말했다.

"평생 누워 살아야 하는 그 녀석은 헤헤 웃으면서 죽지 않아 다행이라고 했어. 아무리 봐도 죽는 편이 낫잖아. 침대 위에서 수십 년을 사는 게 무슨 의미가 있어? 그런데 그 녀석은 현실을 외면했어."

리쿠토는 예전에는 발목 잡는 존재인 줄 알았던 사람이 사실 중요한 존재였다고 털어놓은 적 있다. 분명 큰 부상을 입은 친구를 가리킨 이야기였으리라. 돌이킬 수 없는 사태에 빠지고서야 그 사실을 깨달은 것이다. 그리고 스스로를 책망해 움직일 수 없게 된 친구를 구할 방법을 떠올렸다. 바로 자살이었다. 자신이 먼저 죽음을 택하면 친구도 미련 없이 떠날 수 있으리라 생각한 것 아닐까. 생각이 지나치게 복잡한 소년의 그릇된 배려였다.

리쿠토는 어린아이처럼 흐느끼며 어쩔 줄 몰랐다. 모든 면에서 수준이 높았던 소년이 지금은 아무런 대답도 할 수 없었다. 지요코는 눈물을 글썽이며 리쿠토의 등을 쓸었지만 하세베는 표정을 바꾸지 않았다.

"침대에 누워 있는 그 친구가 널 격려하려고 웃거나 살아간다고 생각해?"

리쿠토는 격렬하게 흐느끼며 하세베를 올려다봤다.

"너는 답도 없는 자의식 과잉이구나. 평생 누워 살아야 한다는 사실에 절망에 빠진 사람한테 누군가를 걱정할 여유가 있겠어? 죽지 않아서 다행이라는 말은 진심일 거야. 네가 네 일로 벅찬 것처럼 그 친구는 훨씬 더 힘들다고. 지금 네가 죽기라도 하면 그 녀석은 어떻게 될 것 같아?"

"어, 어떻게 되냐니……."

"괜한 책임감을 느끼겠지. 자기 때문에 네가 죽었다는 사실까지 그 녀석에게 떠넘길 작정이야? 도대체 주변 사람을 제대로 보기는 하는 거야?"

리쿠토는 하세베의 말에 충격을 받았다. 지금까지 생각해 본 적도 없던 사실을 처음 깨달은 듯 경악스러운 표정이었다.

하세베는 멱살을 잡고 있던 리쿠토의 손을 풀고서 리쿠토를 끌어안았다. 리쿠토는 저항하지 않고 순순히 받아들여 하세베의 두툼한 가슴을 빌려 목놓아 울었다. 마치 아버지와 아들 같았다. 하세베는 늘 벽을 세우던 리쿠토의 모든 것을 든든히 받아주었다. 모두가 입을 다물었고 주위의 소란만 남았을 때 리쿠토가 코를 훌쩍이며 하세베의 품을 벗어났다. 그리고 말했다.

"……죽지 않을 게요."

"좋아."

하세베는 소년의 어깨를 두드리며 말했다.

"너를 믿어."

하세베가 평소처럼 호쾌한 미소를 보였을 때 제복을 입은 여형사가 다가왔다.

"지금부터 경찰서로 이동하겠습니다. 아기는 저희가 보호할게요. 아, 그리고 가토 마도카도 우에노의 호텔에서 체포했습니다. 정보 감사합니다."

드디어 때가 오고 말았다. 나는 눈을 감고 숨을 들이마신 뒤 지요코에게 시선을 보냈다. 지요코는 웃는 얼굴로 고개를 끄덕이고는 내 팔을 톡톡 두드렸다.

"왜 그런 얼굴이야. 어차피 늦든 빠르든 사부로와 헤어져야 해. 요즘 줄곧 생각했는데 우리는 이제 어엿한 가족이야. 서로 배려하고 걱정하고, 이런 알찬 하루를 보낸 것은 처음이었어. 겨우 나흘인데 몇십 년이나 함께 지낸 사이 같아."

"어르신, 슬퍼지니까 그러지 마."

하세베는 눈시울에 손가락을 대고 고개를 돌렸다. 나는

지요코 등에 업힌 아기를 지요코 품에 안겨 줬다. 아기는 동그란 눈동자를 빛내며 사랑스러운 목소리를 냈다. 통통한 볼을 만지자 간지러운 듯 고개를 흔들었다. 이 아이가 있었기 때문에 본의 아니게 자신을 되돌아봤다. 내 미래는 결코 밝지만은 않지만 어느새 그 사실을 받아들일 만한 바탕이 생겼다.

나는 다시 한번 아기의 부드러운 볼을 만졌다.

"사부로, 안녕. 건강하게 자라야 해."

지요코는 인자하게 아기의 머리를 쓰다듬었고 리쿠토는 포동포동한 다리를 잡고 말없이 작별 인사를 했다. 하세베는 생기 넘치는 아기의 얼굴을 들여다보며 익살스러운 표정을 짓고는 피식 웃었다.

나는 한 사람 한 사람 저마다 평온한 얼굴을 지켜봤다. 모두 처음 만났을 때와 비교도 할 수 없을 정도로 인상이 달라졌다.

"마지막으로 하나만 제안하고 싶어요. 경찰서를 나서는 순간 우리 모두 타인으로 돌아가요."

갑작스러운 말에 모두 입을 다물었다. 우리는 각자 할 일이 있다. 게다가 결코 편안한 길도 아니니 들뜰 수 있는 순간도 지금뿐이라는 것을 안다. 그러니 뒤돌아보지 말고 걸어야 하지 않을까. 모두 자신의 저력을 믿고 단단한 걸음을 내디뎌야 한다.

네 사람은 깊은 생각에 잠겼다가 거의 동시에 고개를 끄덕였다.

"그게 좋을지도 모르겠네. 우리는 사흘 전에 모두 죽었어. 지금 여기 모인 사람들은 이제 전혀 다른 존재야. 너희 둘은 무슨 일이 있어도 강하게 살아. 나도 그럴 테니. 어르신도 오래 사시고."

"응. 우리 집안은 장수 집안이야. 어머니는 아흔네 살까지 사셨지. 나는 그보다 더 오래 살 거야. 잘 자란 사부로를 이 눈으로 직접 봐야지."

지요코는 사부로를 꼭 안고 울먹이며 말했다.

무슨 생각을 했는지 리쿠토가 모두의 팔을 잡아당겼다. 그러고는 하세베에게 빌린 스마트폰의 카메라를 실행했다.

"마지막으로 기념 촬영해요. 최악이자 최강의 팀, 이런 엄청난 동료는 앞으로 다시는 만나지 못할 테니까."

노골적인 말과 달리 리쿠토는 후드티 소매로 눈물을 훔쳤다. 그리고 스마트폰 화면이 네 사람을 향하도록 한 뒤 팔을 쭉 뻗어 셔터를 눌렀다.

옮긴이의 말

'진정한 나'를 찾아가는 인생 터닝 미스터리

 깊은 밤 산속, 네 사람이 모였습니다. 서로 일면식도 없는 네 사람은 오로지 자살을 목적으로 만났습니다. 그런데 그들이 숨어든 산속에 또 다른 목적을 지닌 존재가 등장합니다. 배낭을 메고 숲속으로 들어갔던 그녀는 무언가를 버리고 떠납니다. 그리고 들려온 이상한 울음소리. 네 사람은 소리의 근원인 배낭 속에서 갓난아이를 발견하고는 경악합니다.

 범죄조직이 살해하려 한 아기. 애초에 죽기 위해 만난 네 사람이지만 결국 어린 생명을 구하기로 합니다. 그런데 상황은 급변하고 네 사람은 졸지에 유괴범으로 몰리며 사람들에게 쫓기며 분투합니다.

 『만사 조심하라』로 제57회 에도가와 란포상을 수상하며 데뷔한 가와세 나나오가 '인터넷 동반 자살 지원자들의 갓난아이 구하기'를 그린 『4일간의 가족』을 선보였습니다.

악의를 이용해 악당을 파헤치고 물리치는 네 사람의 좌충우돌.

『4일간의 가족』에 등장하는 네 인물은 하나같이 과거가 깨끗하지 않거나 호감 가지 않는 불쾌한 인물들입니다. 뼛속까지 남존여비 사상에 찌든 60대 남성, 스낵바를 운영하던 탐욕스러운 노파, 자신의 욕망을 채우기 위해 시골 조직을 파괴하는 젊은 여자, 건방진 열여섯 살 소년. 나이도 성격도 사연도 제각각인 네 명의 완벽한 타인이 '아기 구하기'라는 계기로 변화합니다. 자신이 지금껏 살아온 길을 되돌아보게 하는 거울인 '아기'라는 존재를 마주하고 함께 보호하면서 저마다 마음의 빈 부분을 채우고 다시 한번 살아갈 기회를 잡아가는 과정을 그렸습니다.

그 과정에서 네 사람은 이제 더는 드문 일이 아닌 인터넷 마녀사냥에 휩싸이고 그 불온한 화제의 주인공이 되어 사방을 둘러싼 적의 위협을 받지만 결국 악의를 이용해 악당을 물리칩니다.

이 작품은 옳은 인간이란 어떻게 행동하는지, 또 가족의 의미가 무엇인지 되돌아보게 합니다.

삶을 포기한 순간에 일면식도 없는 아기를 위해 움직이는 네 사람의 모습에서 극한의 상황에 닥쳤을 때 어떤 선택을 하느냐가 그 사람의 본질이며 사람으로 존중받을 수 있는 인간인지 정해진다는 생각이 들었습니다.

그렇게 4일간의 가족으로 묶인 네 사람과 아기. 진짜 가족은 아니지만 진짜보다 더 진짜 같은 가족으로 변화하게 됩니다. '가족이란 안심할 수 있는 장소를 제공하는 사람들'이라는 작가의 철학을, 아기를 절대적으로 보호하고 서로를 절대적으로 인정해주면서 단단한 신뢰를 쌓아가는 네 사람에게 투영해 설득력 있게 그려낸 한 편의 이야기라고 생각합니다.

우연히 엮인 인연이 사람과 관계를 변화시키는 과정을 한 편의 소설로 풀어낸 『4일간의 가족』. 비 온 뒤 무지개가 말갛게 갠 하늘을 수놓는 것처럼 새로운 나로 새로운 인생을 걸어갈 네 사람의 앞길을 응원하고 싶어집니다.

2024년
문지원

4일간의 가족

1판 1쇄 발행 2024년 9월 26일
1판 2쇄 발행 2025년 4월 15일

지은이 가와세 나나오   **옮긴이** 문지원
발행인 송호준   **편집장** 민현주   **총괄이사** 황인용
디자인 소요 이경란   **제작** 송승욱   **마케팅** 송재원
발행처 블루홀식스   **출판등록** 2016년 4월 5일 제 2016-000100호
주소 경기도 파주시 회동길 483-1   **전화** 031-955-9777   **팩스** 031-955-9779
이메일 blueholesix@naver.com

ISBN 979-11-93149-28-7 (03830)
값 16,800원

· 저자와 출판사의 서면 허락 없이 내용의 일부를 무단 인용하거나 발췌하는 것을 금합니다.
· 책값은 뒤표지에 있습니다. 잘못된 책은 구입하신 곳에서 교환해 드립니다.